KB062446

로크미디어가
유혹하는
재미있는 세상

ROK
MEDIA
로크미디어

악가의 무신 2

2023년 1월 17일 초판 1쇄 인쇄
2023년 1월 20일 초판 1쇄 발행

지은이 서준백
발행인 강준규

기획 이기헌 왕소현 박경무 강민구 조익현
책임편집 천기덕
마케팅지원 이원선

발행처 (주)로크미디어
출판등록 2003년 3월 24일
주소 서울시 마포구 마포대로 45 일진빌딩 6층
Tel (02)3273-5135 Fax (02)3273-5134
홈페이지 rokmedia.com E-mail rokmedia@empas.com

ⓒ 서준백, 2023

값 9,000원

ISBN 979-11-408-0643-0 (2권)
ISBN 979-11-408-0641-6 04810 (세트)

악가의 무신

ROK MEDIA

서준백 신무협 장편소설 ②

차례

휘연의 야망   7

무림 출도   75

등랑회   145

백우상단   215

시작된 겨울   289

휘연의 야망

악정호가 폐관을 마치고 나온 다음 날.

비어 있는 터 앞에 작은 제단이 섰다.

앞으로 지어질 조사전 공사를 위한 제를 올리기 위해서였다.

별다른 공사비를 쓰지 않기 위해 현판만 바꾸어 기존의 전각들을 사용했던 과정과는 달리 가문의 조사전(祖師殿)만큼은 새로 짓고자 했던 것이다.

"가주 입례."

조 총관이 진지한 눈빛으로 입을 열었다.

이어서 임시로 지어진 작은 제단 앞에서 폐관을 마친 악정호가 향을 피우고는 절을 올렸다.

앞으로 지어질 이 조사전은 비단 산동악가의 조사전만이
될 게 아니었다.

그 옆에 진주언가를 비롯해 혈교로부터 피해 입은 많은 세
가의 영령 위패를 모실 계획이었다.

마지막으로 술 석 잔을 바친 악정호가 은은한 미소를 지
었다.

"다시 일어난 악가와, 그 곁에 함께하는 영령들을 보우하
소서."

위패를 보고 있으려니 먼저 떠난 가족들이 곁에 있는 기분
이 들었다.

그다음 악운을 비롯한 직계 혈손과 가솔이 절을 올린 후.

가솔들이 조사전을 지을 터에 사이한 기운의 접근을 막는
금줄을 쳤다.

"함께해 주어 고맙소."

악운은 눈물 머금은 아버지의 목소리에 이제야 동평이 산
동악가의 터전이 됐다는 걸 몸소 느낄 수 있었다.

아직은 터뿐인 조사전이 완벽히 제 모습을 갖추게 되면 가
문 역시 점점 끈끈하게 뭉칠 것이다.

'나와 아버지 그리고 우리와 함께할 이들로부터.'

악운이 장내에 모인 가솔들을 돌아봤다.

새로운 형제들이었다.

가문의 공식적인 첫 회의가 이루어졌다.

푸른 장포를 입은 악정호가 상석에 앉고 가문의 중추가 될 각 부처의 수장들이 양 열로 자리를 잡았다.

"진행하시오."

"예, 가주님."

조 총관이 장내를 둘러봤다.

"미리 인사들 나누었겠으나 공식적인 첫 회의이니 가주님과 소가주를 제외한 통성명부터 가져 보겠소."

반듯한 회색 장삼을 입은 노인이 말했다.

"정계각 각주에 임명된 신연호라 하오. 가문의 살림을 맡고 계신 조 총관을 도와 한 푼도 그냥 내주는 일은 없을 것이오."

큰 표국에서 대장궤까지 맡았던 신연호가 결국 가문의 재정, 회계, 그에 따른 기록 등을 맡을 '정계각(正稽閣)'의 각주가 된 것이다.

이어서 보현각 가솔들 차례였다.

"보현각을 맡을 사마수라 하오."

"보현각 각주님을 도울 호사량이라 합니다."

"악가진호대(岳家進護隊)의 대주, 언성운이오."

언성운의 소개가 끝나자 그의 곁에 둘러앉은 세 명의 중년인들 중 한 사람이 대표로 입을 열었다.

"창설된 악로삼당(岳路三黨)의 일당주, 알하라고 합니다. 이쪽은 제 의형제들이자 각각 이당 삼당을 맡아 줄 당주들입니다."

알하가 히죽 웃으며 형제들을 보았다.

"어울입니다."

"노르라고 합니다."

말을 타기 편한 호복 차림의 세 사람은 피가 섞이지 않은 의형제임에도 작은 신장과 탄탄한 체구 그리고 순한 외모까지 모두 닮아 있었다.

"저희 모두 가솔이 되어 기쁩니다. 그렇지 않으냐?"

둘째 어울이 고개를 끄덕였다.

"예, 맞습니다. 가주님께서 저희 말들을 구원하셨으니 우리 가문은 앞으로 푸른 늑대의 가호 아래 지낼 겁니다. 한 형제가 되어 반갑습니다. 노르, 너도 말씀 올리거라."

막내 노르가 환하게 웃으며 말했다.

"형제가 되었으니 다음번에는 신성한 수확물을 함께 거두었으면 좋겠습니다."

"가주로서 무엇이든 함께할 생각이라오. 언제든 돕겠소. 아니지, 필요하다면 매일 함께합시다."

알하가 형제들과 함께 무척이나 기뻐했다.

"오오, 저희 형제들조차 쉽지 않은 일을 기꺼이 함께해 주시겠다니 실로 영광입니다."

악운이 생각하기에 악정호는 신성한 수확물에 대해 조금도 모르는 것 같았다.

'매일? 후회하실 텐데.'

때마침 악정호가 옆에 있던 사마수에게 물었다.

"그런데 사마 각주, 알하 당주가 언급한 신성한 수확물이 무엇이오?"

"말똥입니다. 초원에서는 말똥을 화로를 지피는 연료로써 귀하게 쓴다지요."

"뭐요?"

순간 악정호가 당황했다.

가문의 일이니 일손이 부족하면 함께하긴 해야 하겠지만 전혀 예상치 못한 일이었다.

그사이 조 총관이 애써 웃음을 참으며 말했다.

"가주님, 이제 각 부처마다 최우선적인 안건에 대해 말씀 나누도록 하시지요."

"크흠, 그럽시다. 보현각부터 시작해 보시오."

악정호가 기다렸다는 듯 서둘러 화제를 돌렸다.

꿇

이후 처리해야 할 안건은 산더미처럼 많았다.

각(閣), 당(黨), 대(隊)로 나뉜 수뇌부는 필요한 물자 등을 언급하고 개선해야 할 부분들을 언급했다.

그중에서도 보현각이 언급한 안건이 가장 중요하게 다뤄졌다.

소가주의 혼담 거절 건과 동평을 황보세가, 동진검가 사이의 중립지대로 만들자는 내용이 함께 섞여 있었기 때문이다.

사마수가 호사량을 시켜 발언하게 했다.

"……이 안건의 시작은 소가주께 온 혼담을 어찌할지 고심하는 자리에서 나왔지요. 거절 의사를 내비친 소가주가 기지를 발휘했습니다."

악운으로부터 이 안건이 시작됐다는 얘기에 가솔들이 각각 흥미, 놀라움 등의 감정을 보였다.

"소가주는 동쪽 땅을 공평하게 나누어 두 곳에 팔고 공개 경쟁을 제안하자고 했습니다. 저흰 이것에서 더 나아가고자 합니다."

좌락!

호사량이 동평과 인근 지도를 펼치더니 돌멩이 같은 말 세 개를 각각 제남과 동평, 태산에 놓았다.

"두 세력이 서로 탐내지만 가질 수 없는 중립지대가 되는 것이지요. 두 세력이 원하는 교역품까지 보유하면 삼각 교역도 가능해집니다."

듣고 있던 악운이 물었다.

"그러려면 마땅히 양쪽이 원하는 물자가 있어야 할 텐데요. 이미 그것까지 고려하셨겠지요?"

"맞소."

고개를 끄덕인 호사량이 악정호를 바라보며 말을 이었다.

"연단술로 제작될 치료 환약이 주 품목이 될 겁니다. 일단 휘경문에서 지니고 있던 치료 환단 '은정단'의 제조법을 활용할 계획입니다. 또한 제조법을 오차 없이 실행해 줄 실력 있는 의원은 제가 포섭해 보겠습니다."

휘연은 혈교의 마공서만 지닌 게 아니었다.

다양한 물건들까지 보관하고 있었던 것이다.

은정단 역시 그중 하나로 칼에 베인 쇳독을 중화시키는 데 큰 역할을 하는 하급 환단이었다.

"물론 단약 제조는 많은 인력과 시간, 그리고 자금이 들어가는 것에 비하여 평소에는 크게 쓰이지 않지요. 하지만 전운이 돌 때는 크게 쓰일 겁니다."

악운의 눈에 이채가 흘렀다.

"그렇긴 하지만 만약 황보세가와 동진검가 사이의 문파대전이 일어나지 않는다면요?"

사마수가 반박했다.

"전면전으로 이어지진 않더라도 조만간 크게 충돌을 하긴 할 것이오. 최근 두 세력 사이의 분란 소식들을 모아 보니 수십 건이 넘었다오."

신 각주가 깐깐한 눈빛으로 반박했다.

"설사 문파대전이 일어나고 우리의 의도가 정확히 먹혀 들었다고 칩시다. 하지만 그들이 우리 의도에 따라 움직여 준다는 보장은 어디에도 없지 않소?"

호사량의 미소가 짙어졌다.

"있습니다."

신 각주가 눈살을 찌푸리며 호사량을 쳐다봤다.

"근거가 무엇이오?"

"두 세력이 서로를 견제하고 있는 지금, 여기 동쪽 땅은 두 문파가 탐을 낼 부지이지요. 당연히 기존 사업에 더해 대장간, 군수창고 등 인력과 자금을 이곳에 쏟아부을 겁니다. 자연히 다른 사업에 눈을 돌릴 여력이 없을 테죠."

호사량이 악운과 했던 대화를 떠올리며 말했다.

"더구나 그들에게 있어 이제 막, 휘경문과의 싸움을 마친 우리는 언제든 집어삼킬 수 있는 곳으로 보일 겁니다. 약해 보이겠지요."

"순순히 중간 지대로 두고 경쟁하듯 투자할 것이다?"

신 각주의 반문에 호사량이 확신하듯 단언했다.

"예. 제안에 응하지 않을 이유가 없지요. 알아서 관도까지 닦아 줄 겁니다. 오히려 언젠가 집어삼킬 날을 꿈꾸며 우리를 도우려 들 테지요."

악운은 보현각의 안건 제안이 충분히 만족스러웠다.

'참으로 잘해 주었다.'

보현각의 제안은 충분한 근거가 뒷받침된 주장이었다.

위험해 보이지만 그 위험에 몸을 던질 만한 이유가 충분한.

'내가 도울 게 있을 거다. 마침 연단술에 대해 고민하고 있던 차이기도 했으니.'

악운은 의지의 수련을 보며 떠올렸던 생각을 되새겼다.

처음엔 신묘한 효과를 지닌 영약을 찾아보려 했다.

영약이 귀할수록 복용했을 때의 효과는 그 어떤 기연보다 굉장하니까.

예를 들면.

'공청석유.'

세 방울만 마셔도 일 갑자(육십 년)의 공력을 갖는다.

빠른 성장을 위해 내공에 갈증이 있는 악운에게도, 성장기에 놓여 있는 가문의 아이들의 성장을 위해서라도 영약은 필수적이다.

'뇌공 정도의 신물을 내놓아야 공청석유 같은 최상급 영약을 거래할 수 있겠지. 그마저도 누군가가 손에 쥐고 있어야 가능한 것이겠지만.'

이제 막 문파대전을 마치고 기틀을 잡아 가고 있는 산동악가에, 영약은 꿈도 꿀 수 없는 기보였다.

'물론 그건 영약만을 고려했을 때의 얘기.'

천휘성의 공부를 지닌 악운은 진즉 영약을 대체할 만한 수단을 알고 있었다.

그것이 바로 호사량이 방금 전에 언급한 연단술, 즉 환단 제조였다.

혈교와의 치열한 싸움은 사부에게 배운 연단술을 더 깊이 공부하게끔 만들었던 것이다.

'내 형제, 동료 모두를 돕기 위해.'

악운은 그때의 기억을 속으로 되새기며 악정호에게 말했다.

"가주님, 만약 이 안건을 허하신다면 제가 그 어떤 일이라도 가리지 않고 돕겠습니다."

그 말이 끝나기 무섭게 악정호도 무겁게 고개를 끄덕였다.

"운이 네가 그리 말하지 않아도 나 역시 그럴 참이었다. 사마 각주는 더 세밀한 계획을 세워 보도록 하고 정계각과 악로삼당이 이 일의 실행을 보조하도록 하시오."

가문의 중추들이 일제히 대답했다.

"예, 가주님."

"하명대로 하겠습니다."

◈

회의가 끝난 후 악정호가 악운과 독대했다.

"……송구합니다, 아버지. 당분간은 가문의 이해득실에

상관없이 혼인을 받아들일 생각은 없어요. 이 말씀은 꼭 드리고 싶었습니다."

"괜찮다. 나 역시 득실을 떠나서 네가 싫다는 혼담을 가문을 위해 억지로 시킬 생각은 조금도 없었으니. 오히려 잘 선택했다. 이 아비가 가주인 이상, 네 선택은 가문의 선택이 아니겠느냐."

다정한 악정호의 위로에 악운은 절로 마음이 따뜻해졌다.

하지만 그렇다고 해서 혼담과 관련된 사정을 마냥 넘어갈 생각은 없었다.

독대를 청한 것도 그러한 이유였다.

"그래서 말인데, 아까 말씀드렸듯이 보현각이 진행하게 될 이번 안건에 대해 여러 방면에서 도움이 되고 싶습니다."

"이를테면?"

"혼담 거절을 서찰이 아닌 제가 직접 가서 말하고 싶습니다. 제가 동진검가에 가는 것만으로도 황보세가가 우리와의 거래를 더 신경 쓰게 되는 효과가 있을 겁니다. 혼담을 수락할지 거절할지 모르니까요."

악정호의 눈에 이채가 흘렀다.

"좋은 생각이구나. 독대가 끝나고 나면 보현각에 들러 네 의견을 전달하는 게 좋겠다."

"한 가지 더 있습니다."

"너무 위험한 건 안 돼. 네 눈빛을 보아하니 느낌이 안 좋아서 하는 소리다."

"아버지도 참……."

악운은.내심 놀랐다.

'감이 점점 좋아지시네.'

많이 위험한 건 아니었지만 어쨌든 아버지가 보기엔 위험해 보일 수 있는 제안이었기 때문이다.

"동진검가의 일이 끝나고 나면 무림 출도를 하고 싶어요."

"무림 출도?"

"예, 말이 무림 출도지 실은 부각주의 호위를 맡고 싶다는 겁니다. 의원을 영입하러 가야 한다고 들었거든요."

"언 대주를 보내려 했다만……."

"세상사의 경험 차이는 동행할 부각주의 경험으로 메우면 됩니다. 그리고 무공이야 이젠 언 대주에게 근접했습니다. 그러니 부각주 호위는 제가……."

"가."

너무 쉽게 허락하는 악정호를 보며 악운이 눈을 동그랗게 떴다.

"이렇게 쉽게요?"

"그럼 아비가 무턱대고 말릴 줄 알았느냐."

"예."

"아니야. 이번 기회에 세상 경험도 해 보거라. 나쁘지 않은 기회일 게야."

"감사합니다, 아버지."

악운은 내심 만족스러웠다.

이것으로 되었다.

어쩌면 좀 더 큰 그림을 그릴 수 있는 기회가 생길지도 모를 일이다.

기뻐하던 찰나, 악정호가 무척 아쉬워했다.

"아……."

"왜 그러세요?"

"가주고 뭐고, 다 때려치우고 나도 가고 싶다. 도망치면 조 총관이 가만두지 않겠지?"

악운은 딱히 대답할 가치를 못 느꼈다.

아무렴요.

༺༒༻

아버지의 집무실인 태평전(泰平殿)을 빠져나온 악운은 수련을 하기 위해 걸음을 옮기려 했다.

하지만 호위 하나 없이 휑한 태평전을 보니 쉽게 걸음이 떨어지지 않았다.

'전력이 부족하긴 부족해.'

본래 조 총관이 데리고 있던 기루 호위들이야 가문이 아닌 기루에 상주했고, 실질적으로 이 거대한 규모의 장원을 지키는 이는…….

'나와 아버지, 그리고 언 대주뿐인 셈인가.'

아직은 문사, 시비, 시종, 마부 등 무림인이 아닌 가솔들이 대부분인 게 가문의 현실인 것이다.

그래서일까?

막상 잠시 동안이나마 떠나려고 하자 가문의 안위가 걱정되었다.

황보세가, 동진검가.

둘 모두 정파에 속한 자들이기에 명분 없이 대놓고 분란을 일으키진 않겠지만…….

'싸울 명분이야 만들면 될 일.'

어떤 방식으로 변수가 일어날지 모른다.

다행이라면 두 세력 모두 서로를 견제하는 데에 총력을 기울이고 있다는 사실이었다.

하긴 휘경문도 정황상 그 틈에 세력 확장을 노렸을 것이다.

하지만…….

'꺼림칙하군.'

악운은 문득 눈살을 찌푸리며 아버지가 있는 태평전을 돌아봤다.

가문이 처음 이곳에 정착하며 시작한 일은 언가의 유산을 되찾는 것이었다.

그렇게 여러 전각을 살펴본 결과.

태평전에서 밀실로 통하는 문을 발견했고 그곳에서 연단술에 속한 은정단 제조법과 언가의 유산, 아라륙보권(牙拏戮潛拳)과 연관 있는 두 종의 마공서를 발견하게 됐다.

악운의 표정이 점점 진지해졌다.

'황보세가가 유구한 세월 동안 쌓아 온 무공과 인력에 비교해 봤을 때 언젠가 생길 충돌을 위한 준비로 겨우 일류급 마공서로는 부족했을 터.'

악운의 신경을 거슬리게 하는 가장 큰 이유였다.

보유했던 사파 무림인들을 믿었던 것일까?

'아니.'

마주했던 자들은 전력에 보탬이 될지는 몰라도 전황을 뒤집을 만한 실력은 되지 못했다.

'그럼 앞으로 영입될 인사가 있었나?'

아닐 가능성이 높다.

휘연은 언가의 유산을 홀로 차지하고 싶어 했고, 비밀리에 모든 일을 진행하려 했다.

그런 상황에서 통제할 수 없는 거물급 인사를 영입했을 리 없다.

그럴 바엔…….

'믿을 수 있는 어떤 것에 투자했겠지. 후계자의 미래 같은.'

생각이 꼬리에 꼬리를 물고 늘어지다 보니 악운의 머릿속에 상반된 무공을 보였던 휘연과 휘종엽의 모습이 스쳐 갔다.

휘종엽은 휘연과 달리 마공을 익힌 흔적이 조금도 없었다.

'휘연은 휘종엽에게 마공을 가르치지 않았다. 마공보다 훨씬 안전한 정파의 기공으로 수련시켰어. 미래에 투자할 거라면 세력 확장보단 휘종엽에게 투자하는 편이⋯⋯.'

그 순간 악운의 눈에 이채가 흘렀다.

세력 확장, 미래에 대한 투자⋯⋯ 둘 모두 가능할 수 있는 기회를 손에 쥐고 있었던 것이라면?

"영약 혹은 미래를 확신할 어떠한 것."

반사적으로 중얼거린 악운이 주변의 전각들을 둘러봤다.

확신하건대 못 찾은 것이 있다.

악운은 무언가에 홀린 사람처럼 걸음을 옮기기 시작했다.

휘연은 탐욕이 많은 자였다.

만약에 만약을 더해 외인의 손에 쉽게 닿지 못하는 곳에 유산을 남겨 놨을 가능성이 높다.

'외부에 두었을 리 없다.'

지닌 바 언가의 유산을 자신과 가장 가까운 곳에 둔 자다.

다른 유산이라고 보이지 않는 곳에 둘 리 없다.

탐욕이 큰 만큼 불안해했을 것이고 근처에 두려 했을 것이다.

'이 일대에 있어.'

악운은 여러 개의 전각들을 살펴봤다.

수련에 몰입하느라 고려하지 않았던 건물의 위치부터.

악운의 머릿속에 남아 있는 기문진식의 지식이 하나둘씩 책을 읽는 것처럼 떠올랐다.

제갈세가 가주의 양녀였던 그녀, 제갈희선.

그녀에게 늘 배어 있었던 철관음(鐵觀音)의 다향이 코끝을 스치는 듯했다.

　

　-기문진식(奇門陣式)에는 주술이 기반이 된 기문진(奇門陣), 목재나 철판 등 다양한 재료를 통해 주변 환경을 활용하는 기관토목술이 있어요. 보통은 그 두 가지를 함께 섞어 이루죠.

　-난해하구려.

　-제가 이룬 종려팔획진(縱戾八劃陣)을 깨 버리신 분치고는 너무 겸손하시네요. 수준 높은 기문진인데.

　-진법을 잘 알아서 활문을 찾은 게 아니오. 제갈세가의 무공을 겪어 봤기에 견식했던 무공과 진이 닮아 있다는 걸 느꼈을 뿐이오.

　-대단하시네요. 그런 방식으로 규칙성을 찾다니.

─그게 나다우니까. 게다가 규칙성을 찾다 보니 진을 세운 이의 의도도 보였다오.

─무엇이었나요?

─활문이 많더군. 수련이기는 하지만 미안함에 차마 나를 해할 수 없는 자비가 보였소. 아니오?

─아니에요.

─괜찮소. 거짓말 마시오. 설마 나를 연모…….

─진짜 아니에요. 활문은 하나였다고요. 진을 순차적으로 해체하는 게 아니라 진의 삼분지 일을 힘으로 무식하게 부수니까 나갈 수 있는 활로가 여러 개 생긴 거라고요. 그리고 저는 얼굴 봐요.

─…….

피식.

한때의 추억에 웃음이 난 악운.

아마 그때부터였을 것이다.

그녀의 도움을 받아 다양한 기문진식에 눈을 뜨게 된 건…….

'좋은 추억이었지.'

회상은 이쯤이면 됐다.

상념을 멈춘 악운이 앞에 선 전각을 올려다봤다.

'규칙성이라.'

본래 휘경문의 비고(秘庫)였으나 앞으로 악가의 장서각이 될 전각이 보였다.

이미 현판에는 '장서각'이란 이름이 새겨져 있었다.

본래 여긴 휘경문의 잡서가 모인 전각이었다.

중요한 비급들은 휘연이 보관하고 있었기에 대부분 이류, 삼류 수준의 잡서를 모아 놓은 수준에 불과했던 것이다.

'다른 건물과 비슷한 규칙성을 따라 지은 듯 보이나 큰 차이가 있다.'

외관이 다르다는 게 아니다.

외관은 다른 전각들과 흡사해 보이지만 세밀하게 보면 큰 차이가 있다.

'창의 개수가 많아 통풍을 극대화했으며 지붕의 형태가 굵은 빗물도 쉽고 빠르게 흩트리게 곡선으로 이어져 있어. 전각 주변에 둘린 기단 역시 높고 두껍게 지어졌다.'

기단이란 집터 아래 쌓는 단으로, 지하수나 빗물로부터 건물을 보호하면서 건물의 하중을 골고루 나누기 위한 돌이다. 아무리 비에 잘 젖는 서적이 있다고는 하나…….

'책을 보관하기에 태평전보다 훨씬 효율적으로 지어졌어. 그쪽에 더 귀한 비급들을 숨겼음에도 불구하고 말이지.'

악운의 눈빛에 날카로운 이채가 흘렀다.

점점 더 가정에 확신이 생겼다.

저벅저벅.

성큼성큼 안에 들어가니 정(井) 자 배열로 놓여 있는 서가들이 보였다.

기존에 있던 잡서들은 보현각에서 분류에 따라 나누고 있어서 모두 빼어 간 지 오래였다.

스륵.

악운이 비어 있는 서재들을 지나면서 주변의 벽들을 만지고 퉁퉁 두드렸다.

안이 꽉 찬 나무를 두드리는 소리가 났다.

벽면 뒤쪽 공간이 따로 비어 있지 않고 구조물로 채워져 있기 때문일 것이다.

통, 통!

악운은 계속 벽을 차례로 두드리면서 걸음을 옮겼다.

하지만…….

"흐음."

악운이 눈살을 찌푸렸다.

일 층부터 삼 층까지 모든 벽면이 대부분 비슷한 소리가 났던 것이다.

물론 어디까지나 대부분일 뿐.

"여기만 남은 건가."

악운은 서가가 바짝 붙어 서 있는 벽을 보았다.

더 고민할 필요도 없이 악운은 자기 신장보다 높은 서가를 옆으로 밀어 버렸다.

드르륵.

서가 뒤에 가려져 있던 작은 원반형의 구멍이 보였다.

"……찾았다."

악운의 입가에 미소가 스쳤다.

역시나 휘경문의 휘연에게는 믿을 만한 구석이 따로 있었던 것이다.

'대체 그게 무엇일까?'

악운은 점점 흥미로워지는 것을 느끼며 구멍 안을 유심히 들여다봤다.

다른 장치의 흔적은 보이지 않는다.

구멍 안쪽에 잡아당기는 열쇠 손잡이가 튀어나와 있을 뿐이었다.

주저하지 않고 구멍에 손을 넣어 손잡이를 끌어당겼다.

쿠쿵!

철 부딪치는 소리와 함께 악운이 한 발 물러선 그때.

벽이 좌우로 살짝 벌어지며 한 사람이 지나갈 정도의 틈이 생겨났다.

'지나가라, 이건가.'

게처럼 옆으로 걸어 미끄러지듯 빠져나오자 기다렸다는 듯 문이 다시 닫혔다.

쿵!

석실 안쪽에 들어서자 서늘한 한기가 가장 먼저 악운을 맞이했다.

저벅저벅.

몇 걸음 걸은 직후 안을 밝히고 있는 화섭자 덕분에 발밑에 닿은 게 무엇인지 선명하게 보였다.

'문?'

얼핏 봐도 지하 통로를 봉쇄해 놓은 문처럼 보였다.

'이 아래에 숨겨 놓은 모양이야.'

하지만 문제가 있었다.

열쇠를 끼워 넣는 홈이 있었는데, 장원 어디서도 이 정도 구멍에 들어갈 열쇠를 본 적이 없었기 때문이다.

결국……

'열쇠를 못 구하면 들어갈 수 없다, 이건가.'

악운은 걸어왔던 쪽을 돌아봤다.

다시 돌아가서 아버지께 알아낸 것을 알리고 가솔들과 함께 열쇠를 찾아보는 것도 방법이라면 방법이다.

하지만 답을 해 줄 수 있는 휘연이 죽었으니 단서를 찾긴 쉽지 않을 것이다.

'번거롭군.'

잠시 발밑을 빤히 노려보던 악운이 갑자기 창을 고쳐 잡았다.

'휘경문은 천하의 패권을 논할 세력도 아니었고, 그저 동평이라는 중소 규모의 도시를 장악한 문파일 뿐이었다. 기문

진에 능한 제갈세가도, 주술에 능한 모산파도, 토목에 능한 석가장도 아니야.'

그저 남의 문파에서 훔쳐 낸 절기로 연명한 놈들이었다.

'무엇을 숨기기 위해 이곳을 절진처럼 꾸며 놓았는지는 모르겠으나……'

악운이 결연한 눈빛을 보였다.

"얕은 품격은 배움에서조차 드러날 터."

콰악!

내공 실린 악운의 창이 홈을 파고들며 문을 그대로 내리찍었다.

쐐액- 쐐액!

악운은 멈추지 않고 창을 휘두르고, 또 휘둘렀다.

이어지는 묵뢰십삼참의 창격.

바닥에 자리 잡은 거대한 철문이 통째로 흔들렸다.

쾅! 쾅!

지반이 흔들리자 그 여파는 석실 전체로 퍼져 나갔다.

푸스스!

천장의 돌가루가 떨어지며 자칫하면 와르르 무너질 것 같은 조짐을 보였다.

하지만 악운은 멈추지 않았다.

그때였다.

구구구궁!

균열의 조짐과는 다른 진동이 석실 내부를 흔들어 놓았다.

예상과 달리 숨겨진 기문진식이 또 있었던 것이다.

드드드득!

돌 갈리는 소리가 나며 악운이 왔던 길을 따라 거대한 석벽들이 솟아오르기 시작했다.

그 순간.

드드드득!

석실 천장 일부가 깨져 나가자 안쪽에 자리 잡았던 두터운 현무암이 보였다.

전력을 다해도 뚫고 들어갈 수 없을 게 분명했다.

'침입자를 향한 마지막 한 수 정도는 대비해 둔 것이냐.'

휘연의 탐욕이 그대로 담긴 기관토목술이다.

자신이 가질 수 없다면 아무도 가질 수 없게 건물, 석실 모든 게 붕괴되어 버리게 설비한 것이다.

이제 남은 선택은 둘 중 하나였다.

계속 남아서 무너지는 건물과 석실에 깔려 죽거나.

아님 석문이 완전히 봉쇄되기 전에 모든 걸 포기하고 여길 빠져나가는 것.

분명 후자의 선택이 가장 합당하게 보였다.

"그렇겠지."

하지만 악운은 막혀 가고 있는 석문 쪽에서 지체 없이 등을 돌렸다.

그러고 나선 창을 휘둘러 또다시 문을 내리찍었다.

쾅!

"선택지가 없으면."

전자, 후자 둘 모두 마음에 드는 선택이 아니다.

"만든다."

찰나의 순간.

악운은 상황에 쫓기는 선택이 아닌 자신이 원하는 선택…… 아니, 결정을 내렸다.

'이 안에 뭘 감췄건 부수고 또 부숴서라도.'

휘연은 설마 침입자가 이런 선택을 할 줄은 몰랐을 것이다.

하지만 하필 이곳의 침입자는 원하는 건 반드시 손에 쥐어야 직성이 풀렸던 사내, 천휘성.

"전부 손에 넣어 주마."

전생의 그는 모두가 혀를 내둘렀던 집요함의 화신이었다.

쿵! 쿵! 쿵!

동시에 석벽들이 땅을 내리찍으며, 악운을 완벽히 가둬 버렸다.

❧

"이게 무슨!"

땅의 진동을 느끼고 나타난 악정호.

그가 도착했을 때 이미 장서각 주변에는 수십 명의 가솔들이 놀란 눈빛으로 삼삼오오 모여 있었다.

먼저 도착해 있던 언 대주가 다가왔다.

"가주님."

"무슨 일이오?"

"정확한 연유는 모르겠습니다. 하나 도착한 가솔들의 언급에 따르면 갑자기 장서각 주변의 땅이 울리고……."

말을 잇기도 전에 쾅! 현판이 떨어지고 전각 지붕 일부가 부서져 추락했다.

쾅! 쾅!

악정호가 인상을 쓰며 소리쳤다.

"모두 삼 장 밖으로 물러나시오!"

"가주님, 더 들으셔야 합니다!"

"가솔에게 큰 피해만 없으면 되오! 건물쯤이야……."

"저 안으로 소가주가 들어가는 걸 본 이가 있습니다!"

침착하던 악정호가 두 눈을 부릅뜨며 언 대주를 돌아봤다.

"다시…… 말씀해 보시오."

"아무래도 지금 이 진동이 소가주와 연관이 있는 듯합니다."

쿠쿠쿠!

그사이에도 장서각 지반에는 커다란 구덩이가 생겨나며 전각이 기우뚱 기울어지고 있었다.

악운의 창에 닿는 문은 이제 부서질 대로 부서져서 바닥 아래로 내려앉기 직전이었다.

쾅! 쾅!

부서진 문틈으로 정체를 알 수 없는 은은한 푸른빛이 마치 지저의 바다처럼 일렁이고 있었다.

악운이 찾던 게 분명했다.

그러나 상황이 좋지 않았다.

석실의 한계가 임박한 것이다.

힐끗 천장을 올려다보자 이미 모든 곳에 균열이 가 있었다.

누가 봐도 무너져 내리기 직전의 천장.

푸스스!

천장이 통째로 붕괴되어 버리면 악운도, 문도, 휘연이 숨겨 놓은 물건도 전부 다 흔적 없이 부서지리라.

쿠쿵!

하지만 악운은 오히려 창을 더 강하게 말아 쥐었다.

'어림없다.'

디디고 서 있던 문을 향해 또 한 번 휘둘리는 창.

쾅!

마침내 디디고 서 있던 문이 와르르 주저앉았다.

발밑이 푹 꺼지며 강한 인력이 몸을 잡아당기는 기분이 들었다.

그때였다.

드드득! 텅!

문의 양 끝을 누르고 있던 잠금장치가 튀어 오르며 석실 안을 흔들던 진동이 빠른 속도로 잦아들기 시작했다.

놀라운 속도로 진정되는 석실 안.

이어서 사방을 가로막았던 석벽들이 쿠쿵 소리를 내며 다시 위로 올라가기 시작했다.

타닥!

악운이 문의 잔재 사이를 헤집고 나왔을 때.

쿠쿠쿠!

모든 균열이 정지에 이르렀다.

'역시나.'

붕괴가 정지된 것을 확인한 악운은 문의 이음새 장치를 쳐다봤다.

예상대로였다.

이 문은 침입자를 구별하는 장치.

그러나 고작 '충격'으로 적아를 구별할 문이라면⋯⋯.

'구별조차 못하게 통째로 부숴 버리면 될 일.'

종려팔획진을 통째로 망가트려 활문을 찾았듯이, 진이 제대로 발동할 수 없게 뿌리째 부숴 버린 것이다.

그야말로.

'발본색원(拔本塞源)의 묘리.'

제갈희선이 우스갯소리로 했던 얘기였지만 그때의 기억이 이리 쓰일 줄 누가 알았겠나.

"후……."

악운은 창을 바닥에 내리꽂으며 호흡을 골랐다.

짙은 고양감이 몸을 타고 희열을 일으켰다.

뜨겁고 강렬하다.

어쩌면 무신으로 자리 잡으며 가장 그리워했던 건 매 순간 느꼈던 이런 고양감과 성취감이 아니었을까?

'전생의 경지 따위 금세 이루어 버리리라.'

악운은 재차 각오를 다지며 앞에 놓인 푸른빛의 암석을 응시했다.

암석은 사람 품에 들어올 만큼의 크기를 지니고 있었다.

이제 알겠다.

어째서 이 석실 안이 그토록 강렬한 한기로 가득했는지.

"미래를 위해 만년석균을 숨겨 뒀을 줄이야."

만년석균(萬年石菌).

만 년간 눈 덮인 설산 단애 부근에서 자라나며 효능을 유지하려면 일말의 빛도 닿아선 안 된다.

스스로 한기를 뿜으며 자생하는 이끼이기에 이곳과 같은

지하 음지에 둔 것은 분명 최적의 선택이었다.

"이미 터를 잡았어."

악운은 작은 돌 주변에 똬리를 틀고 있는 만년석균을 내려다봤다.

연결된 모든 이끼가 하나의 유기체인 만년석균은 한기가 모여 은은한 청광(淸光)까지 내는 상태.

'색을 봤을 때 복용하기 최적의 시기야.'

악운은 동생들이 떠올랐지만 내심 고개를 저었다.

만년석균은 강력한 음기를 지닌 영약.

아직 기반을 마련하지 못한 아이들이 감당할 수 있는 영약이 아니다.

설사 영약을 삼키게 한 후 복용의 도인(導引)을 도울 방법을 강구한다 하더라도…….

'무리야. 아버지도, 현재의 나 역시.'

영약 도인에는 영약을 압도할 내공이 필요하다.

당장 아이들의 성장을 기다려 줄 수도 없는 노릇.

결국 아버지와 언 대주 그리고 자신 중의 한 사람이 복용하는 편이 최선이다.

'그럼 내가 받아들인다.'

모든 조건과 효율성을 따져 봐도 가장 성장도가 높을 선택이다.

게다가 다른 중요한 이유도 있으니, 더 이상 재거나 따질 필요 없다.

악운은 만년석균 앞에 가부좌를 틀고 앉았다.

스륵.

손에 닿는 이끼들을 한 움큼씩 잡아 들어 꼭꼭 씹어 넘겼다.

목구멍 뒤로 만년석균의 이끼가 닿을 때마다 온몸의 솜털이 곤두설 냉기가 느껴졌다.

"후우."

설산 위에 앉은 듯 내뱉은 호흡 속에 허연 입김이 피었다.

시작이다. 혼세양천공의 중재력 강화에 이은……

'가능하다면 음한지기를 활용한 수공(水功)까지.'

이렇게 그것들을 익힐 줄은 몰랐는데.

자식들의 권력욕에 의해 버려진 장강수로채의 수왕(水王).

백해용왕(白海龍王), 웅천성의 신공을!

❦

언 대주가 고개를 저었다.

"제가 들어가겠습니다."

"내가 들어가겠소."

"가주님께서는 가문의 기틀이십니다."

"하나……!"

"하지만 아비로서의 삶도 포기할 수 없는 일. 그럴 때 저를 쓰셔야 하는 것이지요."

"하지만 언 대주 역시……!"

"제 아들을 위한 유산은 이미 모두 지켰습니다. 또한 설사 제가 잘못된다고 한들 가주님께서 곁에 계셔 주실 테지요."

언 대주의 조언에 악정호는 피가 나도록 주먹을 꽉 움켜쥐었다.

"가솔의 희생과 그에 따른 도의, 책임, 고통을 모두 감당하는 자리가 가주란 자리입니다. 그래서 아무나 가주가 될 수 없는 것이지요."

"맞는 말이나……."

악정호가 입고 있던 장포를 벗어 던졌다.

"다른 길은 늘 있소. 그러니 가주와 아비의 삶 모두를 지킬 수 있는 방법은 가솔을 희생시키지 않는 선에서 내가 찾아보겠소. 그것 역시……."

악정호가 언 대주보다 앞서 걸었다.

"가주가 다해야 할 책임이라고 배웠소. 내 아버지께서 늘 선봉에 계셨던 것처럼."

그때였다.

당장 무너질 것처럼 부서져 가던 전각의 흔들림이 잦아들었다.

쿠쿠…….

지반 위로 퍼져 가던 균열 역시 더는 번져 가지 않았다.

"가주님, 흔들림이 멈춘 것 같습니다!"

화색 어린 조 총관의 목소리와 함께 악정호가 언성운을 쳐다봤다.

"언 대주."

"예, 가주님."

악정호의 부름에 언 대주가 기다렸다는 듯 고개를 숙였다.

"……갑시다."

뒤따르는 언 대주의 입가에 엷은 미소가 스쳤다.

문득 이곳에 머물길 잘했다는 생각이 들었다.

그리고 그런 두 사람의 등을 지켜보던 사마수가 말했다.

"가주님을 저대로 두셔도 되겠습니까?"

"물론 안 되지. 하지만 사마 각주 역시 들었잖은가. 만류하던 언 대주의 이야기를…….'

호사량이 덧붙였다.

"흔들림이 멈췄다고 해서 붕괴의 위험이 사라진 것은 아닙니다."

"그럼 왜 나서지 않았나?"

도리어 조 총관이 되물어본 그때.

악로삼당이 조금의 지체 없이 가주와 합류하는 게 보였다.

"저 모습을 보고 어찌 말리겠습니까? 저 역시 가솔들이 구조물을 더 섬세하게 다룰 수 있게 서둘러 조언해야겠습니다."

바삐 움직이는 호사량을 보며 조 총관이 희미하게 미소 지었다.

"어쩌면 기회일 수도 있을 것 같구먼."

나란히 선 사마수가 물었다.

"어떤 기회를 말씀하십니까?"

"때때로 가장 어려운 순간이야말로 우리가 무엇을 좇고 있는지 알 수 있는 순간이 되질 않나."

조 대인은 새로 모인 이들이 자연히 악정호를 중심으로 결집되어 가는 것을 느끼고 있었다.

가문의 기틀이 잡혀 가고 있는 것이다.

그러니 부디…….

'별 탈 없이 돌아오기를.'

조 총관은 악운의 얼굴을 떠올리며 기원했다.

　　　　　　　　　　　　🙢

'흡!'

타들어 가는 한기.

굳어 가는 몸.

상황은 좋지 못했다.

내부를 휘도는 만년석균의 충격에 의식마저 희미해지는 중이다.

예상은 했지만 상상 이상의 한기였다.

츠츠츠!

악운의 불거진 핏줄 위로 짙은 푸른빛이 감돌았고 눈썹과 머리카락은 마치 설산 한가운데 앉아 있는 것처럼 새하얀 서리가 자라났다.

웅! 웅!

갈수록 거세지는 기의 흐름.

만년석균의 한기(寒氣)는 마치 거대한 교룡(蛟龍)처럼 사지백체로 흘러들었다.

츠츠츠!

'나눠 복용하면 좋았으련만!'

만년석균은 유기체라 일부가 끊어지면, 끊어진 단면 틈으로 영험한 기운이 소실된다.

복용하기로 마음먹었다면 오래 끌지 않고 모조리 삼켜야 했던 것이다.

최악의 선택이 될 수도 있는 결정이었다.

하지만…….

'그래, 오너라.'

악운은 그럴수록 침착하고 기민하게 판단하고 실행했다.

혼세양천공이 뒷받침되고 그것을 완벽히 다룰 스스로의 역량을 믿었기 때문이다.

'뭉쳐 있는 기운부터 퍼트려야겠어!'

악운이 다루는 혼세양천공의 기운이 만년석균의 기운을
유인했다.

츠츠츠!

거대한 교룡이 먹이감을 발견한 듯 질주해 왔다.

웅! 웅!

만년석균의 기운이 눈 깜짝할 새 혼세양천공의 턱밑까지
쫓아왔다.

하지만 어림없다.

'달마세수경.'

때를 기다렸던 달마세수경의 기운이 부드럽게 만년석균의
기운을 보듬어 나갔다.

순식간에 두 개의 기운으로 나뉘는 만년석균의 기운.

그오오오!

두 개로 나뉜 덩어리가 달마세수경과 혼세양천공 양쪽을
전부 뒤쫓았다.

또다시 시작된 추격전.

'일관심법, 복마심법.'

악운은 지체하지 않고 또 다른 두 개의 기운을 풀어 만년
석균을 유인했다.

네 개의 기운으로 나뉜 만년석균.

츠츠!

네 마리의 교룡이 각 간으로 흘러 휘돌았다.

잠깐은 잠잠한 듯 보였지만…….

'이제 시작이다.'

각 기운과 뒤섞인 만년석균은 어마어마한 내공 가속도를 일으켰다.

혼세양천공의 근간은 태양진경이며, 양을 길러 음과의 균형을 지킨다.

마치 풍수와 같다.

'양혼지무가 외수구의 역할을 하여 외수 역할을 하는 태신보를 감싸 내수구로 이끈다. 막혀 있던 내수구의 문이 열릴 수 있게.'

내수구(內水口)는 내수의 문이며 양의 본격적인 틀이 된다. 태양진경의 일부이며, 기초이자 전체인 태양신공을 완성하는 보조 심결로써 이를……

'태의심로경(太依心路經)이라 한다.'

혼세양천공의 근간은 태양진경.

태양진경이 하나씩 완성될수록 혼세양천공도 강해진다.

악운이 만년석균의 기운을 받아들일 수 있었던 이유였다.

'됐다.'

이로써 혼세양천공의 중재력이 강화되었으니 나머지 간에 있는 기운 역시 차츰 진정되어 가리라.

하지만.

웅웅!

점점 흡수되어 가던 만년석균의 기운이 갑자기 변화를 일으켰다.

'설마……'

그건 악운이 예상하지 못한 변수였다.

만년석균의 기운 역시 영기(靈氣).

더 이상 이 기운은 자신이 포식자가 아니라는 걸 깨달은 것이다.

구구구!

'내보내면 안 돼!'

악운이 황급히 각 간의 기운을 통해 빠져나가는 기운을 이끌어 봤지만 때는 늦었다.

각 간에 나뉘어 진정되어 가는 줄 알았던 기운이 일제히 간에서 빠져나와 혼세양천공의 기문으로 몰려들기 시작한 것.

순식간에 상황이 바뀌었다.

다시 거대한 교룡이 되어 가는 만년석균의 기운.

구구구구!

기문에 있는 혼세양천공의 중재력이 약화되기 시작했다.

'늦었어.'

중재력을 통해 모든 기운을 상생시켜 줘야 하는 혼세양천공이 만년석균의 기운을 진정시키느라 중재력을 제대로 일으키지 못하고 있었다.

위험했다.

이대로라면…….

'상생하고 있던 모든 기운이 서로 파생되어 충돌한다!'

쿨럭.

기다렸다는 듯 악운의 입가에 검은 피가 줄줄 새어 나왔
다.

'안 돼.'

악운은 자칫 조급해지는 마음을 다스렸다.

마음의 힘은 기적 같은 현상화를 일으켰다.

이번이라고 다를까.

'해낼 수 있다. 방법을 모를 뿐, 한계를 깨는 길은 어디에
든 있어.'

점점 몸이 버텨 내질 못하는 게 느껴진다.

'이대로라면 기운이 균형을 잃어 온몸이 찢어지며 죽어 가
겠지. 중재력을 되찾아 온몸의 균형을…….'

균형. 균형.

계속 되뇌던 단어 속에 어떤 잔상이 악운을 스쳐 지나갔
다.

　-우각균진권과는 차원이 다른 강맹함이었습니다만 미묘
하게 균형을 잃은 느낌이었습니다.

　-균형을 잃었다? 자세히 말씀해 주시겠소?

―예, 같은 뿌리는 이어지는 법이라 배웠습니다.

대체 전혀 상관없는 얘기가 왜 갑자기 떠오른 것일까?
자문한 그때.
'뿌리가 이어지는 것은 곧 연결을 뜻하는 것. 조화의 균형
을 지탱하는 건 혼세양천공의 기운이지, 기문이 아니야.'
어찌하여 그 생각을 못 했을까.
'정해진 틀 따윈 없다.'
혼세양천공의 기운은 기문에만 자리 잡은 게 아니다.
'어디로든 갈 수 있어.'
만년석균의 기운과 충돌하는 전장을 기문에서 모든 간으
로 확장시키는 것이다.
기문에서만 모든 기운을 중재시키는 게 아니라.
'간이 있는 어디에든 혼세양천공이 함께하는 거야.'
그 생각이 끝나기 무섭게.
구구구!
악운의 내부가 변화했다.
빠른 속도로 분할되어 흩어져 가는 혼세양천공의 기운.
혼세양천공과 뒤섞여 있던 만년석균의 기운이 강제적으로
찢어지며 다른 맥으로 나뉘었다.
달마세수경, 일관심법, 복마심법의 간으로 흩어진 것이다.
위험을 느낀 만년석균의 기운이 또다시 빠져나가려 했다.

하지만.

츠츠츠.

각 간에 자리 잡은 기운이 나뉘어 퍼진 혼세양천공과 합세해 미약해진 만년석균의 기운을 완벽하게 봉쇄했다.

'지금이야.'

악운은 마지막으로 발악하는 만년석균의 기운을 이끌어 혼세양천공의 기운을 새로운 간을 향해 밀어 넣었다.

지금이야말로 수왕의 유산 '해룡포린공(海龍袍鱗功)'을 일으킬 최적의 기회니까.

비로소.

쿠쿠쿠쿠.

온몸을 잠식했던 짙고 푸른 한기가 영롱한 청기(淸氣)로 물들어 갔다.

악운은 변화를 겪고 있었다.

대맥과 네 개의 간에 퍼진 기운이 새로운 변화를 꾀하고 있었던 것이다.

츠츠츠!

처음엔 태의심로경(太依心路經)으로부터 비롯됐다.

만년석균의 기운과 합쳐진 태의심로경의 기운이 혼세양천공의 기운과 뒤섞여 새로운 간에 자리를 잡은 것이다.

'흐르도록 내버려 둔다.'

통제는 혼세양천공의 길이 아니다.

통제 대신 자유로운 상생이 혼세양천공을 통해 꾀하려는 극의.

태의심로경의 기운과 해룡포린공(海龍袍鱗功)의 기운이 서로 연결되며 두 간이 긴밀해졌다.

웅! 웅!

혼세양천공의 기운에 녹아들기 시작한 만년석균의 기운이 두 기운을 북돋았다.

'끝이 아니야. 이건 마치……'

일전부터 생기기 시작한 변화와 일맥상통했다.

바로 기운이 조화롭게 균형을 이룰 때 생기는 개성.

'증폭.'

그것이 단순히 무공을 펼치는 것을 넘어서서 두 기운을 연결시켜 버린 것이다.

그 순간.

화르륵!

일관심법과 복마심법의 기운 역시 서로를 끌어당기며 어우러졌다.

츠츠츠.

그러자마자 해룡포린공의 기운과 뒤섞여 있던 태의심로경의 기운이 일관심법의 기운을 끌어당겼다.

그럴수록 만년석균의 기운은 혼세양천공과 네 기운에 빠르게 흡수되어 갔다.

이어서 그 위를 따뜻하게 감싸 안는 은은한 금빛 기류.

'달마세수경.'

이쯤 되자 악운은 내부에 어떤 변화가 시작됐는지 확실히 깨달을 수 있었다.

'오행의 시작.'

각 기운에 담겨 있던 균형이 서로의 존재로써 갖춰지며 완벽한 의미의 균형을 찾은 것이다.

'흙을 닮은 달마세수경이, 쇠를 닮은 태의심로경이, 물을 닮은 해룡포린공이, 나아가 불과 나무를 닮은 일관심법과 복마심법이.'

이제 긴밀히 연결된 다섯 개의 간은 완벽히 흡수된 만년석균의 기운을 기반으로 하여 하나의 원을 그리기 시작했다.

쾅, 쾅, 쾅!

그 기운은 사지백체로 뻗어 나가 혼세이문을 넘었고 삼문, 사문, 오문까지 성장했다.

간의 틀을 넘어서서 하나로 숨쉬는…….

'방(房)의 시작.'

악운은 온몸에 휘도는 거대한 기류를 느끼며 천천히 눈을 떴다.

"후우우."

내뱉는 호흡에는 더 이상 그 어떤 한기도 담겨 있지 않았다.

오히려 산이라도 무너트릴 것 같은 충만한 내공 덕분에 강력한 활력이 인다.

"이 정도 내력이라면……."

앞으로의 성장 속도는 날개라도 달린 것처럼 과거의 수준을 빠르게 따라잡을 게 분명했다.

츠츠츠!

악운의 손끝에 여섯 기운의 기류가 피어올랐다.

무형화로 이뤄진 경력이 아닌 완벽히 유형화된 기류(氣流).

씨익.

만족스럽게 웃은 악운의 감각에 다가오는 기척들이 느껴졌다.

보나 마나…….

'아버지.'

서둘러 살아 있다는 소식을 전해야 했다.

⁂

악정호의 눈에 이채가 흘렀다.

"찾았군."

무너진 벽과 대들보 등의 구조물들을 안전하게 치워 가던 가솔들이 마침내 반쯤 드러난 통로를 발견한 것이다.

"운이, 안에 있느냐!"

"예, 여기 있습니다!"

반쯤 열린 통로 사이로 서서히 걸어 나오는 인영(人影).

"하아……."

그제야 악정호가 안도의 한숨을 내쉬었다.

"찾았다!"

곁에 있던 삼당주가 환호성을 질렀고 호사량 역시 굳어 있던 표정에 희미한 미소가 스쳤다.

언 대주도 서둘러 소리쳤다.

"소가주, 다친 곳은 없소?"

"예, 아주 괜찮습니다."

어둠 속에서 완전히 걸어 나온 악운은 새카만 먼지만 뒤집어썼을 뿐 조금의 생채기도 없어 보였다.

그때였다.

악정호의 표정이 딱딱하게 굳었다.

"허……!"

악운은 대략 아버지의 심정이 예상됐다.

하긴 무사한 걸 확인하셨으니 화를 내시려는 것이겠지.

"심려 끼쳐 드려 송구합니다."

그러던 찰나.

악운의 눈에 호사량이 웃음을 꾹 참고 있는 게 보였다.

음? 왜 웃는…….

고개를 갸웃거리던 악운은 순간, 자신의 아래를 내려다보았다.

입고 있던 옷은 흔적도 보이지 않았다.

그 대신……

덜렁.

'아, 이런.'

온몸을 뒤덮었던 기파는 악운만 뒤덮었던 게 아니었다.

입고 있던 무복을 흔적도 없이 소멸시킨 것이다.

서둘러 생존 소식을 알려야 한다는 생각 때문에 이런 부분
(?)은 생각도 못 했다.

악정호가 골을 짚으며 언 대주에게 물어봤다.

"대체 이 상황을 어찌 받아들여야 할 것 같소?"

자초지종을 듣고 경거망동한 게 있으면 혼이라도 내려 했
건만.

전혀 예상 못 한 상황이었다.

"모두 무사하니 웃음으로 넘어가시지요. 그나저나…… 뭐
하나만 여쭤봐도 되겠습니까?"

"말씀해 보시오."

"소가주가 한창 클 때 뭘 먹이신 겁니까? 오늘 보니 제 아
들도 먹여야겠다 싶습니다, 껄껄!"

"진짜 언 대주까지 이럴 거요?"

기다렸다는 듯 삼당주들이 다가왔다.

"말씀해 주시는 김에 저희에게도……."

악정호가 와락 인상을 구겼다.

그 와중에 호사량은 이미 악운 곁으로 다가가며 넌지시 물어보는 중이었다.

"소가주, 요즘 혹여 특별히 드시는 게 무엇이오?"

"예?"

지켜보던 악정호의 한숨만 땅이 꺼져라 깊어졌다.

가문의 진로가 심히 걱정되는 하루였다.

"빨리 장포라도 빌려 입지 않고 뭐 하고 있어!"

짧은 소동(?) 이후.

가솔들은 악운을 데리고 붕괴 직전의 전각을 빠져나왔다.

밖에서 마음 졸이고 있던 가솔들도 그제야 환호성을 지르며 모두의 무사 귀환에 안도했다.

악운은 자신을 걱정하며 빙 둘러선 가솔들을 돌아봤다.

눈물을 글썽이는 의지부터…….

"오라버니 다친 데 없죠? 정말이죠?"

"그럼."

"으아앙!"

"형님, 정말 다행입니다."

"고맙구나."

울고 있는 제후를 다독이며 의지 곁을 지켜 준 예랑.

그리고 가솔들을 다독이던 조 총관과 사마수가 있었다.

"자초지종은 모르겠으나 가주님께서 무척 걱정하셨네. 한 소리 들을 각오를 해야 할 걸세."

사마 각주도 조 총관의 말에 동의했다.

"한 소리만 들으면 다행이지요. 그래도 무사해서 다행이오."

"예, 큰 사고를 쳤으니 모두 감수하겠습니다."

빙긋 미소 지은 악운이 자신을 중심으로 둘러선 가솔들을 돌아봤다.

문득 천휘성의 마지막 삶이 교차되듯 보인다.

과연, 같아질까?

'아니.'

이번에는 단연코 같지 않을 것이다.

어려움을 함께한 이들을 보살필 것이며, 동행한 동료들이 외롭지 않게 모든 길을 같이 걸을 것이다.

쌓여 가는 시간은……

'거짓말하지 않으니까.'

그 순간 천휘성으로서 함께 교차됐던 과거의 잔상이 안개가 걷히듯 사라져 갔다.

가슴에서 뜨거운 게 울컥 솟았다.

감정의 여운이 온몸을 타고 찌릿하게 흐르던 그때.

신 각주의 까랑까랑한 음성이 들려왔다.

"소가주, 전각 한 채에 들어가는 자재에 인부 삯까지 포함하여 부과될 것이니 그리 아시오."

"예?"

"뭘 그리 당황하시오? 나 역시 소가주가 무사한 건 기쁘나 공사는 구분해야 하지 않겠소? 더 세밀한 계산을 해 봐야겠지만 계산이 끝나고 나면…….."

신 각주가 의미심장한 미소를 지어 보였다.

"빚 갚느라 고생 좀 하실 게요. 아, 물론 이 모든 건 가주님의 뜻 아래 이루어졌으니 너무 서운해하지 마시오."

악정호가 신 각주의 어깨 너머로 비릿하게 웃고 있었다.

'맙소사.'

걱정시킨 대가를 고스란히 받겠다는 뜻이 틀림없었다.

이후 장서각의 전각은 이대로 두면 위험하기만 해서 철거 후 새로 짓기로 했다. 당연히 그에 따른 금액은…….

"예, 제가 짊어져야죠."

악운이 담담히 말했다.

태평전에서 독대하고 있던 악정호의 눈에 이채가 흘렀다.

"뭘 믿고 이렇게 담담해?"

"제가 떼쓴다고 철회해 주실 겁니까?"

"이미 명한 일을 어찌 주워 담겠느냐. 신 각주가 정계각 가솔들과 함께 잘 논의해서 네게 청구할 게다."

"예, 압니다. 그래서 아버지께 떼쓰지 않는 것이고요."

"그래도 혹시 아느냐. 모든 것에는 예외라는 게 있는 법이니 네가 안 쓰던 떼까지 쓰면 아비가 특별히⋯⋯."

"소가주라고 예외를 두면 가칙이 흔들립니다."

오랜만에 큰아들 응석이나 받으며 놀리려 했던 악정호는 칼 같은 악운의 반응에 말없이 입맛만 다셨다.

기특해야 하는 건 맞는데 아비로서 아쉬운 것도 사실이었다.

"알아, 운석아. 네 생각이 어떠한지 한번 들어보려 물어본 게다. 잘못을 저질러 놓고 뭐가 이리 당당한 게야?"

악정호는 한차례 혀를 찬 후 새 옷으로 갈아입은 악운을 지그시 바라보았다.

이미 전후 사정은 충분히 들었다.

'숨겨진 밀실 안에는 아무것도 없었으나 감춰져 있던 기관 토목술이 발동되었다'라고.

하지만.

'쉬라고 보낸 운이가 다시 나를 찾아온 데에는 이유가 있는 것이겠지.'

아들이지만 심중에 어떤 것들을 고려하고 있는지 아비조차 모를 만큼 속이 깊다.

이번에도 말하지 않은 속사정이 있는 것 같았다.

"자, 담소는 이만하면 된 것 같으니 슬슬 아비를 찾아온 연유부터 얘기해 보거라. 궁금하구나."

"예상하셨습니까?"

"어느 정도는."

고개를 끄덕인 악운이 담담히 속사정을 말했다.

"그 안에서 영약을 복용했습니다."

"영약?"

"예."

"어떤 영약이었기에 그 자리에서 바로 말하지 않고 이제야 말하는 게야?"

"만년석균이었습니다."

악정호가 대답 대신 자리에서 벌떡 일어났다.

"지금 만년석균이라 했느냐."

"예."

"욘석아, 그게 뭔 줄 알고 삼켜!"

"제가 복용하는 것이 만년석균이라는 것쯤은 그간 쌓아 온 지식을 통해 충분히 유추할 수 있었습니다. 위험하다는 것 역시도 알고 행했습니다."

악정호의 눈빛에 노기가 감돌았다.

"큰일을 치를 수도 있었다!"

"송구합니다. 하지만 만년석균이 밖에 새어 나가면 안 된다고 생각했습니다."

"뭐?"

"아버지, 현재 우리 가문을 보는 눈이 많습니다. 일손을 돕는 가솔들 중에는……."

악운은 확신하듯 단언했다.

"황보세가 혹은 동진검가의 사주를 받은 자들도 있을 겁니다. 우리는 아직 일손을 돕는 가솔들의 배경까지 조사할 만큼의 여력이 없어요."

가문을 지킬 호위대도 부족한 마당이다.

그게 가능할 리 없다.

"설마 각주나 당주 등도 의심하는 게야?"

"아뇨. 그건 아닙니다."

"어째서?"

"그들은 이상하다고 비난받아도 갈 길 가는 사람들이죠. 남 밑에서 눈치나 보며 일할 사람들이 아닌 것 같아서요. 그럴 바엔 은거를 택할 겁니다."

틀린 말이 아니었다.

구성원 중 조 대인과 신 각주만 떠올려 봐도 그랬다.

"그런데도 왜 감추려는 게야?"

"모르고 지나면 편할 일에 괜히 부담을 얹어 주고 싶지 않아서요. 알려 봐야 이 일을 감추고자 알게 모르게 신경을 쓰게 될 거예요. 그게 더 티 나는 일이죠. 그러다 혹여 이 일이 새어 나가면……."

악운의 눈빛이 싸늘하게 식었다.

"우리는 그만큼 위험해집니다. 우리 가문이 조금이라도 위협이 되면 두 세력이 손을 잡을 가능성이 늘어나니까요."

악정호가 다시 털썩, 자리에 앉으며 말했다.

"그래, 그렇다 치자. 하지만 모든 일이 납득이 가는 것과는 별개로 네 선택은 독선적이었어."

"예……."

"너를 걱정할 가족들을 고려하지 않은 선택이었던 것이야. 감당하지 못할 일이었다면 일단 빠져나와 아비에게 언질을 주고 의논했어야 해."

악운은 눈을 떨어트렸다.

아버지의 말을 모두 인정해서가 아니다. 충분히 감당할 수 있는 일이라 보았기에 행한 것이니까.

다만.

'나에 대해 깊이 모르는 아버지로서는 당연한 말씀이야. 감당할 수 없는 선택을 하는 내가 위태로워 보이실 테니.'

그렇기에 악운은 고개를 숙였다.

아들이니까.

"정말 죄송해요, 아버지. 다시는 이런 일 없을 거예요. 감당하지 못할 일은 무리하게 행하지 않을게요."

"안 믿어."

그래.

아버지 말씀대로 분명 거짓말이 될 것이다.

앞으로도 이런 일 비일비재할 테니까.

하지만 적어도 오늘은……

"정말이에요."

아버지를 조금이라도 위로해 주고 싶은 마음이 컸다.

악정호도 그제야 마음을 조금이나마 풀었다.

"하아. 그래, 알았다. 또 그럴 거라는 건 아비도 알지만 조금이나마 이 아비 마음을 헤아려 줘서 고맙다. 하지만 화가 다 풀린 건 아니야. 무림 출도 전까지 자중해. 그리고……"

악정호의 눈빛이 진지해졌다.

"네 말대로 이건 너와 나만 아는 일로 마무리하자. 굳이 가솔들의 귀에 들어가 봐야 좋을 게 없어."

"예."

"대답은 잘해요. 됐고, 손이나 내밀어 봐."

"왜요?"

"주화입마 조짐은 없는지 들여다봐야지! 얼른 손 안 내밀고 뭐 해!"

곧이어 빼앗듯 악운의 손을 끌어당긴 악정호가 자신의 기운 일부를 밀어넣기 시작했다.

악정호가 악운의 범상치 않은 내부 변화를 알아낼 수도 있는 상황.

장내에 묘한 긴장감이 서렸다.

⟨≈⟩

　－만년석균을 통해 엄청난 기연을 얻었구나. 정말 어마
어마한 내공을 얻었어.

맥을 살핀 아버지의 평가.

전각을 빠져나온 악운은 내심 미소 지었다.

사실 손목을 내미는 순간부터 아버지가 내부의 변화를 모
두 알아채리라고는 생각하지 않았다.

'육신이 재구성되었다고는 하지만…….'

기문은 여전히 하나이며, 단전 역할을 하는 일관심법의 간
(間)이 있다.

하나의 무공만 익히고 있을 거라는 선입견을 기반으로 한
짧은 탐색만으로는 절대 내부의 변화를 파악할 수 없다.

그 결과로 아버지는 내공량에 대한 부분만 언급하셨다.

'하지만…….'

아버지가 느꼈을 내공량은 몸 안에 자리 잡은 내공의 십
분지 일도 안 된다.

전신에 자리 잡은 내공량까지 하면.

'팔십 년 내공, 일 갑자를 훌쩍 넘었어.'

잠재력만 봐도 이제 천하를 논할 수 있는 수준이었다.

하지만 악운은 당연히 그 부분에 대해 얘길 꺼내지 않았다.

영약을 완벽히 흡수하는 건 쉬운 일이 아니다.

십 할을 복용하면 가진 바 세맥의 역량과 심법의 수준 등 다양한 요인에 따라 크게는 구 할까지 소실된다.

악운처럼 조금의 소실도 없이 영약을 모조리 흡수했다는 건…….

'기적이지. 이를 아셨다면 그럴 수 있었던 이유를 듣고 싶어 하실 테고.'

그래서 그 부분의 언급은 피했고 잘한 일이라고 생각한다.

여러모로 만족스러운 마무리와 성과다.

'성장하기 위해 필요했던 시간을 대폭 줄일 수 있었고, 맥에서 방(房)으로 확장한 내부는 이제 새로운 전환점을 맞이했어.'

진정한 의미의 만류(萬流)에 가까워지고 있는 것이다.

처소로 향하는 악운의 발걸음이 경쾌했다.

❧

"이제 오시오?"

"예. 이 야심한 시각엔 어인 일로 오셨습니까? 혹여 혼담 거절에 관련된 문제 때문에 오신 것입니까?"

기다리고 있던 호사량이 특유의 얼음장 같은 표정으로 다가왔다.

"아니오. 그 일이야 계획을 수립한 대로 진행하이면 될 일이고⋯⋯. 그 일 말고 다른 일을 여쭤보려 왔소."

"뭡니까?"

"추가적인 밀실의 존재는 나 역시 의심하던 부분이었소. 그런 와중에 소가주가 밀실을 찾았고 내 추측이 맞았다는 걸 깨달았소."

"예."

"그래서 더욱더 이해가 안 된다오. 그만한 규모의 밀실이 발견되었는데도 소가주가 그 안에서 어떤 것도 발견하지 못했다는 것이 말이오."

"예, 안에는 아무것도 없었습니다."

집요함과 호기심이 강할수록 의문을 품고, 의문은 더 나은 방향성을 제시할 또 다른 기반이 된다.

호사량은 악운을 흐뭇하게 하는 가솔이었다.

하지만 이미 아버지와 침묵을 지키기로 정리했다.

"따로 빼돌린 것이겠지요."

"그렇소?"

"예."

"그렇구려. 야심한 시각에 찾아와 실례가 많았소. 그럼 이만⋯⋯."

악운은 잠시 스쳐 가는 호사량의 뒷모습을 그윽하게 바라보다가 그의 등에 대고 한마디 덧붙였다.

"멀고 가까움, 높고 낮음에 따라 세로로 보면 산줄기, 가로로 보면 봉우리라……."

순간 호사량이 걸음을 우뚝 멈춰 세우고 놀란 눈빛으로 악운을 돌아보았다.

방금 악운이 읊은 시의 한 구절.

그 속에 담긴 의미를 파악한 것이다.

"소가주……!"

"너무 실망하지 마십시오. 답은 보기에 따라 다른 것이라지요."

악운은 아버지와의 약조도 지키면서 동시에 호사량의 답답함도 풀어 줄 수 있는 최선의 대답을 찾은 것이다.

아니, 가장 하고 싶었던 말은 단 한마디.

"세상에 틀린 대답은 없습니다. 다른 이유와 대답이 있을 뿐. 좋은 질문이었습니다, 부각주."

악운은 앞으로도 그가 모든 일에 스스로에 대한 확신을 갖고 가문을 위해 힘써 주길 바랐다.

"틀린 것이 아니다……?"

호사량이 그제야 얼음장 같은 표정을 풀고 희미하게 미소 지었다.

악운 역시 의미심장한 눈길을 보내며 돌아섰다.

"편안한 밤 되십시오."

달밤 아래 즐거운 대화였다.

❦

그날 이후 악운에게 이런 질문을 건네는 이는 없었다.

악운도 무림 출도를 위해 한동안 떠나 있을 작정이었기에 예랑을 포함한 동생들과 많은 시간을 보냈다.

그런 와중에 악정호의 뜻으로 오랜만에 아이들을 데리고 장 노야의 서점에 들르게 되었다.

하지만 장 노야의 서점은 문이 잠겨 있었고, 안에는 아무 인기척도 느껴지지 않았다.

늘 자리를 지키던 장 노야는 어디로 간 걸까?

악운이 잠시 가문을 떠나기 전 유일하게 아쉬웠던 일이 었다.

그렇게 악운이 동진검가를 향해 출도하던 날.

동평에서는 인편뿐 아니라 전서구들이 하늘을 날아올랐다.

그것들은 대부분 급보였다.

산동악가의 소가주인 옥룡불굴(玉龍不屈)이 동진검가와의 혼담 제안 결과를 지니고 있다.

보현각 각주가 가주의 친필 서한을 들고 황보세가로 출발했다.

산동이 동진하고 있었다.

북동쪽의 이름 없는 숲길.

우거진 수풀 사이로 스며드는 햇살이 눈을 부시게 했다.

달리고 있던 악운이 잠시 걸음을 멈춰 세우고 주변을 돌아보았다.

소로가 사라지는 걸 보니 평음현을 지나는 길목에 접어든 것 같다.

'평음현을 지났으니 이제 이틀만 지나면 산동인가.'

산동 제남. 황하를 끼고 있는 경관이 아름다운 대도시이며 한때는……

'산동악가가 자리 잡았던 터전.'

물론 이제는 아니다.

산동악가의 사람도, 유산도, 터도 남아 있는 게 없다.

모든 게 흩어졌고 사라졌다.

그럼에도 동진검가 입장에서 산동악가의 부활은 썩 탐탁지 않을 것이다.

'산동악가가 확장할수록 동진검가는 한때 산동악가의 터

전이었던 곳을 점거했다는 얘기가 나오는 것이 싫을 테니. 하지만…….'

발 없는 말은 천 리를 간다.

혈교에 의해 강제로 피난길에 올랐던 산동악가가 건재한 이상.

동진검가가 장악하고 있는 제남의 일부 부지들에 대해 산동악가는 언제든 소유권을 주장할 명분이 있었다.

'그래서 더욱 혼담을 주선하려는 것이겠지.'

혼담이 성사된다면 이런 이야기들은 자연스레 불식될 것이며, 자연스레 산동악가에 발도 뻗을 수 있게 되리라.

동진검가 입장에서는 조금도 힘들이지 않고 산동악가를 삼킬 수 있는 기회로 보일 터였다.

잠깐 상념에 잠긴 사이.

"소가주."

뒤따라오던 호사량이 말을 몰아 다가왔다.

"수련도 좋지만 말도 좀 쉴 시간을 줘야겠소. 이런 경우는 처음 보는군."

무슨 소리인가 싶어 악운이 말을 돌아봤다.

말의 눈동자가 반쯤 풀려 있었다.

며칠을 쉴 시간도 주지 않고 계속 달려 대니 말도 지쳐 버린 것이다.

호사량이 말에서 내리며 혀를 내둘렀다.

"소가주가 신법 수련을 거듭할수록 점점 더 빨라지고 있다고 느끼는 건 내 착각이오? 말이 지쳐서 따라잡는 게 느려진 건가."

"말이 지쳐서 그런 것일 겁니다."

"둘 다인 것 같지만 그렇다 칩시다. 아무튼 이틀은 더 가야 하니 적당한 냇가부터 찾는 게 좋겠소."

"예. 우선 말이 목부터 축일 수 있게 하시지요."

호사량이 고개를 끄덕인 후 말고삐를 잡아당긴 그때였다.

두두두!

땅이 울리면서 열댓 필의 말들이 나타났다.

호사량이 선봉에 선 말이 들고 있는 깃발을 보며 눈을 빛냈다.

깃발에는 동(東)이란 글자 위로 검이 그려져 있었다.

"저 깃발은……."

"아는 기(旗)입니까?"

"동진검가인 것 같소."

"아직 이틀이나 남았는데?"

"마중을 명분으로 한 압박이 아니겠소? 세력 규모로 기를 누르려는 뻔한 처사겠지."

"눌리십니까?"

"그래 보이오?"

악운은 고개를 저었다.

지금 호사량의 눈빛은 흥미로움으로 가득해 보였다.

"워, 워!"

선봉에 섰던 젊은 무림인들이 일제히 말에서 내리며 갈색 견폐를 펄럭였다.

"혹여 산동악가에서 나오신 분들이오?"

서른 정도 되어 보이는 서글서글한 호남형의 청년이었다.

호사량은 기다렸다는 듯 악운의 뒤로 한 걸음 물러나며 말했다.

"소가주, 동진검가의 소가주로 보이오."

그 말이 끝나기 무섭게 악운이 포권을 취했다.

"산동악가의 소가주, 악운이라 합니다. 동진검가의 소가주가 되십니까?"

악운의 반문에 곁에 있던 거한이 기세 좋게 외쳤다.

"그렇소. 약관이 되기도 전에 산동십대고수의 반열에 오른 '진련휘협(震練輝俠)'의 명성을 듣지 못하셨소?"

산동십대고수, 산동성 내의 유명한 고수들을 말했다.

그러나 실력보다는 유명세가 한몫했기에 고수들의 무위 차가 컸다.

"휘호대 대주는 그쯤 하시오."

"예, 소가주. 답답한 마음에 그만……."

말투는 꾸짖는 듯했지만 눈은 웃고 있었다.

사전에 서로 그리하기로 약조한 건가?

악운은 내심 미소 지으며 이어진 인사를 마주했다.

"진련휘협이란 과한 명성은 크게 신경 쓰실 것 없소. 동진 검가의 소가주 진이호라고 하오. 악가의 손님들을 환영하는 바요."

"고맙습니다. 그런데…… 아직 제남까지는 이틀이 남았는데 어찌 이곳까지 나와 계셨습니까?"

"아, 가주님께서 손님들을 모셔 오라 하명하셔서 직접 여기까지 나오게 되었소, 하하! 혼자 조용히 오려 했는데 이 사람들의 충심이 워낙 두터운지라 이리 요란스럽게 오고 말았소."

진이호는 자신감 가득한 눈길로 휘호대를 돌아봤다.

그의 곁을 지키는 무림인들은 어느새 진이호 주변으로 포진되어 사방을 포위하고 서 있었다.

기세까지 일으키고 있는 것만 봐도 이건 분명…….

'부각주 말대로 무력시위를 통한 압박이겠지.'

잠자코 지켜보던 악운이 고개를 끄덕였다.

"참으로 친절하시군요."

"별말씀을."

"마침 말도 지쳐 있어서 곤란하던 차였는데 시기적절하게 도와주러 오셔서 절로 감사한 마음이 듭니다."

"하하, 그렇소? 우리가 깊은 인연이 되긴 되려나 보오. 여러분들이 지금쯤이라면 이곳에 당도할 거라는 예상이 들었으니……. 자, 어서 지친 말을 거두고 다른 말로 바꿔 드리게."

진이호는 악운이 동진검가의 위세에 내심 놀랐으리라 짐작하며 흐뭇하게 웃었다.

그런데 악운의 질문 하나가 분위기를 묘하게 바꾸기 시작했다.

"흐음, 예상이라면……?"

눈살을 찌푸린 악운이 옆에 있던 호사량을 쳐다봤다.

"부각주께서는 '예상'이란 말의 뜻에 대해 어찌 생각하십니까?"

"내 생각이라면……."

잠깐 멈칫했던 호사량은 악운의 의중을 찰나간에 눈치채고는 재빨리 말을 이었다.

"어떤 의견에 대해 근본이 되는 까닭이오. 예상을 하려면 근거가 필요하니 다시 말해……."

호사량의 무표정한 눈동자가 앞을 막고 서 있는 동진검가의 가솔들을 응시했다.

"우리가 언제 출발했는지 어느 정도 알고 있지 않으면 불가능하오."

"그래요? 그럼 소가주께서는 저희가 본 가에서 언제 출발했는지 알고 계셨던 겁니까?"

이어진 악운의 반문에 진이호의 표정이 딱딱하게 굳었다.

'여기서 대답을 잘못하면……'

이건 동진검가가 산동악가를 감시하고 있었단 얘기가 된다.

갑작스러운 얘기에 진이호가 잠시 아무 말도 못 하고 있던 그때.

악운이 자문자답을 했다.

"그저 우연이겠지요. 소가주 말씀대로 우리가 깊은 연이 되려나 봅니다."

"그런 것 같소."

호사량은 옆에서 내심 감탄했다.

'과연, 능구렁이가 따로 없구나.'

분위기가 더 험악해지기 전에 적당한 시기에 정리를 한 것도 모자라…….

방금 전의 대화로 으스대고만 있던 진이호에게 굽실거리려 동진검가를 찾은 게 아니라는 것을 보인 것이다.

냉각된 분위기 속에 진이호가 애써 평정심을 찾았다.

"우연이라……. 살다 보면 우연을 마주치는 일이 의외로 많지. 아니 그런가?"

"예, 소가주."

처음에 소가주에게 꾸짖음을 받았던 거한이 악운을 탐탁지 않은 눈빛으로 노려보며 대답했다.

하지만 악운은 조금의 주눅 듦도 없이 호사량의 말을 대신 끌어 거한에게 건넸다.

"자, 그럼 마중 나와 주신 김에 지친 말은 대협께 맡기겠습니다."

"그게 무슨. 이 말을 왜 내게……?"

"아깝게 이 말을 버립니까?"

"그게 아니라!"

악운이 진짜 이해가 안 된다는 눈빛으로 물었다.

"그럼 이 말을 소가주님께 맡길 순 없지 않습니까? 저희도 딱히 제남까지 호위는 필요 없었으니, 이런 일을 도우러 오신 거 아닙니까?"

한 대대의 대주를 순식간에 일손 돕는 가솔로 만든 것이다.

악운은 이에 그치지 않고 마치 일러바치듯이 진이호에게 말했다.

"소가주님께서 방금 전에 다른 말로 바꿔 주시겠다고 그러지 않았습니까?"

"……."

"다시 한번 이분께 말씀해 주시겠습니까?"

"뭐 하는가, 어서 바꿔 주지 않고!"

결국 어쩔 수 없이 거한이 악운에게 말고삐를 받아 든 순간.

악운은 마치 가문에 속한 마부를 대하듯 거한의 어깨를 툭툭 두드렸다.

"그럼 잘 부탁합니다. 본 가에는 귀한 말이에요."

이어서 보기 좋게 거한이 타고 온 말에 올라탄 악운이 모두를 돌아보았다.

"다들 안 가십니까?"

호사량이 보기에 이미 장내의 분위기를 압도하는 건 동진 검가의 소가주가 아니라 악운이었다.

'픔!'

호사량은 애써 터질 것 같은 웃음을 참으며 악운의 뒤를 쫓아갔다.

이 소가주, 앞으로 얼마나 더 미쳐 보이는 선택들을 하게 될까?

무림 출도

동진검가의 뜻대로 일이 순순히 풀리지 않자 제남으로 동행하는 길은 무척 냉랭해졌다.

진이호도 처음의 호탕해 보이던 분위기와는 달리 침묵을 지켰고, 악운 역시 진이호의 기분을 맞춰 주는 행동을 보이지 않았다.

어차피 거래를 주도하기 위해 필요한 건 동진검가 가주의 선택과 산동악가의 제안들.

소가주에게 고개 숙일 생각은 추호도 없었다.

그래서일까?

왕 대주라 불린 거한은 화풀이할 도적 떼조차 나타나지 않자, 동진검가의 주도로 한 토벌 때문에 도적 떼가 씨가 말랐다며 떠들어 댔다.

악운은 갑자기 그런 생각이 들었다.

이 와중에 혼담을 성사시키기 위해 직접 찾아온 게 아니라 거절하기 위해 찾아온 거란 얘기를 듣고 나면 진이호의 표정이 어떻게 될까?

말을 모는 악운의 입가에 미소가 스쳤다.

아마 볼 만할 거다.

웅성웅성.

동진검가의 깃발이 제남의 도심 관도를 이동하기 시작하자. 지나다니던 사람들이 좌우로 갈라지며 웅성댔다.

"동진검가다!"

"옆에 있는 사람은 복장이 다른데?"

"엄청 잘생겼어! 진 소협이 보이지도 않는데? 별호에 괜히 욕룡이란 말이 붙은 게 아니네!"

"산동악가가 혼담 때문에 찾아온다는 소문이 파다했는데, 진짜 산동악가와 동진검가가 사돈이 되는 거 아니야?"

"휘경문 문주를 단숨에 쓰러트린 고수래! 약관도 채 안 된 신진 고수라고 하던데?"

수군대는 수많은 이야기들 속에 진이호가 침묵을 깨고 악운의 옆으로 말을 몰았다.

악운과 비교당하는 게 무척 짜증이 나 있었지만 겨우 이까짓 일에 평정심을 잃고 싶진 않았다.

"저기 높이 솟은 전각들이 위치한 곳이 본 가의 대장원이 자리 잡은 곳이라오."

"그렇군요."

"하하, 제남에도 소가주의 명성이 퍼진 모양이오. 보시오, 악 소협의 얘기로 가득하지 않소?"

"예, 고맙습니다."

짤막하게 단답으로만 대응하는 악운을 보며 진이호는 슬슬 짜증이 났다.

보통 칭찬을 하면 다른 칭찬으로 돌아와야 하는 거 아닌가? 이를테면.

'소가주님의 명성만 하겠습니까?'

……라든지 하는.

하지만 악운은 그런 것조차 없다.

'고작 동평에서 으스대는 주제에.'

혼담 제의를 동진검가가에서 먼저 했다고 이리 오만한 게 틀림없다.

그놈의 명분 따위만 아니었다면 당장 본 가의 고수들을 이끌고 동평을 쑥대밭으로 만들었으리라.

하지만 그리되면…….

'황보세가가 더 좋은 명분, 완벽한 덕망을 앞세워 본 가로 들이치겠지.'

언제든 싸울 준비가 되지 않은 건 아니나.

명분이 있는 쪽에 더 많은 세력이 손을 들어 줄 건 분명해 보인다.

황보세가의 명성이라면 산동성 내의 많은 세력과 손을 잡고 본 가에 들이칠 것이다.

허점을 보여선 안 되었다.

진이호 입장에서는 지랄 같은 상황이었다.

'혼담만 성사되어 보거라. 네놈이 모르는 새 산동악가의 모든 이권을 집어삼켜 주마.'

진이호는 감추고 있는 의도를 철저히 숨기기 위해 애써 사람 좋게 웃음 지었다.

이 와중에 진짜 화가 나는 건⋯⋯.

'기생오라비 같은 놈!'

놈이 진짜 잘생겼다는 점이다.

❧

제남, 동진검가의 대장원.

진이호는 악운을 객당까지 안내한 뒤 가주인 진엽과 독대를 했다.

"왕 대주에게 그간 있었던 일을 보고받았다. 잘 참았다더 구나."

"아닙니다. 현실을 극복 못하는 산동악가 입장에서는 그 렇게라도 체면치레를 해야 했을 테지요."

"그렇게 생각하느냐?"

"예."

"못난 놈."

"……."

"거래를 시작하기 전에 주제 파악부터 시켜 놓으라는 뜻에 서 미리 너를 보냈건만, 도리어 기만 살려서 도착시켜?"

진이호는 대답하지 못하고 고개를 푹 숙였다.

진엽은 어릴 때부터 진이호를 타박했다.

따뜻한 교육은 없었다.

진이호의 어미이자 동진검가의 대부인마저도 둘째 부인의 세력을 경계하기 위해 진이호를 압박했다.

둘째 부인의 유일한 소생인 진려인의 지재(至材)가 워낙 출 중했기 때문이다.

진작 시집을 간 그녀는 이미 시댁인 백우상단을 좌지우지 하고 있었다.

진이호가 얼굴도 모자라 귀까지 빨개졌다.

"송구합니다."

"됐다. 엎질러진 물을 어찌 주워 담겠느냐? 기가 올라 봤자 이제 막 개파대전을 마친 약소 가문이다. 고작 빛바랜 영광에 기댈 뿐이지."

진엽은 산동악가의 소가주가 출발했다는 소식을 듣자마자, 그들이 혼담을 받아들일 결정을 했다고 판단했다.

'거절을 위해 여기까지 올 일도 없거니와, 산동악가 역시 멍청하지 않고선 함께 손잡을 세력이 필요하겠지.'

작금의 세상은 난세다.

중원에 뿌리를 내린 여러 세력들은 관이 망해도 기존의 질서가 유지되길 원했고, 서로의 견제 속에 균형을 이뤄 갔다.

하지만 그 견제에도 금이 가고 있다.

세력이 평화로워지면 탐욕이 고개를 드는 법.

'단기간에 세를 키울 기회를 잡아채지 못한다면 산동악가도 어딘가에 먹히리라는 걸 알 것이야.'

황보세가와 줄타기는 하겠지만 그쪽은 혼담을 제안할 직계 딸이 없다.

달리 의중을 캘 필요도 없이 보나 마나 본 가를 택하리라.

그 후엔 약관도 되지 않은 소가주 하나 구워삶는 것 정도야 어려운 일이 아니다.

"산동악가의 소가주가 제법 영악한 모양이더구나."

진이호는 눈치를 봤다.

동의해 봐야 스스로의 부족함만 드러날 게 뻔했으나 아니라고 하기엔 당할 만큼 당했다.

지켜보던 진엽이 혀를 찼다.

"쯧쯧! 궁색한 변명조차 생각이 안 나는 모양이구나. 되었다! 혼담 이야기를 나누며 기회를 줄 터이니 체면치레나 해보거라. 알겠느냐?"

"예……."

진이호는 고개를 숙이며 내심 이를 갈았다.

'그놈 때문이다.'

차라리 이젠 혼담이 결렬되길 바라는 마음까지 들었다.

∞

큰 객방에 자리 잡은 악운과 호사량은 회담에 나서기 전차를 마셨다.

"넓네요. 아주."

제남 안의 궁궐이 따로 없었다.

세워 놓은 오 층 전각만 스무 채가 넘고 악가와 달리 온갖 연무장엔 다음 세대를 준비하는 가솔들로 가득했다.

"종전 후 순식간에 신진 세력으로 급부상한 가문이오. 진가주는 근골이 뛰어나 운 좋게 낭성검군의 진전을 잇게 되었다고 하던데……."

악운이 눈을 가늘게 떴다.

'낭성검군(狼星劍君)…….'

아는 별호였다.

알고 있던 낭인 출신 무림인 중에서도 유독 뛰어난 무재였다.

이류 출신 스승을 사사한 후에 독학으로 절정 검사가 될 만큼 열정 또한 뛰어났던 사내.

그의 무위에 감탄하여 직접 검을 맞대고 가르침을 주기도 했다.

하지만.

'혈교 고수에게 다리 하나를 잃고 은거했다고 들었는데…… 동진검가가 그의 무공을 이었다?'

묘한 인연이다.

"그럼 현재 낭성검군은 어찌 됐습니까?"

"혈교 고수에게 치명상을 입은 것이 병이 되어 가주가 직접 장례를 치렀다는 얘기가 있소."

"그렇군요……."

"낭성검군은 갑자기 왜 궁금해하시오?"

"듣다 보니 호기심이 생겨서요."

"하긴 그럴 수 있지."

"그나저나 황보세가는 어째서 가만있었습니까? 동진검가의 확장을 가만히 두고 보지 않았을 텐데."

"두고 봤소. 그들도 종전 후 가문 안정을 꾀하느라 이들을 견제하지 못했지."

"그랬군요."

"그렇소. 게다가 동진검가는 가주의 역량이 뛰어나 따르는 자가 순식간에 불어났다고 들었소. 명성이 갈수록 높아졌으니……."

"혈교 잔당이라도 잡았답니까?"

"혈교 잔당을 잡았다는 얘기도 있지만 지금의 명성을 이루게 한 건 한 마두를 베어 버린 일 덕분이라오. 화산파 속가제자였던 한 여인을 겁탈하고 납치한 마두라던데……."

화산파.

천휘성에게 있어 아픈 손가락 중 하나.

그곳의 언급을 듣는 악운의 눈동자가 찰나간 깊어졌다.

"그 마두가 얼마나 잔인하냐면 화산파 속가제자였던 그녀를 취하기 위해서 그녀가 속해 있던 유원검가(儒援劍家)의 모든 가솔을 죽였다고 하더이다. 심지어 도적 떼를 창설하여 무공까지 가르쳤다지."

"이 일을 화산파에서는 그저 두고만 보았습니까?"

"화산파에서 매화검수를 보냈을 때쯤 이미 상황은 정리됐고, 화산파의 치하를 받으며 동진검가가 더욱 유명해졌다고 하오."

난세이니 이런 영웅담이 더욱 빠르게 퍼졌을 건 당연했다.

본 가의 일만 해도 가솔로 받아들여 달라며 꽤 많은 사람들이 찾아왔으니까.

"칭송하는 목소리도 높겠군요."

"당연하오. 당시 그 마두가 데리고 있던 도적 떼는 물경 수백에 달했는데, 가주와 가주를 따르는 공신들이 아니었다면 수천까지 불어났을 거란 얘기도 있소."

악운은 문득 거한이 했던 얘기가 스쳤다.

"그래서 아직도 이 인근의 도적 토벌을 주기적으로 하나 봅니다."

"그렇소. 제남의 치안을 관 대신 직접 챙기고 있다는 걸 보여 주는 것이기도 하지만 아무래도 세력 자랑도 하려는 명목이겠지. 하지만 누가 감히 도적질을 하겠소? 있어 봤자 화전민이나 일부 있겠지."

잠시 말을 멈춘 호사량이 악운을 빤히 바라보았다.

"듣고 나니 어떠시오?"

"무엇이 말입니까?"

"이런 강한 세력에 우리 계획이 제대로 먹힐 것 같소?"

"가능성을 따지기엔 좀 늦지 않았습니까?"

"무슨 말씀이시오?"

"이미······."

악운이 눈빛에 이채를 흘렸다.

"거절 의사를 가져온 이상 다른 선택지는 없습니다. 가능성의 여부와 상관없이 계획대로 하는 수밖에요."

"사실 그 말이 듣고 싶었소. 잠깐 겁이 좀 나서······."

"겁도 나십니까?"

"이 상황에 겁도 안 나는 소가주가 이상한 거요. 하긴 그래서 내가……."

호사량이 차를 마저 마시고 자리에서 먼저 일어났다.

"소가주를 좋아하지. 그만 자러 가야겠소."

돌아서는 호사량을 보며 악운도 남은 차를 마저 마셨다.

낭성검군이라…….

괜히 그 이름에 울적해지는 밤이었다.

동진검가의 가주전인 동호각 마당에 화려한 천막이 좌우로 세워졌다.

한가운데에서는 악사들이 자리 잡아 악기를 다뤘고 기녀들이 시와 노래를 가락에 맞춰 읊었다.

여유로운 풍류가 자리한 장내.

동진검가 가주는 가장 높게 설치된 단상에 앉아 막내딸을 불렀다.

"이리 오너라."

"예, 아버님."

화려한 무늬의 붉은 비단 치맛자락을 펄럭이며 가까이 다가오는 진엽의 딸, 진소아.

앳된 얼굴에 기품과 날카로움이 공존하는 미녀였다.

"소가주의 첫인상이 어떠하냐?"

진소아는 대답 대신 살짝 얼굴을 붉혔다.

사실 그녀는 진즉부터 악운을 힐끔힐끔 쳐다보고 있었다.

'진짜 잘생겼어.'

정략혼을 위한 자리 때문에 생긴 불편함은 사라진 지 오래.

오히려 설렘으로 인한 긴장감에 손이 바들바들 떨릴 지경
이었다.

꿀꺽.

간신히 옆을 힐끔 쳐다보자.

날 선 눈매 아래 칠흑 같은 눈동자와 예리한 턱선이 보였다.

"허, 헌앙하십니다."

"고맙습니다."

지켜보던 진엽이 기분 좋게 웃었다.

"껄껄. 소가주에게 한눈에 반하기라도 했더냐?"

"그, 그것이 아니오라……!"

"부끄러워하기는. 자, 내 딸아이에게 술 한 잔 받으시게."

악운은 고개를 저었다.

"아닙니다. 제가 따르겠습니다."

거절에도 불구하고 진엽은 막무가내였다.

"어허, 뭐 하느냐? 어서 따르지 않고."

악운은 곤란해 보이는 진소아를 위해 술잔을 내밀었다.

"우선 받고 저도 드리지요."

"그러지 않으셔도……."

"아닙니다."

악운은 떨고 있는 그녀를 도와 술잔을 서로 주고받은 후
다시 진엽을 응시했다.

또르르.

반면 호사량은 악운이 술을 받는 것을 보며 긴장된 기색을
감췄다.

'부담스럽군.'

언제 이런 걸 다 준비했나 싶을 정도로 동진검가 가주는
부담스러운 잔치를 준비했다.

'이 또한 압박이겠지.'라고 생각하던 순간.

진엽이 건배를 제의했다.

"술이 다 따라졌으면 건배를 빼놓을 수 있나."

"좋습니다."

"그럼 건배사는 소가주가 직접 해 보시겠나?"

"큰 어른께서 하시는 게 맞다 봅니다."

"하하, 그러지. 자, 모두 술잔을 드시게!"

잠시 풍악이 멈추고 모두가 진엽에게 시선을 모았다.

"유구한 세월을 함께 헤쳐 나갈 혈맹을 위하여."

"혈맹을 위하여!"

두 손으로 술잔을 쥔 가솔들이 충성을 과시하듯 쩌렁쩌렁

한 목소리를 냈다.

"다시 풍악을 울려라!"

악사가 다시 연주를 시작한 그때.

호사량의 시선 끝에 비우지 않은 악운의 술잔이 보였다.

'시작이군.'

그 생각이 끝나기 무섭게 진엽의 눈썹이 꿈틀거렸다.

"소가주는 어찌하여 술잔을 비우지 않으셨는가."

"그저 가문과 가문이 돈독한 관계를 유지하자는 의미라면 기꺼이 비우겠습니다만, 제 술은 가주님이 아닌 가주님의 따님이 따랐습니다."

"그래서?"

"방금 그 건배사가 혼담을 기반으로 한 혈맹을 의미했다는 뜻이겠지요. 아닙니까?"

"점점 뜻 모를 소리만 하는군그래. 소가주, 그대가 온 것이 그럼 혼담 때문이 아니라는 겐가?"

"이상하군요. 저는 이곳에 도착하고 나서 지금까지 혼담에 관해 그 어떤 말씀도 드린 적이 없습니다만."

탁.

진이호가 소리 나게 술잔을 내려놓으며 이를 갈았다.

"오만방자하군. 여기가 어디라고……!"

진엽의 얼음장 같은 눈빛이 진이호를 향했다.

"아직 나설 차례가 아니다."

"하오나······."

"두 번 말하지 않겠다."

"예, 아버지."

어쩔 수 없이 물러나는 진이호를 보고 나서야 진엽이 입을 열었다.

"껄껄! 그래, 패기 한번 좋군. 호락호락하게 혼담에 동의하지 않겠다 이건가? 가주의 뜻인가, 아님 소가주 그대의 독단적인 결정인 겐가?"

반문하는 진엽의 시선은 악운이 아닌 호사량에게 향해 있었다.

암묵적으로 이 회담의 책임자가 철부지가 아닌 호사량이리라 짐작한 것이다.

하지만······.

'후후.'

호사량이 미소 지으며 자리에서 일어났다.

"잘못 짚으셨습니다."

어느새 앉아 있는 악운의 등 뒤에 시립하고 선 호사량이 장내에 있는 모두가 들으라는 듯 단호하게 말했다.

"이 회담의 결정권은 제가 아닌 본 가의 소가주께 있는 바임을 말씀드립니다."

기다렸다는 듯 악운이 진소하가 따라 준 술을 바닥에 털어 냈다.

혼담 따윈 집어치우라는 얘기를 대놓고 한 것이나 다름없었다.

"이제 새 술을 따라 주시겠습니까? 가주님께서······."

악운의 미소가 짙어졌다.

"직접."

악운을 보는 진엽의 눈썹이 꿈틀거렸다.

"꽤나 의외였네."

"무슨 말씀이신지요."

"제법 나이가 있는 부각주가 회담을 주도할 줄 알았는데 말이야."

호사량이 여유 있게 미소 지었다.

"명색이 본 가의 소가주이십니다. 언젠가 제가 모셔야 할 분이니 회담 역시 소가주께서 주도하는 게 맞지요."

"어린 나이에 가솔들의 신뢰를 깊이 받는군그래."

진엽이 만면에 띤 미소와 달리 분위기는 점점 험악해지고 있었다.

그럼에도 악운은 담담했다.

"가주님."

"말씀하시게."

악운이 이글거리는 동진검가 가솔들의 시선을 한 몸에 받으며 말했다.

"저는 사실 수련할 시간도 모자란 사람입니다. 이렇게 큰 술상을 받을 만큼 여유가 있지도 않지요."

"그래서?"

"술상은 거두시고 본격적인 회담에 나서시지요."

약관도 채 되지 않은 무명소졸의 거침없는 제안.

몇몇 가솔들이 가소롭다는 듯 웃었다.

미쳤나 싶을 지경이었다.

"으하하!"

진엽은 제남에 군림하는 강자.

그에게 악운의 행동은 치기 어린 패기로만 보였다.

"이보게, 소가주."

"예."

"착각하는군. 본 가에 부족함이 있어 그대의 가문에 혼사를 청한 것으로 보이는가?"

악운이 주도하는 듯 보였던 분위기가 삽시간에 진엽에게로 넘어갔다.

끈적거리는 기세가 악운의 솜털까지 곤두서게 했다.

경지 따위를 시험하려는 것이 아니다.

명백한 적의와 살기.

여차하면 모든 무인을 몰아 산동악가를 박살 내겠다는 의지였다.

덜덜.

곁에 있던 호사량은 이미 식은땀을 흘리는 중이었다.

절정을 가뿐히 넘은 이의 기세다.

버티는 게 용할 따름.

태연할 수 있는 악운이 대단한 거였다.

"그쯤 하시지요. 저는 본 가의 뜻을 전하러 온 것이지, 시험을 당하러 온 것이 아닙니다."

"내가 원하는 답이 아니네만."

때마침 하얗게 질린 호사량이 곧 쓰러질 것처럼 헛구역질을 했다.

반면 악운은 여전히 흔들림 없이 진엽을 보고 있었다.

진엽의 눈에 이채가 흘렀다.

'이걸 견딘다?'

일류는 가뿐히 넘어선 경지인 게 분명했다.

'그럼 얼마나 견디나 보자꾸나.'

진엽이 기세를 더욱 높이려 하던 그때.

"동진검가는 고작 혼담으로 묶이는 게 거래를 할 수 있는 유일한 길입니까? 실망이군요."

악운의 반문이 진엽의 눈살을 찌푸리게 했다.

'영악한 놈이로고!'

단순한 도발로 시간을 벌려는 건지 아님 다른 계획이 있는지는 모르겠으나 우선은……

"원하던 답은 아니었지만 잠깐 동안 내 흥미를 끌어낸 건 인정해 주겠네."

그제야 장내를 짓누르던 기세가 사라졌다.

"허억, 허억!"

악운은 태연히 자리에서 일어나, 당장 쓰러질 것같이 휘청거리는 호사량을 부축했다.

"앉으세요."

"괘, 괜찮……."

"당분간 결정권자는 접니다. 맡겨 두세요."

호사량이 하는 수 없이 고개를 끄덕이는 사이.

자리에 앉아 있던 진엽이 여유 있게 말했다.

"대답은 멀었나?"

"하려던 참입니다. 기왕 이렇게 된 이상 단도직입적으로 묻지요. 본 가는 경매를 진행할까 합니다."

"경매?"

"예. 본 가가 지니고 있는 동쪽 부지는 다양한 용도로 사용하기 좋은 기반이지요. 관도를 잇는다면 본 가가 있는 동평은 물론 태산 근처까지 영향력을 확대할 수 있습니다."

"이보게."

"예."

"내가 그리 우둔해 보이는가?"

"무슨 말씀이신지요?"

"혼담도 결렬하고 제안하는 경매라면 본 가에 이로운 조건이어도 모자랄 일인데, 지금의 제안은……."

진엽이 눈을 매섭게 치켜떴다.

"산동악가에만 이로운 것 같은데."

"황보세가와 동진검가를 서로 견제할 수 있게 해서라고 말씀하고 싶으십니까?"

"아닌가?"

"맞습니다만, 거절하시렵니까?"

"거절한다면?"

"황보세가가 그 부지를 모두 차지하겠지요."

"그럼 산동악가가 황보세가에 모든 이권을 빼앗길 때까지 기다려야겠군."

"그다음은 누구겠습니까?"

그 순간 장내의 분위기가 다시 싸해졌다.

지켜보던 동진검가의 가솔들이 우르르 몰려와 악운을 압박했다.

부류는 다양했다.

충심을 과시하는 부류.

"감히 누구 앞이라고!"

"모욕적인 언사는 이 정도면 됐습니다, 가주."

"당장 회담을 결렬하고 쫓아내시지요!"

별말 없이 관망하는 부류.

"……."

그리고.

"가주, 실익이 있다는 건 부정할 수 없을 것 같습니다."

"가주, 나 역시 집의전주(集議殿主)의 뜻에 동의하오."

당금 동진검가의 위상을 만든 제남의 거두(巨頭)들이 악운의 제안에 흥미를 보였다.

그것을 본 악운이 상황과 어울리지 않게 씩 웃음을 머금었다.

"가주님의 결정만 남았군요."

진엽은 말없이 눈살만 찌푸렸다.

❧

"후우."

숙소로 돌아온 호사량은 땀에 젖은 상의를 갈아입었다.

생각만 해도 덜덜 떨리던 기세.

하지만 그럼에도 고무적인 건⋯⋯.

'제안을 받아들였다. 조건부이긴 하지만.'

호사량은 옆에 있는 의자에 털썩 앉았다.

그 옆에서 악운은 태연하게 다른 옷으로 환복한 후 동진검가의 시비에게 차를 내 달라 청했다.

"고생하셨습니다."

"겁만 먹은 내가 뭘 했다고 그러시오."

"잘 버티시던 걸요. 무공은 언제 익히셨습니까? 전혀 못

하시는 줄 알았습니다만."

호사량은 그냥 견딘 게 아니다.

무공을 익혔기에 그 기세를 견딜 수 있었던 것이지.

"못 한다고는 안 했소. 경지가 얕아서 드러내지 않을 뿐이지."

"사문이 어디십니까?"

"그런 건 없소. 그저 지금의 스승님을 만나 뵙기 전에 머물렀던 곳에서 잠깐 귀동냥으로 배운 것이오. 내게 스승님은 지금의 스승님 한 분뿐이라오."

"그렇군요."

악운은 호사량이 딱히 말하고 싶어 하지 않는 것 같아 보여 그냥 넘어갔다.

"아무튼 계획대로 결론이 잘 내려진 것 같아 다행이긴 하오. 소가주가 아니었다면 주도적으로 이끌어 가지 못했을 것이오."

"아닙니다. 애초에 제 계획이 아니라 보현각의 계획이었지 않습니까? 저는 그저 논의한 내용을 그대로 전했을 뿐이지요."

"과찬은 됐소. 계획의 시작을 연 건 소가주였으니."

손사래를 친 호사량이 다시 자세를 바로 하며 말했다.

"그나저나 정말 괜찮으시겠소? 우리가 황보세가와 동진검가 사이의 어떤 다툼에도 관여하지 않는 조건이야 그렇다 치지만 그 이후에 내건 조건은⋯⋯."

악운이 피식 웃었다.

"괜찮습니다. 애초에 생각이 없었던 터라."

담담한 악운의 반응에 호사량은 골을 짚었다.

동진검가의 측근들은 영악했다.

동진검가의 두뇌, 집의전주 장설평.

동진검가의 가장 날카로운 칼, 위맹각주(威猛閣主) 나백.

두 사람을 필두로 한 측근들은 그 짧은 시간에 효율적인 제안을 건넸다.

"혼사를 향후 십 년간은 그 어떤 가문, 문파와도 맺지 않는 게 조건이라⋯⋯?"

소가주를 가질 수 없다면 아무도 못 가지게 만들겠다는 제안.

별거 아닌 제안 같지만 이 제안은 산동악가가 다른 가문에 도움을 받을 수 있는 길을 원천 봉쇄한 것과 다름없었다.

"우리가 스스로 성장할 수 없다고 판단했기 때문일 겁니다. 오히려 잘됐습니다. 우리도 그리 보이길 원했지 않습니까?"

"하긴 소가주가 그 제안을 듣고 주저했다면 현실을 이해하면서도 실망했을지도 모르겠소."

"왜요. 제가 혼담을 통해 살길을 찾는 걸 고려할 만큼 전부를 던지지 않은 것 같아서요?"

호사량은 솔직히 고개를 끄덕였다.

"어느 정도는. 어딘가에 종속되는 가문은 매력이 없어서."

"고작 그런 이유라니, 남들이 들으면 부각주께 미쳤다고 할 겁니다."

"그걸 이제야 아셨소? 스승님께서도 소가주에게 몇 번 말씀하셨을 텐데."

악운은 호사량의 당당함(?)에 한차례 혀를 내두른 후 문밖을 돌아보았다.

"슬슬 오실 때가 됐군요. 준비해야겠습니다."

"그럽시다."

이번 토지 경매에 따른 세부 문건을 정리하고자 집의전주 장설평이 직접 객당을 방문할 예정이었던 것이다.

"……이쯤이면 된 것 같소. 동평에서 삼자 회담이 이루어진 이후에 경매에 따른 토지 금액은 우경전장에서 치르도록 하겠소."

장설평의 말에 호사량이 고개를 끄덕였다.

"그러시오."

"좋소. 그럼 가주님께 문건을 드리고 최종 직인을 받도록 하겠소."

가주와 악운이 나눈 이야기를 문서로 정리하는 것이었기

에 크게 오래 걸리진 않은 논의였다.

그렇게 원활하게 대화가 이어져 가던 무렵.

장설평이 갑자기 붓을 멈추고 뜬금없이 물었다.

"소가주께서는 동평에서 서점을 하는 장씨 노인을 아시오?"

"무슨 말씀이시오?"

"부각주에게 물어본 것이 아니오."

장설평의 시선은 정확히 악운을 향해 있었다.

악운은 대답 대신 눈을 가늘게 떴다.

이런 전개는 예상 못 했다.

잘 끝나 가던 협의 중에 갑자기 장 노야라니?

하지만 우선 들어 보고 판단해야 했다.

"압니다만. 어릴 적 은혜를 입은 분입니다."

"돌아가셨소."

그 말이 끝나기 무섭게 장설평이 말했다.

싸늘해진 분위기 속에 호사량이 마른침을 삼켰다.

꿀꺽.

악운 역시 예상 못 한 비보에 얼굴을 찌푸렸다.

어린 시절부터 늘 책을 열람할 수 있게 도와준 은인이다.

때로 먹을 것을 나눠 주기도 했다.

슬픔을 감추기 힘들었으나 우선 무슨 일인지 들어 봐야 했다.

"자세히…… 말씀해 주시지요."

"그분이 한때 하오문 지부장이었던 건 아시오?"

"모릅니다."

"내 아버님이시오."

악운이 눈살을 찌푸렸다.

"이해가 안 되는군요. 동진검가 안에서 요직을 차지하고 계신 분의 아버님이 어째서……."

"내가 밝히지 않았소. 아버님 역시 내가 당신 자식이라는 사실을 밝히지 않으셨지."

장설평의 눈빛이 점점 침잠했다.

"난 매일 개처럼 쓰이다가 버려지는 나약한 하오문이 싫었소. 어릴 적엔 신분을 버리고 황실의 관리로 일했지. 하지만 사문도, 집안의 후광도 없는 관리라는 건……."

호사량이 공감했다.

"황실에 그 어떤 목소리도 낼 수 없어 지루한 일이었을 것이오."

"맞소. 그런 중에 동진검가 가주가 혈교의 마두를 쓰러뜨려 명성이 높아지던 중에 연이 닿았지. 그는 내가 그저 고아인 관리 출신이라고 아오. 그런데……."

장설평이 말끝을 흐리며 고통스러운 듯 인상을 썼다.

"연을 끊었던 아버님께서 어느 날 동진검가에 찾아와 가주와 접선하셨소. 그러고는 나백에 의해 그 자리에서 돌아가셨지."

악운이 침잠된 눈빛으로 물었다.

"이유가 뭡니까?"

"모르오. 시신으로 은밀히 들려 나가시는 것만 봤을 뿐이오. 아무것도 할 수 없이 무력했소. 며칠은 인근 주루에서 술만 마셨지. 아버지의 벗으로부터 이 패와 과거사가 적힌 일기를 받기 전까지는……."

장설평이 품속에서 작은 패를 꺼냈다.

툭!

악운이 물었다.

"이게 뭡니까?"

"동진검가가 쌓아 온 명성이 사상누각일 뿐이라는 걸 증명할 유일무이한 패요."

"사상누각이라면……?"

중얼거리는 호사량의 표정이 딱딱하게 굳어졌다.

"말 그대로요. 동진검가의 명성은 거짓이오. 낭성검군의 무학을 이은 것은 맞으나 그는 화전민에게 무공을 가르친 협객을 혈교 고수의 전인이라는 명분으로 마두로 몰았고, 그와 연인 관계였던 유원검가 가주의 딸을 첩으로 두려 했소."

호사량이 눈을 가늘게 떴다.

"명분이 거짓이었단 말이오?"

"아버님에 의하면 그렇소."

악운이 이어서 물었다.

"그다음은 어찌 됐습니까?"

"결국 딸의 의견을 존중했던 유원검가는 진엽과 그 친위대에 불타 버렸고 그 모든 일을 산채에 있던 협객에게 누명 씌웠지."

호사량은 낡은 동패를 내려다보았다.

"이 동패가 그것들을 어찌 증명한단 말이오?"

"그 당시의 생존자들이 아직 살아 있고, 그 생존자들이 믿는 것이 이 동패라면?"

호사량이 눈을 부릅떴다.

"설마……! 장 전주의 아버님께서 생존자들을 도왔던 것이오?"

"그렇소. 그래서 약속의 증표로 이것을 받으셨지. 하지만 나는 이 증표를 사용할 수 없소. 그럴 힘도, 자격도 없지."

악운이 고개를 저었다.

하오문, 늘 강자존의 무림에 따라 토사구팽당하던 집단.

혈교 교주와 싸우느라 정파 내부를 다스리지 못한 천휘성이 그들을 신경 쓸 여력이 있었을 리 없었다.

"저희에게도 그럴 자격이 있다고는 생각하지 않습니다."

장설평은 쓰게 웃은 후 악운 쪽으로 동패를 내밀었다.

"그대는 동진검가 가주 앞에서도 물러나지 않고 기백을 보일 만큼 강하고 젊소. 산동악가 역시 혼담을 거절하는 그대를 지지할 만큼 담대하지."

호사량 역시 부정적이었다.

"그럼에도 전면전을 불사한다면 한발 물러나야 할 만큼 지지 기반이 얇소."

"내가 보기엔 아니었소. 지지 기반이 약한 걸 걱정했다면 산동성 내에서 가장 강한 두 세력에 회담을 요청할 수 있을까? 가문 내의 모두들, 그대들의 지지 기반이 약하기에 언제든 삼킬 수 있을 것처럼 말하고 있소만. 글쎄……."

장설평이 고개를 저으며 말을 이었다.

"그건 지지 기반만 강해진다면 모든 것을 갖추게 된다는 뜻이겠지. 그대들은 이미 그러기 위한 큰 그림을 그리고 있지 않소? 그 시작의 중심엔 당연히……."

장설평이 눈을 빛내며 악운을 응시했다.

"소가주가 있겠지."

"허……."

호사량은 정곡을 찌른 그의 말에 헛웃음을 흘렸고 악운은 대답 대신 침묵을 택했다.

그는 분명 동진검가 내에서 가장 위험한 인물이었다.

가주보다 더.

"묻고 싶은 게 하나 있습니다."

"말씀해 보시오."

"그럼 그들은 어째서 그간 복수를 하지 않았습니까? 화산파에 진실을 소명한다면…….”

들고 있던 장설평이 실소했다.

“내가 소가주를 너무 높이 평가했나 보오.”

“무슨 말씀이신지요.”

“진 가주와 대적할 때 소가주의 모습에서는 나이답지 않은 연륜이 느껴졌소만. 지금 그 질문은 내가 생각한 소가주와는 거리가 좀 있는 것 같소.”

“화산파가 그분들의 진실을 외면했을 거란 말씀이십니까?”

“그렇소. 아버지께서 내게 남긴 일기에 따르면 당시 파견된 매화검수들은 이미 유원검가의 재산 일부를 도납(道納)받았소. 세력 강화에 몰두하고 있던 화산파가 그 혜택을 쉽게 포기했겠소?”

그 반문을 듣는 순간 악운은 탁자 아래 두었던 손을 조용히 움켜쥐었다.

‘진휴, 네가 떠난 화산은 이러한가.’

화산제일검, 상청검제(上淸劍帝) 진휴.

태양진경의 후계자였던 천휘성이 아니었다면 능히 천하제일고수라 불렸을 사내.

그의 성정은 사나웠으나 그만큼 담대했고 순수했다.

지겨운 도문은 검의 경지를 위해 읊는 거라고 웃던 그의 모습과 피투성이가 되어 가며 퇴로를 지켜 주던 모습이 같이 스쳐 갔다.

'혈마를 세 번째 마주했을 때였나.'

이기리라 확신한 태양진경이 꺾이고 사경을 헤맸을 당시.

진휴는 당대 일대제자인 매화검수는 물론 상청궁 장로들과 은퇴한 태상 장로들까지 모두 이끌고 나타났다.

—속가제자는 장문인의 지엄한 명을 듣고 먼저 가 기다리시오.

진휴가 순한 눈매를 보이며 웃었다.

—형님과 함께 마실 매화주를 담갔으니까.

악운은 눈을 질끈 감았다.

화산은 질긴 검이었다.

바람이 불어도, 눈이 쏟아져도 끊임없이 제자리에서 지고 피는 매화처럼 물러남 없이 매화를 수놓는 검.

하지만 이제 그 검은…….

'없구나.'

알고는 있었으나 실제로 지난 일들을 들으니 가슴이 아팠다.

악운은 쓰디쓴 약을 삼키는 기분으로 말했다.

"어리석은 질문을 한 것 같습니다."

"아니오. 오히려 조금이나마 남아 있었던 정파 무림의 신뢰마저 깨트린 것 같아 미안한 마음이 드오."

악운이 고개를 저었다.

"괜찮습니다."

지켜보고 있던 호사량이 질문을 던졌다.

"말씀하신 것이 다 이해가 되긴 하지만 목적이 그저 부친의 복수뿐이라면 황보세가가 더 나은 선택이리라 보오."

"글쎄. 황보세가가 동진검가의 유력 인사인 내 말을 들어보기나 하겠소? 의심부터 하겠지. 설령 받아들인다고 한들 그들은 유원검가에 동진검가의 적인 걸 증명하라며 끊임없이 위험한 일로 내몰겠지."

그러자 악운이 물었다.

"저희는 어찌 믿으시고요."

"진주언가의 일을 들었소. 산동악가 가주와 소가주가 행한 일들을……."

호사량의 미소가 짙어졌다.

"하긴. 확실히 미친 짓이었소."

"동시에 진짜 지킬 것을 지켰지. 청주현의 등랑다루로 가시오. 그곳 루주에게 이것을 전하면 알아볼 것이오."

악운은 결국 그가 내민 패를 거둬들였다.

"알겠습니다."

더 이상 궁금한 것도 이해가 안 될 것도 없었다.

이어서 장설평이 고개를 숙였다.

"고맙소. 아버님의 죽음에도 무기력한 내가 할 수 있는 최선이 최선일 수 있게 해 주어서."

담담했지만 울먹임이 섞인 낮은 음성.

악운은 호사량과 함께 잠시 아무 말도 하지 않고 그가 감정을 추스를 수 있게 기다려 주었다.

'홀로 무기력함에 답답해하고 외로워했겠지.'

동진검가를 위해 살아온 지난날들이 후회되었으리라.

얼마쯤 흘렀을까?

장설평의 흔들리던 눈빛이 다시 차분해졌다.

"그럼, 이만 일어나 보겠소."

"차 한잔 들고 가시지요."

호사량의 제안에도 장설평은 고개를 저었다.

"아니오. 머지않아 이 가문을 떠나기 전에 아직 해야 할 일이 많이 남았소."

장설평은 이번 일 말고 다른 일도 준비한 듯 보였다.

지켜보던 악운이 물었다.

"위험한 일입니까?"

"위험하겠지."

"그럼 거두시지요."

"어째서?"

반문하는 장설평에게 악운이 담담히 말했다.

"이 패를 대신 맡기실 만큼 저를 신뢰하신다면 다시 찾아왔을 때 본 가의 가솔로 모시겠습니다."

"나는 적의 가솔이오. 산동악가 내부에서 반발이 있을 것이오."

"가칙에 크게 위배되지 않는 데다가 역량도 출중하시니 모두 동의할 겁니다."

"가칙이 무엇이기에?"

장설평의 나직한 질문에 호사량이 만면에 은은한 미소를 지었다.

어떤 대답인지 알기에.

그리고 이어지는 악운의 음성이 장설평의 솜털을 곤두서게 했다.

"소신(所信)."

잠시 동안 방 안에 침묵이 감돌았다.

꿰익.

장설평은 악운이 머무는 객당을 빠져나와 노을 진 건물을 돌아보았다.

소신이라……?

이제껏 들은 가칙 중에 가장 터무니없는 대답이었다.

요즘 같은 세상에 소신을 가져 봐야 무얼 한단 말인가.

하지만 뒤이은 악운의 말은 분명 가슴이 떨렸다.

　─'소신을 가진 이들이 모이면 가문이 곧 대신(大信)이 될 것이며, 산동악가가 올곧게 설 수 있는 밑거름이 될 것이다.'라고 아버님께서 말씀하시더군요.

'아버님이 옳으셨던가?'

사실 장설평은 아버지의 죽음에 대해 잘 알고 있었다.

동진검가를 찾아오기 전날 밤의 기록 또한 일기에 담겨 있었기 때문이다.

하지만 악운에게 굳이 감춘 건…….

'아버지의 희생이 자칫 부담과 죄책감이 될까 봐.'

지그시 눈을 감은 장설평의 눈가가 촉촉해졌다.

글자들이 아직도 선명했다.

　이제 나는 동진검가로 가서 유원검가의 비밀을 알고 있다고 말할 것이다. 그들은 나를 죽이려 들겠지.

　그렇지만 괜찮다.

　내 죽음과 함께 남긴 유언은 내가 살린 유원검가의 생존자들과 알고 지냈던 하오문 문도들에게 전해질 것이며, 그들의 울분을 깨워 산동악가로 향하게 하리라.

'사실 정말 희생하실 만한 가치가 있었는지 묻고 싶었습니다. 하지만 이제 알겠습니다.'

장설평은 다시 눈을 뜨고 천천히 돌아섰다.

오랜 시간 머물지 않았지만 악운과 호사량을 보며 느낀 바가 컸다.

아버지도 같은 걸 느끼신 게 틀림없다.

그들은 '희생'의 가치를 알고 있었으니까.

◈

장설평이 빠져나간 자리를 한참 동안 바라보던 악운은 호사량에게 나직하게 물었다.

"어째서 진위 여부에 대해서는 언급하지 않으셨습니까? 부각주라면 이 모든 일이 덫일 수 있다는 것도 고려하셨을 텐데."

"아무리 고심해 봐도 그럴 리는 없었소."

"이유가 있습니까?"

"진 가주가 자신의 과거까지 들먹이면서 덫을 계획할 만큼 소가주가 위협적인 것 같소? 나는 아니라고 보는데."

"……."

워낙 명쾌하게 이해되는 대목인지라 악운은 딱히 부정하지 못했다.

"자, 청주현 얘기가 나온 김에 다음 행선지에 대해서나 얘기해 봅시다."

"그러시지요."

"이번에 정리한 회담 내용은 장 선생의 말씀대로 인편을 통해 본가에 전해진다 했으니 사실상 동진검가에서의 일은 끝난 셈이고……."

"이제 마의를 모시러 가야겠군요."

"그래야 할 것 같소. 어차피 우리가 모시려는 의원도 그 근방에 머물고 있으니 들렀다 가면 될 것 같소. 그 후엔……."

곰곰이 고민하던 호사량이 마저 말을 이었다.

"북쪽으로 조금 더 올라가면 다음 사업을 위해 필요한 부지가 있으니 그곳까지 보고 오면 얼추 나쁘지 않은 첫 무림 출도가 될 것 같소."

악운은 조용히 고개를 끄덕였다.

호사량이 말하는 부지가 어디인지 전에 들어 알고 있었기 때문이다.

'연태 근방에 자리 잡은 이름 없는 섬.'

연태는 뱃사람들이 사는 작은 마을이다.

황보세가가 자리 잡은 태산이나 제남 같은 대도시에서 멀리 떨어진 소도시.

하지만 악운은 이곳을 잘 알고 있었다.

호사량이 알려 줘서가 아니라 천휘성의 기억 덕분에.

그의 호위를 자처하면서 무림 출도를 나선 것도 이 섬으로 향하기 위한 명분이 필요해서였다.

이곳에는 초대 태양성인(太陽聖人)이 남긴 유산이 잠들어 있기 때문이다. 이 유산은 천휘성의 사부였던 전대 태양성인을 비롯해 수많은 선대 태양성인들조차 풀지 못한 숙제였다.

'이번엔 반드시.'

새로운 길을 걷기 시작한 악운은 다시 시험해 보고 싶어졌다.

지금 걷는 이 길이 초대 태양성인이 걸었던 길은 아니었을까?

만약 그렇다면…….

오랜 세월 묵혀 있던 유산의 봉인이 긴 세월을 지나 눈앞에서 풀려나리라.

❧

"가주, 저 아이를 저대로 순순히 풀어 줄 셈인가?"

위맹각주(威猛閣主) 나백이 사자같이 나 있는 반백의 수염을 쓸어내렸다.

이곳은 두 사람만이 있는 사석.

의형제를 맺은 두 사람은 잠시 격식을 내던지고 대화했다.

"글쎄, 형님은 어찌 생각하시오?"

잔잔한 술잔을 내려다보며 묻는 진엽.

나백이 대답 대신 술이 든 커다란 술독을 통째로 들어 기울였다.

꿀꺽꿀꺽!

"놔두면 걸림돌이 될 거요. 약관도 되지 않은 나이에 가주의 기세를 견뎠고, 기백도 상당하더군."

"이곳을 떠나자마자 제거하면 곧장 우리가 의심받을 것이오. 황보세가가 우리를 산동의 공적으로 내몰기 좋은 명분이 될 터. 하지만……."

진엽의 입가에 짙은 미소가 서렸다.

"우리에게 치를 떠는 사파 쓰레기들이라면 얘기가 다르겠지. 놈들은 우리와 산동악가 사이의 대화가 잘되었다는 소문만 들어도 산동악가를 증오할 게요. 헛소문이야 나중에 바로잡으면 될 일."

나백이 입가에 묻은 술을 손바닥으로 슥 닦아 내며 웃음을 터트렸다.

"으하하하! 과연 가주일세. 늘 한발 빨리 움직이지. 가만 보자……."

잠시 진엽의 미소를 응시하던 나백의 눈에 이채가 흘렀다.

"이미 내게 얘기하기 전에 움직인 게로군. 그렇지?"

"방금 전에 망한 하오문의 졸개들을 불러들여 의뢰를 마쳤소. 이런 일에는 여러 곳에 인편을 둔 놈들이 제일 적당하지."

"호오!"

"소가주가 제남을 떠나 잠시 북쪽으로 무림 출도를 간다고 하니 거리상으로도 오령문만 한 곳이 없을 것이오."

청주에 자리 잡은 '오령문(五嶺門)'.

이들은 동진검가가 한창 제남을 장악하기 위해 동분서주할 때 그들에게 터전을 잃고 쫓겨난 사파 무림인들이었다.

원한이 깊으니 혼담이 오고 가는 산동악가 역시 좋게 볼 리 없으리라.

나백이 눈을 빛냈다.

"놈들이 우리를 두려워하면 쉽게 나서지 않을 터인데?"

"형님, 기억 안 나시오? 끝까지 저항하며 한을 품던 놈들이오. 조그마한 기회만 있어도 우리에게 해를 입힐 놈들이지. 우리 영역에야 얼씬도 못 하겠지만 혼담을 나눈 산동악가는 다른 얘기겠지."

진엽이 웃으며 잔을 들었다.

호사량의 예상은 반은 맞고 반은 틀렸다.

그들은 악운을 완벽히 견제해야 할 적수로 생각하진 않았지만, 미리 싹을 잘라 두어야 할 가능성을 고려한 것이다.

진엽이 일으킨 암운(暗雲)이 악운을 향하고 있었다.

잠시 창을 열어 두고 앉은 진소아는 눈을 파르르 떨었다.

눈을 감아도 악운 생각이 절로 났다.

그의 하얀 치아.

길고 아름다운 손.

옥석을 빚은 것 같은 눈매와 턱선.

아버지에게 당당히 술을 따라 달라며 말하며, 술잔을 거칠게 털어 내던 기백까지.

그녀가 꿈꾸고 있던 완벽한 이상형이었다.

하지만…….

"혼담이 싫다고? 내가 싫다고?"

늘 가주에게 예쁨을 받은 것도 모자라 제남에서는 그녀의 언니인 진려인과 그녀를 두고 동접이녀(東蝶二女)라 부르며 미모를 극찬했다.

혼담을 청하며 줄 선 문파, 상단, 무관 등의 자제들도 한둘이 아니었는데…….

"네가 감히 나를……!"

뿌득!

거절하는 것도 모자라 회담 이후에는 인사조차 없이 자리를 떠났다.

애초에 관심도 없었다는 무심한 눈빛과 표정.

백우상단에 시집을 간 언니가 그녀를 비웃을 게 분명했다.

"비아!"

"예, 아, 아가씨."

문 밖에서 황급히 뛰어 들어온 시비가 바닥에 바짝 엎드렸다.

"서신 하나 전달해."

"이 야밤에요?"

"싫어? 또 저번처럼 굶어 볼래?"

얼마 전 아끼던 청자를 깼다고 순식간에 야차가 됐던 그녀.

그녀로 인해 비아는 며칠을 마구간에 갇혀 굶어야 했다.

"자, 잘못했어요, 아가씨."

"그럼 토 달지 말고 시키는 대로 해. 송검문의 원 공자를 찾아가서 내가 써 준 서신을 전달하라고. 알았어?"

꿀꺽!

비아는 이제야 뭐가 어떻게 돌아가는지 알 것 같았다.

이 야차 같은 아가씨는 이번에 악운이란 공자에게 단단히 독심을 품은 게 틀림없어 보였다.

그사이 진소아는 서둘러 붓을 들어 서신을 빠르게 써 내려가기 시작했다.

가뜩이나 치근대서 짜증 나던 원 공자를 이번에야 제대로 활용할 수 있을 것 같았다.

다그닥다그닥!

새벽녘 산동악가 일행은 동진검가와 특별히 서로 격식을 차리지 않고 떠났다.

혼담이 결렬된 마당에 서로 웃는 낯으로 마주하는 게 더 이상했다.

"어제 꿈자리가 뒤숭숭해서 잠을 좀 못 잔 것 같소. 살의를 정면으로 받아서 그런가?"

호사량이 말 위에서 뻐근한 목을 주무르며 악운을 내려다봤다.

하지만 악운은 무슨 생각을 하고 있는지 뭔가 골똘하게 생각에 잠겨 있었다.

"무슨 생각을 그리 하시오?"

"부각주께 무공을 가르쳐야 하나 고민 중입니다."

"나에게?"

"예."

"갑자기 그게 무슨 말씀이시오?"

"호위이긴 하지만 앞으로 무슨 일이 있을지도 모르니 제게 몇 수 조언받으시는 게 나을 것 같아서요. 새로 가문의 무공을 익히시는 것보다는 그편이……."

"흐음, 그게 나을 수도 있겠소."

"무슨 말씀이십니까?"

"새로 무공을 익히는 것 말이오. 새 술은 새 부대에 담는 게 낫지 않겠소?"

"정말 새로 익히시렵니까?"

"그게 나을 거 같소."

악운은 잠시 고민하다가 고개를 끄덕였다.

기존의 무공을 버리고 새로 무공을 익히려는 특별한 사연이 있어 보이기는 하지만 그건 굳이 묻지 않기로 했다.

'사연 없는 이가 어디 있으랴.'

언젠가 밝히고 싶을 때가 오면 호사량 스스로 말해 주리라, 생각했다.

그러니…….

악운은 천천히 말고삐를 말아 쥐었다.

"그럼 말에서 내리시지요."

담담하던 호사량의 표정이 딱딱하게 굳었다.

"이렇게 갑자기?"

"수련에 때가 어디 있습니까? 하면 하는 거지."

너무 단호한 말에 호사량은 잠시 꿀 먹은 벙어리가 됐다.

하지만 틀린 말도 아니었기에 순순히 말에서 내렸다.

기다렸다는 듯 악운이 말했다.

"뛰세요."

"소가주는 뭐 하고?"

"말은 누가 끕니까?"

"다시 생각해 보니 보현각 부각주가 무공을 익혀서 뭐 하나 싶소만……."

"이랴!"

악운은 호사량의 말을 끝까지 듣지도 않고 말을 끌고 지나갔다.

그런 악운의 뒷모습을 조용히 지켜보던 호사량은 할 말을 잃었다.

"……그냥 물어본 거였나?"

이미 대답은 정해져 있었나 보다.

호사량은 더 묻지 않고 악운을 쫓아 뛰기 시작했다.

무공 수련의 필요성이야 이번 제남행을 통해 이미 절실히 느낀 뒤였기에.

"느립니다. 더 빨리 뛰세요."

이 와중에도 악운은 냉정했다.

그렇게 시작된 수련은 해가 어둑어둑하게 질 때쯤에 끝났고, 일행은 말을 나무에 묶어 두고 노숙하기 좋은 장소를 골랐다.

타닥, 타닥.

얼마 지나지 않아 모아 온 나뭇가지들을 장작 삼아 불을 피운 악운은 지쳐서 꼼짝도 못 하는 호사량을 쳐다봤다.

'배고플 테지.'

이럴 줄 알고 노숙할 준비는 충분히 준비해 왔다.

악운이 안장에 매달아 둔 주머니를 뒤적였다.

지켜보던 호사량이 숨 끊어질 것처럼 흔들리는 목소리로 말했다.

"벽곡……단?"

"일정 경지에 이르면 지속적인 운기를 통해 체외의 노폐물을 제거할 수 있다지만 부각주는 아직 그에 이르지 못했잖습니까?"

호사량은 아무 말 없이 악운에게 벽곡단을 받아 들었다.

동진검가에서 먹었던 호화스러운 식단이 그리운 순간이었다.

하지만 별수 있나, 수련에 도움된다는데.

와그작.

도토리를 쥔 다람쥐처럼 벽곡단을 씹기 시작하는 호사량.

"지금은 씹을 힘이라도 있어 다행이지만 당장 내일이 걱정이오. 제대로 뛸 수나 있으려나."

"벌써 내일을 염려하십니까?"

듣고 있던 호사량이 고개를 갸웃거렸다.

"오늘 수련은 이걸로 끝난 게 아니었소?"

"체력을 길렀을 뿐이지요. 몸을 닦으면서 동시에 무공 역시 익히셔야지요."

"잠은 대체 언제……."

악운이 명쾌하게 대답했다.

"기절하면 됩니다."

"하하!"

농담인 줄 알고 피식 미소 지은 호사량은 아무 표정 없는 악운을 보며 인상을 구겼다.

거짓말이 아니었다. 감정 내색도 없고 직설적이던 보현각 부각주 호사량은 이미 사라진 지 오래였다.

수련생 호사량만 남았을 뿐.

"천천히 먹어야겠군."

맛없는 벽곡단을 이렇게 오래 씹을 줄은 생각도 못 했다.

앞으로의 일정이 고될 건 자명해 보인다.

그것을 증명하듯 악운이 재촉했다.

"서둘러 드시지요."

"……."

꿈자리가 뒤숭숭한 데엔 다 이유가 있었다.

❧

길을 떠나며 본격적인 수련을 병행하니 두 사람 모두에게 열흘은 쏜살같이 지나갔다.

악운이 보기에 호사량은 의외로 탄탄한 내공량을 갖추고 있었다.

이거야 어릴 때부터 오래 수련했다면 어찌 보면 당연한 일.

하지만 한 번 알려 준 구결을 순식간에 외우고 이해한다는 건 다른 경지의 재능이다.

악련정호식부터 일관심법까지 익히고 가르치는 데 칠 주야도 걸리지 않은 걸 보면 확실히 기재에 속했다.

그래서 오늘은······.

"비화심창입니다."

악운이 무공 시연을 끝낸 후 호사량을 쳐다봤다.

호사량은 극한까지 수련을 몰아붙이자 군살이 쫙 빠졌다.

원래부터 날카롭던 인상이 훨씬 매서워진 것이다.

이제는 문사보다 거친 낭인의 인상에 더 가까워 보인다.

"가문의 창을 수련한 지 얼마 되지도 않았는데 수준이 너무 높아진 것 아니오?"

"타고난 무재이십니다."

"칭찬에 속는 건 지난날이면 족하오."

"뜻대로 생각하시지요. 어차피 수련을 하는 건 변함이 없으니까요."

악운이 쥐고 있던 창을 그에게 넘겼다.

"점점 얄미워지시는구려."

호사량이 창을 받아 든 후 말안장에 매단 검집에서 검을 뽑아 들어 악운에게 넘겼다.

원래는 호신용으로 챙긴 것인데, 같이 대련을 할 때면 호사량에게 창을 넘긴 악운이 대신 사용했다.

쐐액!

익숙하게 몇 차례 검을 휘둘러 보는 악운.

지켜보는 호사량의 눈에 이채가 흘렀다.

"늘 느꼈지만 창을 다루는 무인이 어찌 그리 검을 잘 쓴단 말이오? 창의 극의에 달해 다른 병기도 잘 쓸 수 있는 만류귀종의 경지에 오른 것도 아니고."

"그래 보입니까?"

"무공을 모르는 자가 봐도 그래 보일 것이오."

"이참에 검법도 같이 익혀 볼까요?"

"가르쳐 드릴까?"

그 순간 악운의 표정이 진지해졌다.

"정말이십니까."

"가르치기는 무슨! 풍수지리라면 몰라도 검은 내 소관이 아니오."

손사래 치는 호사량과 달리 악운은 이미 눈을 빛내고 있었다.

"아쉽군요. 기회가 닿으면 좋을 텐데요."

"소가주는 이미 가문의 창법을 깊이 익히지 않았소?"

"창을 가르치며 제가 말씀드리지 않았습니까? 다양한 공부는 도움이 된다고요."

"삶이 무공의 깨달음에 영향을 준다는 건 왕왕 들은 바가 있지만 창을 익히던 이가 갑자기 검을 익힌다는 얘기는 못 들어 봤는데……."

"실패하는 것이 두려워 아무도 못 해 본 일일 테지요."

"소가주는 다를 것……."

'같소?'라는 반문을 하려던 호사량은 문득 말을 멈추고 악운을 바라보았다.

체격이 커서 그렇지 잘생긴 옥면(玉面)에는 소년 태가 많이 보인다.

너무 어른스러운 데다 경험의 부족함이 보이지 않아서 잠시 잊었다.

'나는 열여섯에 어떠했지?'

호사량은 문득 스스로가 부끄러워졌다.

'내가 처한 환경에만 불만스러워하였으며 누가 정해 놓은 틀을 깨 놓을 시도조차 하지 못했지.'

하지만 소가주는 다르다.

아니, 달랐다.

그건 무공을 바라보는 시각에서조차 그러하리라.

성공이든 실패든 그건 악운에게 중요한 것이 아니다.

악운은 자신보다 낫다.

'어떤 틀에도 구속받지 않고 끊임없이 위를 바라보고 있다. 지금까지도 그랬고, 앞으로도 그러겠지.'

호사량이 잔잔한 미소를 머금었다.

어른은 자라나는 소년에게 합리적인 길을 설명해야 할 필요성이 있지만 그보다 중요한 건…….

'지닌 바 열정을 지지해 주는 것이겠지.'

호사량은 지금 자신의 모든 말이 악운의 발목을 잡고 있다는 걸 새삼 깨달은 것이다.

"그럽시다. 가르쳐 드리겠소. 단, 알아 두셔야 할 것이 있소."

"뭡니까?"

"이 무공은 사연이 많소."

"그렇습니까?"

"담담한 걸 보니 짐작했나 보오."

"일전에 그 부분에 대해 썩 밝히고 싶어 하지 않으신 것 같아서요."

쓰게 웃은 호사량이 악운에게 다시 창을 돌려줬다.

오늘은 아무래도 창보다 검을 쥐어야 할 것 같다.

검을 넘겨받은 호사량이 나직이 말했다.

"백문이 불여일견이라."

그리고 시작된 호사량의 기수식.

곧추세워진 검 끝을 따라 상하체의 무게중심이 정확히 중

앙에 있었다.

날카로움보다 온유한 부드러움이 보인다.

악운의 눈에 이채가 흘렀다.

'이건?'

배워서 아는 검이다.

물론 알고 있는 검법과는 달랐지만 그 근본이 같다.

호사량이 어째서 '그곳'의 검을 알고 있는지는 모르겠지만 지금 보이는 초식들은 분명히 그 가문의 것이 틀림없었다.

쐐액, 쐐액.

부드러움을 가미한 증속(增速).

회전의 연계가 이뤄진 일점의 쾌속함까지!

그 모든 검법의 연계를 탄력적인 보법이 돕는다.

�솨아아!

검 끝에 피어오른 무형의 검격이 바람을 일으키자 그 여파가 악운의 머리카락을 휘날리게 했다.

"후우, 후우!"

거친 숨소리와 함께 호사량의 검 끝이 멈췄다.

"며칠 동안 말 엉덩이만 보고 달려서 그런가. 오랜만에 펼쳤는데도 힘들지가 않구려."

숨을 회복한 호사량이 검을 거두며 말했다.

악운은 알면서도 물었다.

"부드러우나 강인했습니다."

"단번에 꿰뚫어 본 것이오? 과연……."

"이제 부각주의 사문을 여쭤봐도 되겠습니까?"

"그렇지 않아도 말해 주려던 참이었소. 내 가문은……."

호사량의 눈빛이 서늘해졌다.

"제갈세가요."

악운은 고개를 끄덕였다.

기문진, 수(數), 풍수지리 그리고 방금 보인 검법까지.

'역시.'

감추려야 감출 수 없어 보인다.

"게다가 직계에 속하지. 현 가주가 나와 고종사촌지간이
되오."

"현 가주라면……?"

"현평검군(玄平劍君) 제갈위라는 이름, 못 들어 봤소?"

"들어 본 거 같습니다."

악운은 '제갈위'라는 이름을 듣자마자 굳어지려는 표정을
감췄다.

'제갈위, 결국 그 아이가 가주가 되었는가?'

제갈위는 제갈희선에게 열등감을 품었던 제갈도의 아들이
다.

선대 제갈 가주는 제갈희선에게 가주직을 물려주고 싶어
했으나 제갈희선이 이를 사양했다.

결국…….

'제갈도가 가주가 됐지.'

그리고 얼마 지나지 않아 제갈희선은 혈교의 귀계에 고립된 제갈도를 구해 주려다 죽게 된다.

얼마나 오열했던지 아직도 그 비 오던 날이 선명했다.

그해 장마는 너무 버거웠다.

'설마 부각주가 희선의 아들이었단 말인가!'

악운은 담담한 척 호사량의 얼굴을 살펴보았다.

하지만 아무리 봐도 그녀의 얼굴과는 닮지 않았다.

악운은 좀 더 자세히 알아보기 위해 입을 열었다.

"어떤 사연이 있으신 겁니까?"

"내 아버지는 호씨 성을 가진 평범한 범부였으나 내상을 크게 입은 어머니를 돌보셨소. 두 분은 전쟁터를 피해 다니며 나를 낳으셨지."

악운은 순간 숨이 멎을 것 같았다.

"혹여 어머님의 함자가……."

"그게 왜 궁금한지는 모르겠지만 알고 싶다면 말해 드리지. 기쁠 희에 선할 선, 희선이오. 유명한 분이라 들어 봤겠지만 현선신녀(賢仙晨女)라 불렸던 분이오."

악운은 솜털이 쭈뼛 곤두섰다.

죽은 줄 알았던 그녀가 전장을 피해 다니며 어딘가에 살아 있었던 것이다.

하지만 왜 살아 있다고 하지 않았던 걸까?

"어머니는 아버지가 돌아가신 후에 내게 모든 걸 털어놓으셨지. 가문의 내분이 염려되어 객사한 척 돌아가지 않으셨다고. 나 역시 알지도 못하는 세가로 돌아가고 싶진 않았소."

그녀의 죽음은 당시 사기를 고양시켰고, 제갈세가를 제갈도를 중심으로 뭉치게 했다.

하지만 그 반대였다면?

권력욕이 있던 제갈도는 제갈희선과 갈등을 빚었을 것이다.

"그래서 사문을 감추려 하셨던 것이군요."

"누가 알아봐야 좋을 게 없으니까."

"그런데 어째서 제게……?"

"내가 인정한 사내잖소. 앞으로 내 미래를 책임져 줄 주군이 되실 테고. 주군이 되실 분의 앞날을 돕는 건……."

호사량이 환하게 웃었다.

"소신이 해야 할 일이오. 그깟 알지도 못하는 가문 따위를 신경 쓸 필요가 뭐가 있겠소? 내 어머니조차 등진 곳인데."

잠깐 흐르는 침묵 속에 미풍이 두 사람을 지나쳤다.

쏴아아.

악운은 한동안 말없이 호사량을 깊어진 눈빛으로 마주 보았다.

새로운 삶과 전생의 삶이 부딪친 순간이다.

악운은 이 기적 같은 시간과 순간에 놀라워하며 내심 그 어느 때보다 크게 웃고 싶었다.

'희선, 말년에는 행복했구려.'

악운은 굳어 있던 표정을 풀고 환하게 웃었다.

아무렴 어떤가.

앞으로의 선택들은 호사량과 악운이 쌓아 가는 일일진대.

악운은 마음을 정리하며 마지막으로 입을 열었다.

"그런데, 하나만 여쭤봐도 되겠습니까?"

"무엇이오?"

"부모님 두 분 중에 누굴 더 닮으신 겁니까?"

황당한 표정을 짓는 호사량.

하지만 순순히 질문에 대답해 주었다.

"아버님을 닮은 것 같소. 어머니가 말씀하시길 내 얼굴이
아버지를 닮아 별로라고 하셨으니."

악운은 피식 웃었다.

역시 삶은 자기 마음 같지 않은 것 같았다.

'그렇게 얼굴만 보더니만.'

"그런데 소가주."

"예."

"내 얼굴을 비웃는 거요, 내 아버님의 얼굴을 비웃는 것이
오?"

……불똥이 이상한 데로 튀어 버렸다.

잠깐의 해명(?) 직후.

악운은 호사량에게 조심스럽게 물었다.

"이제 터를 잡으셨다면……."

"말씀하시오."

"어머님을 본가로 모시지 그러셨습니까?"

"그러고 싶지만 애석하게도 돌아가셨소."

'그랬는가.'

내심 재회를 기대했던 악운은 씁쓸함을 느끼며 고개를 끄덕였다.

"무림인들은 범부보다 오래 산다지만 어머니는 오래전 내상을 완벽히 치유하지 못하셨던 것 같소. 한때 어머니의 약을 구하기 위해 산동성을 백방으로 돌아다녔었지. 약 대신 명의와 연이 닿긴 했지만……."

악운은 더 입을 열지 않고 침묵했다.

너무 늦었던 모양이다.

"지난 일이오. 충분히 호상이었고."

호사량은 애써 슬픔을 감추며 담담하게 말했다.

"……."

악운도 더 묻지 않았다. 그래야 할 것 같았다.

호사량이 자연스레 화제를 돌렸다.

"아무튼 우린 그때 깊은 연이 닿은 의원을 뵈러 가는 것이오. 꼬장꼬장한 분이지. 어머니가 돌아가신 후에 그분을 잠깐 따라다녔으니……."

산동성 구석구석을 돌아다녔다는 호사량의 말이 이제야 이해가 가는 악운이었다.

"이제 나에 대해 궁금한 게 다 풀리셨소?"

"궁금했다기보다는……."

"거짓말 마시오. 내 과거 얘기가 나오자마자 어느 때보다 초롱초롱한 눈빛이었소."

"그랬습니까?"

악운은 머쓱함을 느끼면서 콧잔등을 긁적였다.

하긴 희선의 이름이 나오자마자 가슴이 잠깐 뛰었던 건 부정할 수 없으리라.

그녀와 나눴던 우정은 세월이 지나도 여전히 선명했으니.

"그거 아시오? 희한하게도 지금 소가주 표정이 꼭 우리 어머니께서 과거를 회상할 때 지었던 표정과 비슷하오. 혹시 두 번째 인생이라도 사시는 것이오?"

"설마요."

악운은 내심 뜨끔한 기분을 느끼면서 호사량이 쥔 검을 내려다보았다.

"그런데 제갈세가의 검공을 계속 익혀 볼 생각은 왜 접으신 겁니까? 방금 견식한 바로는 충분히 뛰어난 검공입니다."

"어머니가 싫어하셨소. 나 역시 그랬지."

"이해가 안 되는군요. 검공을 전수해 주신 분이⋯⋯."

"어머니셨지. 하지만 어머니가 내게 이걸 가르쳐 주신 건 순전히 호신공 이상도, 이하도 아니었소. 그저 내 몸을 보신하라고 가르쳐 주셨지. 가르쳐 주실 때마다 하셨던 말씀이 기억나는군."

잠자코 듣고 있던 악운은 문득 궁금해졌다.

희선이 뭐라 했을까?

"제갈세가는 유려하고 빠르다. 하지만 가장 빠르지도 가장 유려하지도 않다. 고금 제일 군사는 배출한 적이 있어도 고금제일인은커녕 천하제일인도 배출한 적이 없는 걸 보면 알 수 있다. 쉽게 말해."

호사량이 피식 웃었다.

"애매하다."

악운은 겨우 웃음을 참았다.

누가 직설적인 여자 아니랄까 봐.

호사량을 키우면서도 그녀는 여전했나 보다.

하지만 그녀의 말은 틀렸다.

"아, 송구합니다. 비웃은 건 아니니 이해하십시오. 그저 제갈세가의 검공을 그리 표현할 줄은 예상 못 했습니다."

"괜찮소. 애초에 박장대소를 예상했으니까. 나 역시 처음 듣자마자 한참 웃었소. 신랄한 비판을 서슴지 않는 분이셨지."

"그러셨군요. 그런데, 이런 말씀을 드려도 될지 모르겠습니다만, 저는 의견이 좀 다릅니다."

"무슨 말씀이시오?"

"보는 시각에 따라 다를 수 있다는 뜻입니다."

악운은 호사량에게 검을 넘겨받은 후 호흡을 골랐다.

천휘성과 논검을 펼쳤던 선대 가주 제갈엽이 스쳐 지나갔다.

당시 가주였던 제갈엽은 신장이 작고 비쩍 마른 반백의 중년인이었다.

하지만 검을 쥐었을 때는 달랐다. 산을 휘도는 거대한 기류 같았다.

ㅡ본 가의 검이 지루해 보이던가?

ㅡ아닙니다. 고요하지만 장중한 바람처럼 보였습니다.

ㅡ내 딸의 검과는 다르지?

ㅡ예. 하하……!

ㅡ본 가의 가솔들은 대개 본 가의 검공을 이도 저도 아닌 것으로 취급하더군. 특히 내 딸이.

ㅡ기회가 있다면 잘못 생각했다고 얘기해 줘야겠습니다.

ㅡ됐네. 언젠가 깨닫게 되겠지. 자넨 또 무엇을 보았나?

ㅡ가주님의 검에서는 끈끈한 인력을 느꼈습니다. 떼어 내기 힘든 습한 바람처럼요.

-잘 보았네. 바람은 늘 형태를 달리하지. 뜨거운 미풍이
기도, 불을 더욱 거세게 하는 열풍이기도, 바다를 성나게도
하는 태풍이기도 하면서…….

-아!

-이제야 본 가의 검이 이해가 되던가.

-예.

-과연 남다르군.

츠츠츠.

악운의 검이 과거의 흔적을 거슬러 오르며 호사량의 검공
을 따라 하기 시작했다.

쐐액!

첫 보에 균형을 이룬 잔잔한 바람이 운층을 이뤘으며.

뒤이은 이보, 삼보의 검공이 바람과 바람을 이으며 틈새
없는 그물망이 되어 간다.

악운은 못 봤지만 호사량의 표정이 급변하기 시작했다.

꿀꺽.

악운이 휘두르는 검 끝이 점점 거센 바람을 일으키는 모습
을 보며 호사량은 마른침을 삼켰다.

쏴아아아.

제갈세가의 절학이 어디서부터 시작되는지는 오래전에 몸
소 체험했다.

눈이 반개된 악운은 점점 무아지경에 취했다.

'바람은 무색무취하며 형체가 없으나 뒤섞이는 것에 따라 그 색과 형태가 무한해지니.'

순간 악운의 눈이 번뜩이며, 검 끝에 실린 바람이 강력한 인력(引力)을 일으켰다.

그 여파로 말안장이 빨려 들어갈 듯 들썩거렸고, 호사량이 악운 대신 쥐고 있던 창이 파르르 떨렸다.

'자칫했으면 놓칠 뻔했다.'

호사량은 서서히 잦아드는 검풍(劍風)을 응시하며 침이 메마르는 걸 느꼈다.

"방금 그거…… 대체 무엇이오?"

스스로가 펼친 초식과 다르지 않았다.

분명 같은 검공이었으나.

'달라.'

어머니조차 보여 주지 못한 제갈세가 검공의 또 다른 진의(眞意)가 틀림없었다.

악운이 검을 늘어트린 채 대답했다.

제갈희선이 보지 못한 제갈세가 검공의 극의, 그건 한때 젊은 천휘성을 한 번 더 성장케 했던 묘리이기도 했다.

"차력미기(借力彌氣)."

기억은 여전히 선명했다.

호사량은 흥분을 감추지 못했다.

"제갈세가 가솔이라고 해도 깜빡 속을 것이오. 아니, 어머니께 가르침을 받은 게 내가 아니라 소가주라 해도 믿겠소."

악운은 고개를 저었다.

본의를 읽었다고는 하나 과거의 기억을 더듬은 겉핥기일 뿐이다.

진짜 위력은 이를 갈고닦았을 때여야 비로소 빛을 발한다.

"그저 느낀 것을 펼쳐 보았을 뿐입니다."

"솔직히 언 대주의 말씀을 완벽하게 신뢰하지는 못했는데 이젠 진짜 믿겠소."

호사량은 메마른 침을 삼키며 말했다.

"한 번 본 무공을 기억하고 원형을 따라잡아 스스로의 무공에 접목시켜 간다. 믿기 힘든 재능이었다……라고."

"아, 그러셨군요."

"담담히 대답할 일은 아닌 것 같소. 단순히 원형에 가깝게 펼쳐 내는 것 이상인 듯하니까."

"달리 드릴 말씀이 없어서……."

"됐소. 어떨 땐 나보다 더 목석같은 사람에게 뭘 더 바랄까. 아무튼 소가주는 타고난 것 같소. 평생 익혀 온 검공을 이렇게 낯설게 느끼게 하다니……."

"지금이라도 늦지 않았습니다."

"그게 무슨 말씀이시오?"

"악가의 창은 그저 참고만 해 두시고, 본래 익히고 있던 제갈세가의 검공을 공부하시지요. 그러시는 편이 더 효율적일 겁니다."

"이제 와서?"

"제갈세가의 검공인지 몰랐으니까요. 제가 보기엔 악가의 창법 못지않게 뛰어납니다. 부각주가 오랫동안 익힌 검공이니 성취도 더 빠를 테고요."

"그럽시다."

호사량은 더 고민하지 않았다.

어느 쪽이건 몸을 보신할 수단이면 된다.

무공을 이끌어 줄 악운이 그편이 나을 거라고 얘기한다면야 굳이 부정할 필요가 없었다.

방금 본 무공 시연도 그 결정을 하는 데 한몫했다.

"그럼 뭐부터 하면 되겠소?"

악운이 호사량에게 검을 건네며 말했다.

"알고 계신 제갈세가의 무공을 제게 상세히 가르쳐 주십시오."

"좋소."

호사량이 시원하게 대답했다.

그날부터 악운과 호사량은 서로의 공부를 상호 보완하며
도왔다.

　악운은 호사량에게 제갈세가의 심법을 비롯한 무공을 순
차적으로 배워 나가며 호사량의 수련을 지도했다.

　그 후 호사량이 지쳐 쓰러지고 나면 악운은 개인 수련에
임했다. 악운에게 있어 제갈세가의 무공들은 '차력미기'의 묘
리를 더 깊이 공부할 수 있는 기회가 되었다.

❧

　쏴아아.

　추적추적 비가 내리는 흐린 날씨.

　원기종은 옷 젖는 것도 모른 채 추적에 매달리는 중이었다.

　―아버님이 혼담을 거절당해 마음 아파하세요. 원 공자,
나는 이참에 원 공자가 아버님 눈에 들길 바라요. 어떻게
해야 할까요?

　그녀에게 처음으로 온 연서.

　원기종은 이를 보자마자 결심했다.

'그 발칙한 소가주 놈의 다리라도 부숴서 가주님의 심중에 들어야겠다!'

오랫동안 연모해 왔던 진소아의 웃는 모습이 눈앞에 아른거렸다.

이제 조금만 더 있으면 산동악가 놈들을 따라잡을 수 있다.

때마침 선두에 선 낭인이 우물거리던 풀잎을 퉤, 뱉으며 말했다.

"흔적을 따로 지운 것 같지는 않군. 반나절이면 따라잡을 거요. 비가 내려 씻겨 가기 전에 쫓아야겠소."

"과연 도평검객(濤坪劍客)이시오."

산동십대고수, 도평검객 백훈.

일 수에 땅거죽에 물결을 치게 만든다는 낭인 출신 절정고수.

이자를 고용하는 데 어마어마한 돈이 들었다.

일부 물려받은 재산은 진작 처분했고, 아버지 몰래 팔 수 있는 자산들 역시 빠르게 처분했다.

'어차피 동진검가의 사위만 되면 한 번에 다 갚을 수 있을 테니!'

원기종은 머지않아 동진검가의 사위가 될 날을 꿈꾸며 혼자 실실 웃었다.

하지만 이를 지켜보던 도평검객은 쯧쯧 혀를 찼다.

이미 속사정은 원기종에게 들어 잘 알고 있었다.

'얼빠진 놈! 동진검가가 퍽이나 네놈을 사위로 들이겠구나. 그런 약조는 한 적 없다고 잡아떼면 될 일.'

알 게 뭔가, 어차피 자신은 의뢰한 일만 잘해 내면 된다.

의뢰 내용은 산동악가 소가주를 은밀하게 습격해 신체 일부분을 망가트리는 것.

동진검가나 그 이상의 세력을 보유한 곳의 자제라면 당연히 의뢰를 듣자마자 거절했겠지만…….

'산동악가쯤이야.'

동평에서 이제 겨우 터전을 다시 잡은 곳이다.

유서 깊은 가문이긴 하나.

그것 역시 과거의 영광이었을 뿐이다.

빛바랜 영광을 이제 와 신봉하는 자가 누가 있겠나.

당연히 산동악가에 사사로운 감정 따위는 없다.

하지만 힘만 드는 푼돈 걸린 의뢰들보다 이런 돈 되는 의뢰가 미래를 위해 더 나은 선택이다.

'천하가 약육강식인 것을 어쩌겠는가.'

백훈은 얼른 일을 마치고 단골 기루에 가서 분탕하게 놀고 싶을 뿐이었다.

⌘

"비가 그치려나 보오."

호사량이 하늘을 올려다보며 말했다.

며칠 새 계속 내리던 빗줄기가 점점 줄고 있었다.

첫 번째 목적지인 청주를 몇 시진 안 남긴 시점이었다.

"예, 그런가 봅니다."

"호법을 서 드리겠소."

호사량은 익숙하게 악운을 두고 멀찍이 떨어졌다.

동시에 악운이 눈을 반개하며 가부좌를 틀었다.

그러자 익숙한 첫 번째 방(房)이 악운을 맞이했다.

태의심로경, 해룡포린공, 달마세수경, 일관심법, 복마심법으로 이루어진 방.

가문을 떠나기 전엔 새로운 무공을 익히지 않고 이 방을 완벽히 다루는 데에 집중했다.

하지만 이젠 사정이 다르다.

악운은 첫 번째 방을 감싸는 혼세양천공의 기운을 느끼며 다른 방으로 이동했다.

내공의 가속도가 증폭되며 온몸을 휘돌았다.

두 번째 방을 채워 나갈 첫 번째 시작은.

'칠현풍원심법(七絃風遠心法).'

제갈희선에서 호사량을 통해 악운에게 전달된 상승 심법은 마치 꽃에 분 바람이 씨앗을 날려 새로 터를 잡게 하듯 두 번째 방에 뿌리내렸다.

바람은 씨앗을 날려 보내 뿌리를 내리게 하고, 불을 더 강하게 키운다.

제갈세가의 무공이 목(木)의 기운을 갖는 건 당연한 일이었
다.

츠츠츠!

혼세양천공의 조화로움 아래 뒤섞여 가는 새로운 바람.

그 순간.

기묘한 일이 벌어졌다.

같은 목(木)의 성질을 가진 복마심법의 기운이 칠현풍원심
법과 호응하며 눈으로 향한 것이다.

'이건……?'

증가된 나무의 기운이 영혼을 맑게 하자 그 여파가 안력(眼
力)을 배가시키고 있었다.

'더 선명하고, 더 멀리.'

눈을 감았는데도 느껴졌다.

이전보다 더 예민하고 드넓은 곳까지 눈이 닿을 거란 게.

번쩍!

곧이어 눈을 뜬 악운에게 은밀히 다가오고 있는 그림자가
보였다.

등랑회

"누군가가 은밀히 다가오고 있습니다."

일어나자마자 입을 뗀 악운이 창을 집어 들었다.

호사량은 굳이 누군지 묻지 않고 검을 뽑아 들었다.

스릉!

두 사람을 노릴 이들은 많았다.

산동악가가 무너트린 휘경문과 연이 깊은 자들일 수도 있고, 혼담의 거절에 앙심을 품었을 동진검가일 수도 있다.

이유야 만들면 수두룩하다.

그러나 중요한 건······.

"의도부터 파악해야 하오. 괜한 오해일 수도 있으······."

호사량의 말이 끝나기 직전.

쐐액!

악운을 향해 한 자루 비도가 날아왔다.

콰직!

악운이 날아오는 비도를 정확히 내려찍은 후 말했다.

"오해는 아닌가 봅니다."

"동진검가인가."

"알아봐야겠죠."

이어서 나무 뒤에서 튀어나온 그림자.

벼락같은 일격이 악운을 내리찍었다.

펑!

북 찢어지는 소리가 장내에 울려 퍼지고.

파지짓! 챙!

악운의 창이 불꽃을 튀기며 맞닿은 검을 튕겨 냈다.

백훈은 반탄력에 두어 발짝 물러나며 검을 고쳐 쥐었다.

그리고는 머리를 감싼 검은색 두건을 슥 매만지며 웃었다.

"제법."

웃음 짓는 그에게 호사량이 소리쳤다.

"동진검가더냐?"

대답 대신 다시 땅을 박찬 백훈.

찰팍거린 진흙탕 사이로 흑검이 뻗혀 왔다.

악운이 그에 맞서기 위해 창을 뻗은 그때.

백훈이 빙글 몸을 돌려 미끄러졌다.

애초에 노린 건…….

'인질.'

의뢰만 완성하면 되는데 부득불 악운과 맞서고 싶지는 않았다.

이미 한 수 부딪친 것만으로 충분히 느꼈다.

'소가주란 놈, 동수 혹은 그 이상이다. 엽보장에서는 일류 상위 수준으로 밝혀졌다 그랬거늘.'

낭인촌 안에는 종종 갈 곳 잃은 하오문 출신 사람들이 천막을 치고 운영하는 '엽보장(獵報帳)'이 있다.

여기에서는 과거 하오문처럼 뜬소문의 진의 여부, 용모파기 등등을 판다.

망한 하오문처럼 체계적이지는 않고 개인의 역량에 따라 소문의 질이 달라지는 게 차이라면 차이.

그런데 이번엔…….

'재수 옴 붙었군. 정보가 틀렸어!'

여유 있는 척하긴 했지만 이놈과 제대로 붙으면 팔 한쪽은 잘려 나갈 게 분명했다.

단언컨대 절정이다.

하지만 백훈에게는 순간적인 기지를 발휘할 경험이 있었다.

'놈은 문사만 대동했을 뿐 호위는 없다고 했지. 그게 맞다면!'

백훈의 검이 벼락처럼 호사량에게 쇄도했다.

쐐액!

호사량이 발 빠르게 대처했지만.

"늦었다."

백훈의 검이 일으킨 검기가 땅거죽을 물결처럼 뒤집었다.

쏴아아!

백훈이 단숨에 호사량의 검을 튕겨 낸 후 손을 매의 발톱처럼 세워 호사량의 목을 잡아챘다.

콰악!

수준 차이가 극명한 이상 백훈의 압승이었다.

그런데.

"왜 웃고 있는 거냐."

고통으로 일그러진 호사량의 입가에 피어오른 건 분명히 조소였다.

호사량이 숨을 헐떡이며 힘겹게 대답했다.

"뒤를…… 봐라."

이어서 위화감이 든 백훈의 귓전을 때리는 비명.

"으아악! 살려 줘, 제발!"

천천히 돌아서는 백훈의 눈앞에 원기종이 울며불며 비명을 지르고 있는 게 보였다.

"미친, 언제 저놈을……?"

악운이 보란 듯이 원기종의 손가락을 마디째 부러트렸다.

콰악!

원기종은 반항도 못 하고 벌벌 떨었다.

"으아아악! 살려 달라고!"

"하아."

한차례 한숨을 쉰 백훈은 오히려 호사량의 목을 조였다.

"크윽!"

호사량이 발버둥 칠수록 백훈의 눈빛이 더욱 서늘해졌다.

"그 잠깐 사이에 내 의도를 파악한 후에 저놈을 붙잡을 생각까지 한 건가? 실력도 경험도 몇 수 아래일 줄 알았는데…… 점점 날 놀라게 하는군."

악운이 또 한 번 원기종의 손가락을 박살 내며 대답했다.

"눈에 띄기에."

"오호, 그래? 그런데 말이야, 생각 잘못했어. 가치가 다르다고. 나는 네놈이 아끼는 가솔을 붙잡았지만 저놈은 나한테 별 쓸모도 없는 놈이야. 그냥 시종 정도."

그 얘기를 들은 원기종이 오열하며 목 터지게 소리쳤다.

"사, 살려 줘! 날 버리지 마! 돌아가면 줘야 할 미수금에 두 배를 더 얹어 줄게! 제발!"

그렇지 않아도 백훈은 원기종을 살려 볼 생각이었다.

육 할의 계약금을 제외하고 못 받은 사 할의 미수금을 거둬들여야 했으니까.

그래서 시종이라고 둘러대며 가치를 낮게 언급한 것이다.

이런 방식으로 압박하면 소가주 놈도 어쩔 수 없이 투항할 수밖에 없을 테니까.

하지만.

"……빌어먹을 놈."

겁먹은 놈의 주둥아리가 모든 걸 망친 것 같다.

그 예상대로 악운은 이미 사태 파악이 끝난 표정이었다.

게다가.

'대체, 이게 다 무슨……!'

갑자기 사방팔방에서 기척들이 느껴지기 시작했다.

이쯤 되자 백훈의 머릿속에 가설이 스쳤다.

'설마 산동악가의 호위대?'

이미 소가주의 실력이 일류라는 것도 틀린 마당에 은밀한 호위대가 붙었다 해도 개소리는 아니다.

그걸 증명하듯.

"느꼈나, 기척?"

악운이 여유 있는 표정으로 입을 열었다.

꿀꺽.

백훈은 마른침을 삼킨 후 혼절하기 직전의 호사량을 쳐다봤다.

이미 소가주의 실력만 해도 동수 혹은 그 이상.

더구나 산동악가의 호위대가 이 근처에 등장한 거라면 어차피 이놈을 죽이든, 죽이지 않든 살아 돌아가기 힘들다.

그럴 바엔 거래다.

"이놈을 살려 주겠다!"

"그다음엔?"

"그놈, 송검문 문주 아들놈이야. 철딱서니 없는 저놈은 동진검가 막내 딸내미에게 푹 빠져 있어서 제 부친 몰래 내게 의뢰를 해 왔지. 이 사실을 저놈 부친에게 언급하면 막대한 보상을 얻을 수 있을걸."

"증거는?"

"여기 놈에게 받은 큰 액수의 어음 전표. 송검문 문주의 직인까지 찍혀 있는 계약서도."

결과는 뻔했다.

송검문은 산동악가에 공식적인 사과와 배상을 해야 할 테고, 백훈의 처우는 산동악가에 달리게 된다.

"어때, 그렇게 정리하는 걸로?"

"그러지."

백훈이 품속에서 꺼낸 주머니를 악운에게 던졌다.

악운이 주머니를 받아 들어 여유 있게 내용을 살핀 후 고개를 끄덕였다.

"정의롭다고 칭송이 자자한 산동악가 소가주의 말이라면 믿어도 되겠지?"

"믿든 안 믿든 이게 네 최선일 텐데?"

"눈치 한번 빠르네."

기다렸던 것처럼 백훈이 쥐고 있던 호사량의 목을 풀어 준후 대여섯 걸음 뒤로 물러났다.

악운도 그제야 쥐고 있던 원기종의 손가락을 놓아준 후 쓰러진 호사량에게 다가갔다.

"케헤헥. 콜록, 콜록! 죽는 줄 알았소."

"고생하셨습니다."

악운은 호사량을 부축해 준 후 그가 떨어트린 검을 집어다 주었다.

호사량이 검을 되돌려받으면서 의아한 표정을 지었다.

"그런데, 우리에게 호위가 있었소?"

악운이 호사량과 등을 지며 웃음 지었다.

"아뇨."

백훈이 와락 인상을 구겼다.

"뭐?"

그 순간.

부우우웅!

섬뜩한 뿔피리 소리가 장내에 울려 퍼지며.

푸드드득!

숲에 있던 새들이 무리 지어 날아오르기 시작했다.

사사사삭.

동시에 수십 명의 그림자들이 본격적으로 숲 곳곳에서 나타났다.

누가 봐도 강렬한 적의였다.

백훈이 혀를 찼다.

"쯧, 제대로 당했군."

애초에 호위대 따위가 아니었던 것이다.

산 넘어 산이었다.

그사이 호사량과 악운도 짧게나마 대화를 나눴다.

"대체 어떻게 된 것이오?"

"애초에 같은 무리였다면 따로 올 필요가 없었으니 혼자 무리하지 않았겠죠. 저들도 모르는 변수라면……."

"활용하는 게 낫지."

"예, 어차피 제 목적은 부각주부터 구하는 거였으니까요."

"짐이 됐군. 미안하오."

"됐습니다. 그보다……."

악운은 주변을 가득 메운 자들을 노려보며 말했다.

"저들은 누굴까요?"

악운의 궁금증은 땅을 내리찍은 도와 함께 해결됐다.

쿵!

땅을 분쇄하며 파고든 팔괘도(八卦刀).

아니, 보통의 팔괘도보다 도신이 훨씬 넓은 어마어마한 크기의 도였다.

장내의 시선이 자연히 도의 주인에게 몰렸다.

스륵!

좌중을 집중시킨 칠 척 거한이 형형한 눈빛으로 주변을 훑었다.

"나는 오령문의 문주이니라."

오령문이라는 얘길 듣자마자 그들을 알고 있는 호사량이 나지막이 중얼거렸다.

"탁력귀도(卓力鬼刀)라……."

산동십대고수 중의 하나다.

어떻게 돌아가는지 대략 그림이 그려졌다.

호사량이 작게 속삭였다.

"소가주."

"예."

"돌아가는 상황을 봐서는 저들을 움직인 건 동진검가가 가장 유력하오."

"제 생각도 그렇습니다."

때마침 탁력귀도 광철이 악운을 노려봤다.

"창을 든 걸 보니 네놈이 동진검가와 혼담을 주고받았다는 산동악가의 소가주렷다!"

악운이 지체 않고 나섰다.

"그렇소. 나요."

지켜보던 원기종이 서둘러서 소리쳤다.

"나, 나는 산동악가와 아무런 연관이 없소! 보내 주시오!"

백훈은 원기종을 굳이 말리지 않았다.

오히려 다행이었다.

주변을 점거하고 있는 세력이 산동악가를 노리고 온 것이라면…….

"나는 제남의 백훈이라 하오. 산동악가와는 조금의 연도 없으니 오해 말고 돌려보내 주는 것이 어떻겠소?"

갑자기 호사량이 웃음을 터트렸다.

"푸하하!"

"낄 데 안 낄 데 구분 못 하나?"

백훈이 섬뜩하게 얘기했음에도 불구하고 호사량은 조금도 주눅 들지 않았다.

"머저리들. 탁력귀도는 본 가 때문에 온 게 아니다. 그는 동진검가와 원한 관계야! 오령문도 못 들어 봤던가!"

백훈이 눈을 번쩍 떴다.

이제야 생각났다.

동진검가의 원수 중 하나이자 오령문의 주인, 탁력귀도.

"……젠장!"

"이제 알겠나. 동진검가 눈에 들겠다고 본 가의 소가주를 노린 너희 송검문에는 최악의 손님인 게다! 특히, 그 의뢰를 받은 도평검객 당신에게도."

호사량은 백훈이란 이름을 듣자마자 그의 정체를 알아낸 것이다.

악운은 호사량의 마지막 외침에 내심 감탄했다.

'일부러 얘기했어. 탁력귀도는 송검문이든, 본 가든 동진 검가와 연관이 있다고 생각할 테니까. 이제 저들은 우리 쪽 전력이 된다.'

하여튼 이럴 때 보면 참⋯⋯.

"짓궂으십니다."

"별말씀을."

의미심장하게 미소 지은 호사량을 백훈과 원기종이 죽일 듯 노려봤다.

하지만 원망해 봤자 때는 늦었다.

'물은 엎질러졌어.'

지켜보던 광철이 다시 도를 뽑아 들며 다가왔다.

"무엇이 됐든 상관없다. 동진검가와 연이 닿은 놈들이라 면 그 누구든 사지를 찢어 주마."

숲속을 가득 메운 오령문의 도객(刀客)들이 악운을 비롯한 네 사람에게 일제히 쇄도했다.

❧

'망했군.'

백훈의 눈빛이 서늘해졌다.

어림잡아 수십 아니, 백은 넘어 보인다.

"이, 이제 어떡하오!"

백훈은 덜덜 떠는 원기종에게 살의를 담아 말했다.

"거치적거리지 마라. 너부터 베어 버리기 전에."

새파랗게 질린 원기종이 주춤거리는 순간.

"죽어라!"

눈 깜짝할 새 여러 개의 도가 날아왔다.

"빌어먹을 놈들."

백훈의 검이 잔영을 일으켜 도객들의 눈을 속였다.

서걱!

그 틈에 정면의 도객을 베어 낸 백훈이 서둘러 악운을 향해 달렸다.

등 뒤에 버려 둔 원기종 따위 지켜 낼 재간도, 여유도 없었다.

늘 혼자가 편했지만 오늘은 어쩔 수 없을 것 같다.

"어이! 소가주!"

백훈의 부름에 도객들을 베어 낸 악운이 그를 쳐다봤다.

호사량이 악운의 곁에 붙으며 소리쳤다.

"협력하자는 얘기인가 보오!"

고개를 끄덕인 악운이 달려오는 탁력귀도를 쳐다봤다.

협력이라. 그렇다면……

"부각주."

"말씀하시오!"

"달려요."

"그게 무슨……?"

"알잖습니까."

호사량의 눈이 조금씩 커져 갔다.

악운의 의도를 모를 리 없었다.

'등랑다루!'

장설평의 말대로 유원검가의 생존자들이 남아 있다면.

그리고 그들이 오랜 시간 동진검가를 주시하며 복수를 꿈
꿀 시기를 기다려 왔다면.

그들은…….

'가장 든든한 지원군이 된다.'

악운은 재빨리 호사량의 앞을 가로막으며 다가오는 도객
들을 빠르게 베어 냈다.

"어서 가요. 돌아보지 말고."

호사량은 쓸데없는 객기를 부리지 않았다.

이 순간 악운이 선택한 최선의 수다.

그걸 성공시키려면.

'한시가 모자라다.'

호사량은 그 어느 때보다 사력을 다해 땅을 박찼다.

때마침 악운 곁에 도착한 백훈이 이를 갈았다.

"젠장! 한 명이 부족한 상황에 배신이라고?"

악운이 백훈의 등을 노린 도객을 꿰뚫으며 소리쳤다.

"배신이 아니야."

"그럼 뭔데!"

"최선."

백훈은 흔들림 없는 악운의 눈빛을 보며 마른침을 삼켰다.

뭐가 어떻게 돌아가는 건진 모르지만……

'생각이 있다.'

그건 일종의 직감 같은 거였다.

"한 놈도 못 가게 하면 되겠나?"

도객들의 도를 쳐 내며 외치는 백훈에게 악운이 처음으로 웃어 보였다.

"그럴 역량이나 되겠소?"

백훈이 악운의 곁에 나란히 서며 신경질적으로 대답했다.

"이 몸이 소가주 따위가 무시할 정도는 아니지."

적의 적이 아군이 되는 순간이었다.

동시에 악운도 전력을 다해 기운을 끌어냈다.

콰콰콰!

느껴지는 어마어마한 기세에 백훈의 눈에 이채가 흘렀다.

'붙었으면 팔 한짝이 아니라 목이 날아갔겠어.'

그 생각이 끝나기 무섭게.

땅을 박찬 악운과 탁력귀도가 정면으로 격돌했다.

콰드드득!

기의 여파로 뒤집어지기 시작한 땅거죽.

탁력귀도의 두 눈이 광기와 투기로 번들거렸다.

"우습구나."

도를 쥔 두 손에 더욱 불거지는 핏줄.

도에 깃든 도기(刀氣) 역시 불덩이처럼 넘실거렸다.

"내가 고작 동진검가와 혼담을 나눴다는 이유만으로 네놈을 노렸을 것 같으냐? 이건 그저 선포일 뿐이니라."

드드드득!

조금씩 밀려가는 악운의 창.

동진검가를 무너트리기 위해 이를 갈아 온 곳은 유원검가뿐이 아니었다.

탁력귀도와 오령문 역시 이를 위해 오랜 시간 준비했던 것이다.

"너와 같이 동진검가와 연이 닿은 모든 종자들이 벌벌 떨게 만들 선포."

사사삭!

어느새 숲속에는 오령문의 도객뿐 아니라, 동진검가에 원한이 있는 또 다른 무리가 당도하고 있었다.

오령문 도객들의 기세가 올랐다.

"귀검방이다!"

"귀검방이 왔다!"

악화 일로를 걷는 상황에 악운의 눈빛이 더욱 가라앉았다.

'오령문에 협력하는 방파가 있었던가?'

예상치 못한 포위에 갇힌 호사량이 결국 빠져나가지 못하고 장내로 돌아오는 게 보였다.

오령문이 동진검가를 무너트리기 위해 숨겨 뒀던 비장의 패가 동진검가가 아닌 악운 일행의 앞에 등장한 것이다.

'귀검방(鬼劍房)'.

한때 제남에서 오령문만큼 악독했다던 사파 방파.

두 세력이 동진검가 타도를 위해 연합을 꾀하고 있었던 것.

그들의 움직임은 동진검가조차 파악하지 못했던 것이었으니.

광철의 자신감은 당연한 거였다.

"보이느냐. 네 수하 놈도 겁을 먹고 다시 돌아왔구나."

"그래서?"

반문하는 악운은 이미 단단히 마음먹었다.

호사량이 걱정되지만 발만 동동 구른다고 해결될 일이 아니다.

무림이란 칼날 위에 함께 선 이상 호사량을 믿어야 한다.

그는 그의 싸움을 하고.

"으하하! 제법 의연하구나. 하지만 애송이의 요행은 여기까지다."

"입 다물어."

꿈틀거리는 광철의 눈썹.

'나는 나의 싸움을 해야 한다.'

악운은 표정 하나 변하지 않고 사납게 웃었다.

"네놈이 동진검가를 무너트리든 말든."

악운의 창끝이 더 거세게 떨리기 시작했다.

발출하기 시작한 호황대력기.

"오늘 네놈의 모가지는 떨어진다."

밀리기 시작했던 악운의 창이 단숨에 광철의 도를 밀어젖혔다.

"흐읍!"

악운의 어마어마한 신력에 자칫 균형을 잃을 뻔한 광철.

"이 어린놈이……!"

광철의 눈에 핏발이 섰다.

악운은 멈추지 않고 창을 찔렀다.

기다렸다는 듯 광철의 도 날이 창의 진로를 내리찍었다.

'바라던 바!'

강한 반탄력과 함께 악운의 몸이 창과 함께 옆으로 튕겼다.

얼핏, 물러난 듯 보였지만.

'더 앞으로.'

악운의 창이 선회하며 속도를 높였다.

만년석균의 섭취 후 내공도, 근력도, 균형감도 모두 증가했다.

겨우 이 정도로는.

'나를 못 밀어낸다.'

화르륵!

창에 깃든 창기(槍氣)가 빠르게 유형화되었다.

묵뢰십삼참의 시작점을 익히며 습득된 묘리.

'화의(火意).'

호황대력기가 '증폭'을 통하여 창격을 강화시키고 석실에서 완성된 '염뢰(炎雷)'가 광철에게 연달아 내리꽂혔다.

쾅! 쾅! 쾅!

하지만 광철은 거대한 암석같이 여전히 건재했다.

연격을 막아 낸 광철이 다시 도를 휘둘렀다.

심지어.

"겨우 이따위 창격을 믿고 그리 오만했더냐!"

광철의 도가 더욱 빨라졌다.

배가된 파괴력과 속도.

도 끝을 따라 광풍이 불었다.

타타타탁!

전진하던 악운이 다시 밀려났다.

광철의 기세가 더욱 오르며, 순식간에 악운이 수세에 몰렸다.

쾅! 쾅! 쾅! 쾅! 퍼퍼퍼펑!

강렬한 힘이 담긴 도격을 겨우겨우 받아 내는 창.

그 여파로 인해 악운이 디딘 땅거죽이 뒤집혔다.

그런데.

뚝. 뚝!

기세 오른 광철의 표정이 미묘해졌다.

'궁지에 몰린 건 저 어린것인데 어째서 내 손에 피가 나는 것이지?'

그의 도가 강하게 악운을 밀쳐 냈다.

하지만 악운은 조금도 밀려나지 않고 광철의 도에 바짝 붙어 있었다.

"왜, 피 닦을 시간이라도 필요한가?"

"이놈이?"

광철이 또다시 악운을 떨어트리기 위해 도를 휘둘렀다.

간격을 좁히며 바짝 붙었던 방금 전과 달라진 상황.

오히려 악운의 창이 광철에게 바짝 붙으며 다시 전진했다.

펑! 펑! 펑!

급변한 전세.

여유롭던 광철의 이마에서 식은땀이 줄줄 흘러나왔다.

'어째서냐! 어째서!'

광철은 악운을 떼어 놓으려 계속 도를 휘둘렀지만 도무지 창이 떨어지질 않았다.

쳐 내면…….

쐐액! 쐐액!

다시 선회하여 더욱더 거세게 부딪쳐 온다.

아무리 베어도 끊어지지 않는 바람처럼!

순간 악운의 희미한 미소가 광철의 눈에 선명하게 보였다.

모든 게 전부 다.

"네놈의 의도였다는 것이냐."

나지막이 중얼거린 광철의 앞에 악운의 창이 벼락처럼 쇄도했다.

쐐애액!

창격은 순식간에 광철의 도를 걷어 내고 갈수록 강렬한 창기를 일으켰다.

좀 전에 일으켰던 일격보다 더 거세고 끈적했다.

차력미기(借力彌氣)의 인력(引力)이 창끝에 실리기 시작했으니.

'그럴 수밖에.'

새로운 바람이 내부에서 휘돌기 시작했다.

펑! 펑! 펑!

상대가 천 근…… 아니, 만 근의 힘으로 받아쳐도 소용없다.

끊임없이 휘돌아 상대의 힘을 끌어당긴다.

바람이 돌고 돌아 더 큰 바람으로 모이듯이.

그렇게 선회하고 또 선회해 마침내.

"허업!"

상대의 거력을 집어삼킨 폭풍이 되었다.

쿠아앙! 펑!

처음으로 광철의 도가 휘청이며 동작이 커졌다.

놈의 흔들림이 보였다.

악운은 멈추지 않고 나아갔다.

화르륵!

첫 번째 방을 차지한 기운이 각기 자리에서 화의에 이은 염뢰를 부른 이 순간.

두 번째 방의 바람이 움직였다.

콰콰콰콰!

'칠현풍원검(七絃風遠劍).'

일곱 개의 현처럼 퍼져 가는 아득한 바람이 창끝에 실려 광철을 집어삼켰다.

그것은 마치 끊임없이 타오르며 번져 가는.

'열풍(熱風).'

동시에 광철이 눈을 부릅떴다.

더 이상 막을 수 없는 일격이었다.

"어찌 새파랗게 어린놈이……."

미처 말을 다 잇기도 전에 강렬한 창의 바람이 광철을 찢어발기며 휘몰아쳤다.

"끄아아악!"

난전이 일순 고요해질 만큼 강렬한 비명이 퍼져 나갔다.

그 후 한동안 이어진 정적 속에 광철의 도가 떨어졌다.

찰캉!

그제야 정신을 차린 오령문의 도객들이 너도나도 외쳤다.

"문주님!"

"놈이 문주님을 해했다!"

"놈을 죽여!"

당혹스러워하는 도객들의 외침 속에 광철이 피를 꾸역꾸역 토해 냈다.

"그래도……."

회광반조인 듯 광철이 낮게 웃었다.

"저승길이 외롭진 않겠구나."

그것을 끝으로 툭 떨궈진 고개.

동시에 창을 쥐고 있던 악운의 어깨에서 피가 터져 나왔다.

악운은 신음도 없이 고통을 참았다.

살이 찢어졌을 뿐, 뼈나 근육이 다친 게 아니다.

문제는 전력을 다 쏟아부어 손가락 하나 제대로 떼기 힘들다는 거다.

마주한 광철의 마지막 눈빛은 확신에 차 있었다.

'이곳이 내 무덤이 될 거라 생각했겠지.'

그래, 그럴지도 모른다.

덜덜…….

이젠 창을 쥐고 있는 것만으로도 버거운 지경.

하지만 악운은 광철의 몸에서 창을 뽑아 들어 다시 고쳐 쥐었다.

"그래, 오너라."

입에서 단내가 나고 당장 쓰러질 것 같았지만, 희망이 없어도 희망이 있는 것처럼 싸운다.

그것이 오랜 세월 자리를 지켜 왔던…….

쿵!

창으로 바닥을 내려찍은 악운이 오연한 눈빛으로 적들을 마주했다.

'무신의 격이니라.'

"소가주!"

호사량이 겨우 버티고 선 악운을 부르짖었다.

백훈이 등을 맞대며 외쳤다.

"누가 누굴 걱정해? 이쪽이 더 심각한데!"

호사량은 부정하지 못했다.

오령문의 도객보다 더 강한 기세를 내고 있는 귀검방의 고수들.

"산 넘어 산이로군!"

"머리 써 봐야 소용없어. 전부 베고 살아 나가든가, 아니면 저들에게 베여 죽어 나가든가. 둘 중 하나야."

"내가 살아 나갈 생각을 하는 것처럼 보이나?"

"그럼?"

"난 죽어도 돼. 하지만 소가주는……."

호사량이 검을 더 강하게 고쳐 잡았다.

"본 가의 미래다. 살려야 해."

백훈은 대답하지 않았다.

그냥 뭐랄까, 갑자기 가슴에서 울컥 뜨거운 게 솟았다.

'아직까지 협의나 충의 따위를 운운하는 멍청한 자들이 있었나?'

백훈은 내심 호사량의 충의에 감탄하긴 했지만 감상은 길게 이어지지 못했다.

"뭐 좀 해 봐! 절정 고수라며! 난 죽기 싫다고!"

도무지 어떻게 살아남고 있는지 모르겠는 송검문 애송이가 또 지랄을 했다.

"닥쳐!"

시끄럽게 떠들어 대던 백훈이 원기종의 뺨을 후려쳤다.

짝!

그제야 원기종이 입을 다물었다.

다시 벙긋거리긴 했지만 백훈의 성난 눈빛에 눈만 뒤룩뒤룩 굴렸다.

"그래, 입 다무니 훨씬 낫네! 떠들어 댈 시간에 네 목숨이나 건사해. 알았냐?"

원기종이 대답 대신 끄덕거렸다.

호사량 역시 그제야 한숨을 후 쉬었다.

"앓던 이가 빠진 기분이 이런 건가."

"아무렴."

백훈이 만족스러워한 후 소강상태에 이른 오령문의 도객들을 노려봤다.

"왜 안 들어오지? 무섭냐? 나한테 뒈질까 봐?"

쉽게 다가오지 못하는 적들을 향해 백훈이 이죽댔다.

타닥!

그러자 도객들의 눈에 핏발이 섰다.

"죽여라!"

"당장 찢어 주마!"

지켜보던 호사량이 쯧, 하고 혀를 찼다.

말이나 못하면…….

그때였다.

다시 시작된 난전에 뛰어들려던 찰나.

호사량의 눈에 이상한 게 보였다.

'움직이지 않아.'

검은 방갓을 걸친 귀검방의 고수들은 검만 뽑았을 뿐 딱히 덤벼들지 않고 있었다.

새삼 주변에 쓰러진 시체들이 눈에 들어왔다.

같은 병장기와 복장은 분명히 말해 주고 있었다.

호사량이 반사적으로 중얼거렸다.

"오령문 문도만 쓰러져 있다."

그 순간.

장내의 분위기가 급변했다.

귀검방의 고수들이 일제히 검은 방갓을 벗어 던지며 검을 휘두르기 시작한 것이다.

서걱!

그 상대는 놀랍게도.

"커억!"

백훈을 향해 쇄도한 오령문의 도객들이었다.

귀검방이 오히려 오령문을 베기 시작한 것이다.

서걱! 서걱!

악운을 둘러쌌던 귀검방 무리 역시 오령문의 무리를 베며 이에 호응했다.

"으악!"

"대, 대체 왜!"

오령문의 숫자가 순식간에 급감했다.

갑작스러운 돌발 상황에 호사량은 말없이 입을 작게 벌렸다.

'단순히 오령문 사이에 서 있던 게 아니었어. 오령문의 대열을 흩트리고 포위하기 위한 대열을 갖추고 있었던 거야.'

한 치의 오차도 없이 완벽히 계획된 움직임이 틀림없었다.

하지만.

'대체 왜?'

이유를 모르는 이상 그들이 아군이라는 걸 확신할 수 있는 근거는 어디에도 없었다.

그러니…….

"활용해야 해."

호사량은 서둘러 소가주를 향해 뛰었다.

잠깐이라도 여유가 있을 때 그를 구해 내야 했다.

백훈은 소가주를 향해 달려가고 있는 호사량의 뒷모습을 가만히 응시했다.

뭐가 어떻게 돌아가는지는 모르겠으나…….

'자리를 뜰 수 있을 때 떠야겠지.'

지금이라면 도주하는 게 충분히 가능했다.

장내는 귀검방의 기습에 오령문이 제대로 반항도 못 하고 줄줄이 쓰러지고 있었으니까.

그런데 쉽게 발이 떨어지지 않았다.

'하, 언제 봤다고…….'

백훈은 스스로도 쉽사리 이해되지 않는 감정에 서둘러 고개를 저은 후 땅을 박찼다.

더는 저들의 생각을 길게 하고 싶지 않았다.

"이, 이봐! 나, 나도 데려가!"

원기종이 눈치도 없이 그 뒤를 쫓아 움직였다.

～

악운은 허리를 꼿꼿이 세운 채 난전이 된 장내를 응시했다.

'대체…….'

뭐가 어떻게 돌아가는 건지 이해하기 힘들었으나 한 가지는 확실해 보였다.

네 명의 위사(衛士)를 대동한 채 걸어온 여인이 이 모든 일의 시작이라는 걸.

"사군위(四君衛)는 일 장 밖의 그 누구도 들어오지 못하게 하라."

"예, 문주."

위사들이 악운과 그녀를 중심에 두고 동서남북 네 방향에 자리를 잡았다.

스륵.

동시에 악운과 다섯 걸음 정도를 남긴 후 멈춰 선 여인이 여유 있게 방갓을 벗었다.

"처음 보는군요, 소가주. 최근 산동에서는 그대를 옥룡불굴이라 부른다지요."

청아하고 기품 있는 목소리가 악운의 귓전을 울렸다.

"귀하는 누구시오?"

악운의 반문과 함께 그녀가 얼굴을 드러냈다.

청아한 목소리와 달리 그녀는 얼굴 절반이 흉측한 화상 흉 터로 가득했다.

"놀라지 않는군요."

"그쪽이 오령문을 배신한 건 충분히 놀라고도 남았소."

"내 얼굴을 언급한 거랍니다. 악귀 같죠?"

"악귀가 되는 건 얼굴 같은 껍데기에 달려 있는 게 아니 라, 행동에 달려 있는 것이오."

"날 기분 좋게 만들기 위한 빈말이라면 접어 둬요. 그래 봤자 여기를 나갈 순 없을 겁니다."

"사탕발림이 아니오. 내 생각을 말한 거지. 그리고 날 산 채로 붙잡을 작정이라면 불가능할 것이오."

악운이 다시 강한 기세를 드러냈다.

"당신을 비롯해 다섯 정도는 아직 충분하고도 넘치니까."

"과연 듣던 대로 무모하네요."

"필요하다면."

악운의 대답을 들은 그녀의 입가에 잔잔한 미소가 맺힌 찰 나.

"소가주!"

네 명의 위사를 향해 호사량이 다가왔다.

네 명의 위사 중 한 사람이 물었다.

"문주, 어찌할까요."

그녀가 악운의 동태를 살피며 웃었다.

"다가오는 즉시 참하세요."

동시에 악운의 용암처럼 펄펄 끓는 살의가 장내를 가득 메웠다.

"부각주를 향해 한 발자국도 움직이지 마라."

사군위는 물론 내내 여유롭던 그녀조차 반사적으로 검 위에 손을 올릴 섬뜩한 기세였다.

하지만 그녀는 작정한 듯 악운을 도발했다.

"베면?"

"한 놈도 남김없이 도륙할 것이다."

"성치 않은 몸으로 그게 가능할까?"

악운이 싸늘하게 미소 지었다.

"어디 시험해 보거라."

"저자를 죽게 두면 너를 살려 주지. 그래도 그리할 수 있을까?"

"우습군."

"무엇이?"

"대답할 가치조차 없다. 그는……."

악운이 창을 쥐고 움직였다.

"내 사람이다."

'찰나'였다.

악운의 창끝이 그녀의 목덜미에 닿은 것과 사군위의 네 자루 검이 호사량의 목을 교차해 둘러싼 건.

악운이 서늘한 눈빛으로 그녀를 응시했다.

"검을 뽑을 시간은 충분히 있었을 텐데 어째서……."

그녀는 아무 반항도, 아니 반응조차 보이지 않았다.

악운이 창을 멈춘 이유였다.

"애초부터 싸울 생각이 없었으니까요. 사군위도 검을 거둬요."

그 말을 듣는 즉시 호사량에게서 떨어지는 네 사람.

"후우."

호사량은 식은땀을 닦을 새도 없이 그녀에게 물었다.

"귀하는 누구시오?"

악운이 대신 대답했다.

"이미 제가 물어봤습니다."

"아, 그렇소? 그래서 대답은?"

이어서 악운이 창을 거두며 그녀를 돌아봤다.

"아직 못 들었습니다."

그제야 그녀가 신분을 밝혔다.

"복장은 귀검방 방도들이 입고 있던 게 맞지만 이건 변장일 뿐, 우린 귀검방의 사람들이 아니에요."

"그럼 진짜 귀검방은……."

"그쪽을 노린다는 소식을 듣고 우리가 소탕했어요. 쉽지는 않았지만 해내야 했죠. 그 뒤에 이곳에 온 것이고."

그녀의 설명을 듣고 난 후 악운은 눈을 가늘게 떴다. 이쯤 되자 짐작되는 곳이 있었다.

"어디서 오셨는지 묻고 싶소."

"청주현의 등랑다루, 그곳에서 나왔어요. 등랑회라 부르시면 됩니다."

"아!"

곁으로 다가온 호사량이 탄성을 터트렸다.

이제야 이해가 되었다.

"동진검가 가주가 자신의 손을 더럽히지 않고 오령문과 귀검방만을 활용하려 했으나 장 대인이 눈치채고 미리 우리 소식을 다루에 전달한 게 틀림없소."

그녀가 고개를 끄덕였다.

"맞아요. 동진검가 가주는 하오문의 일부 인력을 고용해 청주현 근처에 소문을 퍼트렸죠. 혼담이 성사되었다고."

호사량이 나지막이 중얼거렸다.

"역시 그랬군."

"알다시피 하오문은 망했지만 수많은 점조직으로 나뉘어 독립된 생활을 하게 됐죠. 그중 일부는 여러 가문 혹은 문파의 인편으로 많이 쓰여요. 삯만 주면 먼 곳의 일까지 빠르게 수행하니까요."

악운은 정리되어 가는 장내를 바라봤다.

그럼 다음 상황이야 뻔했다.

장 대인은 연이 닿아 있는 하오문 출신 인력을 통해 이 사실을 들었을 것이다.

'우릴 위해 장 대인이 움직인 거야…….'

물론 송검문이 낀 건 동진검가나 장 대인 전부 예상 못 했던 일이었을 거다.

역시나 그녀 또한 악운에게 물어보았다.

"그런데 장내를 벗어난 다른 일행은 대체 누구죠?"

그 질문에 대한 대답은 호사량이 대신했다.

"적과의 동침 정도로 생각해 두시면 되오. 자세한 건 이동하며 차차 말씀드리겠소. 그나저나……."

호사량이 진짜 궁금한 표정으로 물었다.

"귀하가 누구인지는 대체 언제 말씀해 주실 것이오?"

그 말에 그녀가 풉, 실소를 터트렸다.

"제 이름은 유예린이에요. 예상했겠지만 유원검가 생존자 중 한 사람이지요."

그녀가 나란히 말을 타고 있는 악운 일행에게 말했다.

"그럼……."

"소문의 주인공은 아니에요. 그분은 화용검(花容劍) 유미려, 제 언니가 되는 분이죠."

아픈 상처가 되살아난 듯 그녀의 아미가 절로 찌푸려졌다.

"송구합니다. 그 일을 떠올리게 하려 여쭤본 건 아니었습니다."

"알아요. 그저 되새긴 것일 뿐이에요. 이 원한은 잊을 생각도 잊어서도 안 되는 것이니까요. 그나저나……."

그녀가 화제를 돌리며 악운에게 물었다.

"어째서 필요 없는 도발을 했는지는 궁금하지 않나요? 내내 물어보지 않는군요."

"짐작하는 바가 있어서 그랬지요."

"물어봐도 될까요?"

"저를 한 번쯤 시험해 보고 싶으셨던 거 아닙니까."

"놀랍네요. 그 와중에 제 의중을 간파한 게. 맞아요, 그런 상황에서의 소가주의 판단과 결정이 궁금했어요."

그녀는 딱히 부정하지 않았다.

"부담 갖지 마십시오. 저라도 다르지 않았을 겁니다."

"이해해 주니 고맙지만 기분 나빴다면 미안해요."

"아닙니다. 동패를 이어받을 자격에 대해 의구심을 품는 건 당연했겠지요. 늦었지만……."

악운은 장 노야의 유품이나 다름없는 동패를 그녀에게 건넸다.

"워, 워!"

동패를 받은 그녀가 잠시 말을 멈췄다.

한동안 뚫어지게 동패를 내려다보는 그녀.

"이 동패에 담긴 이야기는 알고 있나요?"

"장 노야께서 생존자를 도우며 받은 약속의 증표라 들었습니다."

"그래요. 하지만 우린 장 대인께 해 드린 게 없죠. 장 대인은 그의 모든 인력, 재산을 털어서 청주현에 터전을 잡게 도와주었는데도."

"……."

"동진검가에 의해 돌아가셨단 비보를 들은 후에 모두들 며칠간 식음을 전폐했죠. 당장 복수하고 싶었지만 동진검가는 여전히 강했어요. 아니, 전보다 강해졌죠. 언제까지 복수할 '때'만 기다릴 순 없었어요."

잠시 말을 멈춘 그녀가 악운을 빤히 바라봤다.

"그때 장 대인과 연이 깊던 과거 하오문 문도들이 장 대인의 유언장을 들고 찾아왔어요. 그 내용엔 산동악가의 이야기가 있었죠."

유예린은 그녀를 따라 멈춘 등랑회의 대열을 돌아보았다.

"장 대인은 우리가 산동악가에 합류하길 바라셨어요. 어쩌면 동진검가에 복수할 수 있는 마지막 기회라면서."

조용히 듣고만 있던 호사량이 말했다.

"솔직히 말씀드려도 되겠소?"

"네."

"그 바람을 이뤄 드릴 수 있을지 없을지는, 소가주도 나도 판단할 수 있는 부분이 아니오."

그 순간 침묵이 감돌며 분위기가 싸늘해졌다.

사군위뿐 아니라 등랑회의 무리는 빠르게 악운과 호사량 주변을 둘러쌌다.

스릉– 스릉!

그들은 동진검가가 부정하고 싶어 하는 과거의 잔재.

동진검가가 언제 습격할지 모르는 판국에 악운이 연합을 받아들이지 않고 거절한다면 그들로서는 큰 부담일 수밖에 없었다.

정보라도 새어 나간다면 존폐를 걱정해야 하는 것이다.

살벌한 분위기 속에 호사량이 말했다.

"소가주, 내가 괜한 얘기를 꺼낸 것 같소?"

악운은 고개를 저었다.

호사량의 말도 틀린 바는 아니다.

"맞는 말씀입니다. 본 가는 복수만을 위해 움직이는 곳이 아닙니다. 여러분께서 원하는 목적과는 다르게 움직일지도 모르지요."

딱한 처지는 안타까우나, 확실히 짚을 건 짚어야 한다.

가문은 가주인 아버지를 통해 최종적으로 움직인다.

복수란 목적이 주가 되면 가문은 시종일관 등랑회 사람들의 뒷수습을 하는 데 중요한 시간을 버려야 할 것이다.

"모두 검을 거둬요. 은령패(恩靈牌)를 지니고 오신 분들입니다. 예의를 갖추세요."

유예린의 단호한 음성에 등랑회의 무리가 일제히 검을 거뒀다.

그제야 그녀가 대화를 재개했다.

"우리가 예민하게 굴 수밖에 없는 상황을 이해해 주시길 바라요."

"감히 짐작한다고 말하지는 못하지만 이해하고는 있소."

호사량이 정중하게 대답하고 나서야 상황은 조금 진정됐다.

하지만 결론은 여전히 정해지지 않았다.

악운이 대놓고 말했다.

"우린 이제 동진검가, 황보세가 둘과 거래할 생각입니다. 당분간 그들과 큰 충돌은 없을 테지요. 참기 힘드실 겁니다."

"솔직히 말할까요."

"예."

"내게 건네준 이 동패 하나면 우리는 소가주의 이야기를 거절하지 못해요. 장 대인에게 갚지 못한 은혜를 당신에게 대신 갚아야 하니까요."

"그럴 필요는 없습니다. 이미 여러분들은 위험을 무릅쓰고 저희를 도왔으니 어떤 결정을 내리든 동패에 연연하지는 마십시오."

악운은 진심을 담아 말을 이었다.

"그건 장 노야께서 원하는 일이 아닐 테니까요. 어느 쪽이건 여러분이 과거의 족쇄를 끊을 수 있을 것 같은 선택으로 결정하세요."

"좋아요. 그럼 하나만 대답해 줘요."

"무엇이든 물어보십시오."

"동진검가와 혼담을 거절했다고 들었어요. 왜죠?"

"본 가의 목표에 방해되기 때문입니다."

"목표가 무엇이기에?"

"동평제일문이 되었으니 이젠……."

악운이 조금의 흔들림도 없이 대답했다.

"산동제일문입니다."

그녀의 입가에 미소가 맺혔다.

대답은 그걸로 충분했다.

산동성의 패자를 꿈꾸는 산동악가가 동진검가와 혼담으로 얽히는 걸 거절했다는 건 단 하나를 의미하니까.

"동진검가는 산동악가를 그대로 두고 보지 않을 거예요. 피해 가긴 힘들 테죠."

"소가주가 몰랐겠소?"

호사량이 피식 웃었다.

동시에 그녀가 말에서 뛰어내려 한쪽 무릎을 꿇었다.

"신 유예린. 소가주를 뵙습니다."

그 말이 끝나기 무섭게.

등랑회의 무리가 제자리에서 부복하며 일제히 소리쳤다.

"소가주를 뵙습니다!"

산동악가에 새로운 바람이 불고 있었다.

이 순간 호사량은 온몸의 솜털이 곤두서는 걸 느꼈다.

'소가주의 곁으로 각자의 이유로 숨어 지내던 고수들이 모여들기 시작했다.'

인연과 운 등은 억지로 만들어 낸다고 되는 게 아니다.

호사량은 문득 밤하늘을 올려다보게 됐다.

마치 천운이 악운을 향하는 것 같지 않은가.

하지만 악운은 조금의 격정도 없이 담담한 표정으로 말했다.

"가솔을 받아들이는 최종 결정권은 제게 없습니다. 다만 가주님께 여러분의 뜻을 전하도록 하겠습니다. 동의하십니까?"

"다들 머쓱해지게 지금 꼭 그런 말을 해야 되겠소? 그냥 '허하오.' 한마디만 하면 될 것을."

호사량이 악운에게 눈을 흘겼다.

눈치 없기는…….

"왜요?"

악운은 무슨 소리인지 전혀 모르겠다는 표정이었다.

함께 청주현으로 향하는 길.

유예린은 익숙하게 대열을 여러 대대로 편성해 세 개로 나 눴다.

첫 번째 대대는 귀검방 근거지의 전리품을 회수하고 두 번 째 대대는 허무하게 무너진 오령문의 산채로 향했다.

세 번째 대대는 여러 개의 조(組)로 쪼개서 은밀하게 청주 현으로 귀환하기로 했다.

오늘 밤 안에 정리될 일들이었다.

호사량은 등랑회의 일사불란한 움직임에 감탄했다.

"규모가 상당하오. 여태 그 존재가 드러나지 않은 것이 신 기할 만큼."

"잊었나요? 우린 단순히 유원검가의 후신(後身)이 아니에 요. 장 대인의 인력이 우리를 도왔어요. 일부는 하오문의 후 신이기도 하죠. 그들 역시 본 가의 검을 익혔지만요."

"아, 유원검가의 무공을?"

한때 하오문은 점조직으로 유명했다.

본부의 독자적 체계는 공유하되 지부의 체계나 암호 등은 서로 달리 운영했다.

그저 서로 인편이 닿을 수 있는 최소한의 정보만 공유했을 뿐이다.

망해 버린 이후에도 여전히 그 후신들이 남아 있는 이유이기도 했다.

"그래요. 다행히 아버님은 팔과 단전을 잃으셨지만 무공을 가르칠 기력은 남아 계셨어요. 지금은 돌아가셨지만 함께하는 동지들은 아버지의 제자들이기도 하죠."

"그럼 청주현의 다른 무관이나 문파도……."

"작은 도시라 몇 곳 안 되지만 알게 모르게 우리와 연이 닿아 있어요. 몇 안 되는 작은 객잔이나 다루 역시 우리 것이죠."

"과연……."

호사량은 그제야 납득했다.

청주현의 모든 곳을 장악했다면 모든 건물과 거리에 그들을 위한 심처(深處)가 있으리라.

"오령문과 귀검방은 당신들을 코앞에 두고도 자신들이 청주현 근방을 지배한다고 여기고 있었겠구려."

"그랬겠죠. 하지만 부딪칠 일은 없었어요. 놈들도 동진검가의 눈치를 보는지 감히 도시로 진입해 세력을 확장시키진 못하더군요. 음지에서 세력을 기르는 쪽을 택한 거겠죠."

"연합할 생각은 못 했소? 적은 같은데."

그녀의 대답은 시원하고 간단했다.

"동진검가 못지않게 워낙 인간 망종들이라서."

"확실히 이해했소."

"그런데……."

"말씀하시오."

"소가주는 정말 열여섯이 맞나요?"

호사량은 그녀의 질문에 앞서고 있는 악운의 등을 바라보았다.

이 공식 질문이 왜 안 나오나 했다.

"자세히 보면 아직 앳되시오. 잘생긴 얼굴과 큰 신장에 묻혀서 그렇지."

"큰일이네요. 앞으로도 뭇 여인들이 가만두지 않을 텐데. 본격적으로 여색에라도 눈을 뜨시면……."

그녀는 악운이 방탕해질 것을 진심으로 걱정하는 눈치였다.

"그러진 않을 것이오."

"사람 일을 어찌 확신하나요?"

"소가주는 의외로 단순한 사람이라 확신할 수 있다오. 소가주는 여인보다는 다른 것에 푹 빠져 있으니까."

그녀는 굳이 무엇에 빠져 있는지 묻지 않았다.

악운이 혼담에 관해 조금의 주저함도 없이 의견을 말했을 때 그녀도 짐작했기 때문이다.

그녀는 홀로 나지막이 속삭였다.

"천하(天下)라……."

신기하게도 무슨 이유에서인지 조금도 우습게 느껴지지 않았다.

청주현의 한 안가(安家).

어린 소녀가 다기를 내와 악운과 그 일행에게 차를 따라 주고 자리를 떠났다.

그런데 악운의 눈에 방을 떠나는 소녀의 절뚝이는 다리가 보였다.

악운의 시선을 눈치챈 유예린이 말했다.

"너무 걱정 마세요. 동생 둘을 먹여 살리는 가장이에요. 우리 다루에 필요한 사람이기도 하고요. 그 대가로 저 아이는 동생 둘과 편하게 지낼 터전과 무공 수련, 글공부를 지원받고 있어요."

"고아인 것이오?"

"네, 모친은 아이들을 낳다 일찍 돌아가셨고 부친은 원래 본 가가 위치한 산동 악릉 백우상단의 인부였죠. 그런 중에 동진검가에 진상할 청자를 옮기다가 깨트렸고 모진 매질에 죽었어요."

"흐음, 백우상단이라면 동진검가 가주의 첫째 딸이 시집을 간 곳일 텐데."

"호 대협 말씀이 맞아요. 동진검가의 위세를 믿고 설쳐 대는 곳 중 한 곳이죠. 산동악가와 긴밀한 관계를 유지했던 유벽상단이 망한 틈에 세를 확장한 곳이기도 하고요."

찰나간 악운의 눈빛이 흔들렸다.

강호의 생리도 세상이 돌고 도는 이치도 원망할 생각은 없다.

그저…… 씁쓸했다.

천휘성의 삶에서 그 선택이 달랐더라면 적어도 조금은 달라졌을까 싶어서.

그러던 차에 호사량이 불편한 질문을 꺼냈다.

"혹여 동진검가에 대한 복수를 위해서 아이들의 성장을 돕는 것이오?"

등랑다루가 처한 상황과 아이의 배경을 따지자면 충분히 납득 가능한 질문이었다.

"그럴 의도나 강요도 없지만 저 아이들에겐 우리가 새로운 기회를 준 은인이고 부모예요. 우리가 죽는다면 저 아이들이 동진검가에 복수를 하지 않을 거란 장담은 못 하겠군요."

악운은 그녀의 대답을 들으며 문득 그녀와 저 소녀가 천휘성과 산동악가의 관계와 비슷하단 생각이 들었다.

크게 다를 것도 없었다.

산동악가는 끝내 천휘성이 남긴 유언을 위해 멸문까지 자처했으니까.

그러니 그녀도 저 아이도 그저 각자의 자리에서…….

'자신의 최선을 살아갈 뿐. 나 역시도.'

악운은 천휘성보다 더 나은 삶을 살기 위해 노력하고 있는 것이다.

"최선이셨군요."

악운의 대답에 호사량도 공감하는지 조용히 고개를 끄덕였다.

"그래서 말인데 데리고 있는 아이들을 본 가의 가솔로 들이는 건 어떻겠습니까? 좀 더 나은 환경을 제공할 수 있으니 그편이 나을 겁니다."

악운의 제안에 호사량이 수염을 쓸어내리며 대답했다.

"불가능한 건 아니오."

"가문 내에 양성 기관을 세우고 그곳에서 아이들의 성장을 돕는 것으로 하지요."

"가주께서 허하신다면, 쉬운 문제는 아니지만 가능할 것 같소."

그리 간단한 문제는 아니다.

식솔이 늘어난다는 건 자금의 타산을 따져 봐야 할 일.

그럼에도 호사량은 크게 고민하지 않았다.

"잘 정련된 등랑회의 무인들이 인력이 부족한 우리 가문에 정예 타격대가 되어 준다면 아이들을 양성할 자금은 충분하고도 남소. 무인을 키울 자금 대신에 미래에 투자할 수 있으니……."

"어떠십니까?"

악운의 반문에 그녀는 잠시 아무 말이 없었다.

꺼려지는 게 있는 눈빛이었다.

"걸리는 것이라도?"

"이렇게 갑자기 저희들을 공식적으로 받아들여도 괜찮으실는지요? 동진검가에서 불편해할 겁니다. 차라리 시기를 보다 적절한 때에 합류하는 편이 나을 테죠."

호사량 역시 이에 동의했다.

"나 역시 가능하다 했지 동의한다고 하지는 않았소. 솔직히 유 회주의 말씀에 동의하오. 동진검가의 전력이 강하다는 건 충분히 경험했소. 그 가주인 진엽 역시 어느 정도의 실력을 갖추고 있는지 가늠할 수 없으니⋯⋯."

그럴 만도 했다.

동진검가 가주만 해도 공식적인 경지는 절정.

하지만 악운이 예상하기에 그의 경지는 최절정 혹은 그 이상이다.

악운이 이제 막 절정의 문을 두드린 것으로 볼 때 놀라운 경지였다.

"더구나 우린 약해 보여야 하오. 그래야 황보세가와 동진검가가 서로 손을 잡지 않게 견제할 수 있소. 이미 소가주도 아는 사실이잖소."

"예, 충분히 이해하고 잘 압니다."

"그러니 조금 시간을 두고⋯⋯."

"얼마나요?"

"그건……."

호사량은 쉽게 입을 떼지 못했다.

지켜보던 유예린이 오히려 그 마음을 이해했다.

산동악가는 이제 막 재건을 시작한 문파.

너무 서두르면 독이 된다.

"소가주의 마음은 충분히 알겠습니다만 그리 서두를 문제가 아니에요. 해결해야 할 문제가 하나 더 있어요."

잠자코 듣고 있던 악운이 반문했다.

"그게 무엇입니까?"

"사군위 중 두 분은 혼인을 앞뒀던 제 형부의 절학을 익힌 분들이에요. 그뿐 아니라 저희 등랑회의 일부가 그분의 절학을 잇고 있죠. 그들이 '절명검마(絶命劍魔)'라 부른 분의 절학을요."

"흐음."

호사량의 눈빛이 착 가라앉았다.

"어느 정도 설명을 들어 알고는 있소만, 이해되지 않는 부분이 하나 있소."

"무엇인가요."

"혈교의 전인이 아니라는 것을 돌아가신 장 대인께서 확신할 정도라면 마기(魔氣)가 느껴지는 무공이 아니었을 테고, 굳이 화산파가 아니어도 이를 피력할 곳이 있었을 텐데."

당연한 질문이었다. 본래 마공은 사파나 정파의 무인들

이 사용하는 무공들과 달리 역천을 꾀하는 마기(魔氣)를 사용한다.

"스스로도 누구의 전인인지 몰랐다면요? 그저 한 동굴에서 죽어 있는 기인의 시신을 찾았고, 그 시신에 품속의 있던 무서를 익혔다면요?"

호사량이 깜짝 놀랐다.

"정말이오?"

"예. 문제는 그 무서의 겉표지가 전부 타 버려서 사문도, 무공명도, 기인의 성명조차 몰랐다는 점이죠."

"이제야 이해가 되는군. 어째서 동진검가가 씌운 말도 안되는 누명에도 그 어떤 항변조차 못 했는지……."

말끝을 흐린 호사량은 머리가 아픈지 조용히 골을 짚었다.

마공인지 아닌지는 악가가 휘경문에서 찾은 마공인 '아라륙보권'과 비교하면 쉽게 증명할 수 있는 문제.

하지만.

'사문을 모른다면 훔친 무공으로 보일 수 있다. 동진검가가 이를 물고 늘어질 거야. 유원검가의 증언마저 싸잡아 진의를 흐리려고 하겠지.'

호사량은 자신의 염려를 두 사람에게 공유하며 의견을 건넸다.

하지만 동의하는 유예린과 달리 악운은 고개를 내저었다.

"걱정할 게 아닙니다."

"자칫 알지도 못하는 사문의 무공을 도둑질한 이로 몰릴 수도 있소. 우리까지도……."

"사문을 알아내면 됩니다."

"어떻게 말이오?"

악운이 대답 전에 유예린을 쳐다봤다.

"무공을 좀 견식하고 싶습니다. 형부 되는 분께서 무서로 적어 둔 게 있다면 더 좋고요. 가지고 있으십니까?"

"갖고는 있어요."

듣고 있던 호사량이 고개를 갸웃거렸다.

"소가주, 아무리 소가주가 천재라고는 하나, 한 번도 견식해 본 적 없는 무공을 어찌 구별하려고 그러시오?"

악운이 피식 웃었다.

"비밀인데 제가 귀신을 좀 봅니다. 그러니 귀신을 통해 이 일이 해결되면……."

악운이 어느 때보다 확신 담긴 눈빛으로 대답했다.

"유원검가가 다시 세상에 나올 완벽한 '때'가 되겠지요?"

"하하, 그게 가능하면 평생 소가주가 시키는 수련은 군말 없이 하리다."

악운의 미소가 짙어졌다.

"후회하지 마십시오."

유예린도 악운의 말이 농담일 거라 생각하며 헛웃음을 흘렸다.

몇 시진 후 새벽녘.

유예린은 창가에 서서 말 한 필을 이끌고 걸어가는 두 사람을 내려다보고 있었다.

하룻밤 쉬고 다시 길을 나서라 했지만, 악운은 잠깐 어깨 치료만 받고 한사코 다시 길을 떠났다.

남은 건 직접 쓴 서찰뿐.

이 서찰은 머지않아 그녀가 데리고 있는 인편을 통해 산동 악가에 전해질 테고, 그 답변에 따라 등랑회의 향방이 결정되리라.

저벅.

그때 사군위의 수장, 성균이 그녀를 찾아왔다.

"정리됐나요?"

"예, 하명하신 대로 상황이 종결되었습니다. 세간에는 귀검방과 오령문이 연합을 꾀하다 자멸한 것으로 알려질 겁니다. 소가주의 활약은 우리의 개입을 감춰 주겠지요."

"장내를 빠져나간 백훈이라는 자는요?"

"소가주가 알려 준 정보에 따르면 도평검객이라는 절정 고수로 보입니다. 의뢰를 받은 건 연이 닿아 있는 엽보장을 통해 확인해 봐야겠지만 만약, 맞다면……."

"크게 문제 될 건 없겠군요. 그들은 우리가 귀검방인 줄 알고 떠났으니까요."

"예, 맞습니다. 그런데 루주."

"말씀하세요."

"혹여 전리품을 나누자는 요구는 없었습니까?"

"없었어요."

"놀랍군요. 광철같이 강한 자를 상대했으니 응당 대가를 바랄 줄 알았는데……."

사실 광철은 최근 유예린을 비롯해 등랑회에서도 가장 걱정하는 자였다.

악운과 호사량에게 굳이 언급하지는 않았지만 최근에 청주현 부근에서 그의 움직임이 과감해졌기 때문이다.

악운이 아니었다면 시간이 지날수록 곤란해졌을 것이다.

"더 강해질 계기가 되었다는 것으로 충분하다고 하더군요."

"그들은 모르겠지만 오히려 우리가 도움을 받은 셈이 되었군요."

"네, 그러네요."

오령문은 동진검가를 향한 교두보로 청주현 도심을 넘보고 있을 가능성도 높아지던 중이었다.

도움은 오히려 그들이 받은 셈이다.

하지만 그럼에도 성균은 걱정스러운 모양이었다.

"루주, 정말 그들을 신뢰해도 되겠습니까?"

"제·의견을 묻는 것이라면, 처음엔 어느 정도였지만 지금은 함께할 만큼 충분히 신뢰해요. 짧은 시간이었지만 그럴 만한 사람들이었습니다."

"연유를 여쭤봐도 되겠습니까."

"이유야 많죠. 하지만 가장 마음에 든 건……."

그녀는 악운이 했던 이야기를 떠올리며 웃었다.

"저의, 아니 우리의 최선을 이해하더군요."

그녀는 악운의 답변이 마음에 들었다.

'아직 약관도 안 된 쪼그만 게…….'

피식 웃은 그녀가 자리에서 일어나며 말했다.

"이제 우리도 바빠지겠어요."

당연했다.

만약 소가주의 말이 맞는다면 정말 형부의 사문을 찾을지도 모를 일이었으니까.

그녀는 지푸라기라도 잡고 싶은 심정이었다.

❧

다각다각.

호사량은 말의 고삐를 쥔 채 잠시 생각에 잠겨 있었다.

너무 믿기 힘든 일인지라 아직도 귓전에서 소가주의 음성이 울리는 것 같다.

―무공 초식에 도가의 해석이 존재해요. 무공을 창시한 쪽은 어느 쪽이건 도가와 연이 닿은 인물일 겁니다.

　―살초가 대부분에. 방어를 하기 위한 초식이 적습니다. 모든 초식이 마치 동귀어진을 위한 것 같아요.

　―방어를 위한 초식 중 일부에 담긴 보법이 체공 시간을 크게 고려했어요. 공중에서 표홀하고 부드럽게 유영하듯이.

　―곤륜의 제자들 중에 무공을 발견한 지역에서 실종된 이가 있었는지 한번 찾아보세요. 아니면 그 지역 근처에서 곤륜과 조금이라도 관련 있는 이가 있는지. 없다면 그 인근을 중심으로 수색지를 넓혀 가는 편이 나을 겁니다.

　'이런 추적이 정녕 가능하다고?'

　호사량은 문득 걸음을 멈추고 앞장서고 있는 악운의 뒷모습을 지그시 응시했다.

　이를 느낀 악운이 천천히 뒤를 돌아보았다.

　"왜 안 오십니까?"

　"정말 귀신이라도 보는 것이오?"

　"아직도 그 말씀이십니까?"

　"그럼 대체 그 많은 도가 문파 중 왜 하필 곤륜을 찍은 것이오?"

　"예전에 어떤 책에서 봤습니다. 허공에서 자유자재로 유영하듯 움직이는 신법을 본다면 곤륜의 신선을 만난 것이라

여기라고."

"그럼 그 살초는?"

"곤륜파가 혈교에 맞서 옥쇄곤강진(玉碎崑岡陣)이란 것을 펼쳐 배수진을 성공시켰다는 얘기 못 들으셨습니까? 도가 중 모든 초식에 강력한 살초를 펼칠 만한 곳은 확률적으로 곤륜일 가능성이높습니다."

혈교의 정예들조차 그 잔인한 손 속에 치를 떨었다던 옥쇄곤강진은 곤륜파의 유명한 절진이었다.

"그래서 한동안 이런 얘기가 있었지요. 곤륜에는 가지 마라. 곤륜에는……."

악운이 짙은 미소를 머금었다.

"사나운 사자가 산다."

그 순간 호사량은 온몸에 전율이 일었다.

틀릴지도 모를 일인데 왜 벌써 맞은 것 같은 기분이 들까?

소가주의 언변이 뛰어나서?

아니면 난해한 도문의 해석을 통해 초식 사이에 숨겨진 공부를 찾아낸 소가주의 역량이 놀라워서?

어느 쪽이든 호사량은 헛웃음이 나왔다.

"정말 이번 일이 맞게 된다면 난 아마 그 말을 믿게 될 것 같소."

"무슨 말 말입니까?"

"소가주가 귀신을 본다는 설."

호사량은 스스로 그 말을 하고도 괜히 소름이 돋는지 두 손을 교차해 자기 팔을 쓰다듬었다.

"세상에, 귀신을 본다니……."

홀로 중얼거리며 앞서가는 호사량을 보며 악운은 너털웃음을 터트리고 말았다.

어쩌면 호사량 말이 맞을지도 모르겠다.

과거의 한이 너무 짙어서 전생의 기억을 떠올린 것일지도 모르니, 어쩌면…….

'진짜 귀신일지도?'

나지막이 중얼거린 악운이 벌써 저만치 달아나는 호사량의 어깨를 가리키며 소리쳤다.

"거기 귀신 붙었네!"

"귀신은 무슨! 그런 게 어디 있다고!"

그러면서 괜히 어깨를 반대편 손으로 휘휘 젓는 것은 왜인지.

누구보다 이성적일 줄 알았던 호사량이 귀신을 무서워할 줄은 생각도 못 했다.

❧

동평에 여러 인편이 은밀하게 찾아왔다.

그 후 악정호가 가문 내에 남아 있던 주요 인사를 회의청으로 사용하는 '화룡각(火龍閣)'으로 불러 모았다.

"허허."

조 총관이 보고 올라온 인편과 서찰 등을 살펴본 후 헛웃음을 흘렸다.

"직접 보고도 믿기지 않는군요."

"나 역시 사마 각주가 올린 보고들을 받고 무척 놀랐소. 욘석이 얌전히 무림 출도를 다녀올 거라고는 기대도 안 했지만……."

인편을 통해 보내진 서찰에는 악운이 쓴 서찰뿐 아니라 관찰자 시점에서 악운을 기록한 호사량의 서찰 역시 동봉되어 있었다.

"흐음."

황보세가와 거래를 마치고 가문으로 귀환한 사마수 역시 혀를 내둘렀다.

설마설마했더니, 벌써부터 동진검가와 알력 싸움을 시작했을 줄이야.

신 각주가 대놓고 말했다.

"크게 문제 될 것은 없어 보입니다."

악정호가 눈을 빛냈다.

"어찌 그리 생각하시오?"

"저는 타산으로만 상황을 봅니다만, 전해 온 서찰 내용을 볼 때 실보다 득이 많습니다. 실(失)도 미래를 위한 투자라고 여기면 전무한 셈입니다."

"투자라……?"

"등랑회의 다양한 인력 흡수, 청주현을 여러 지역으로 통하는 교두보로 사용할 수 있는 점, 검대 창설 유치, 인편과 전서구망의 강화 그리고……."

"그만하면 됐소."

"예, 제 의견은 충분히 말씀드렸고 결정은 가주께서 하시는 것이니 이만 저는 제 일을 하러 돌아가 봐도 되겠습니까? 아직 가문의 장부 체계가 제대로 갖춰져 있지 않아 해야 할 일이 많습니다."

악정호는 조금의 지체함도 없었다.

"그러시오. 아, 그리고."

"예."

"늘 애써 줘서 고맙소."

"응당 당연한 것인데 별말씀을 다 하십니다. 그럼 이만."

신 각주는 다른 각주들에게는 별다른 인사도 없이 휑하니 장내를 떠나 버렸다.

그의 뒷모습을 쳐다보던 악정호가 곁에 앉은 가솔들을 보며 물었다.

"자, 또 먼저 가고 싶으신 분?"

남아 있던 사람들이 웃음을 터트렸다.

길었던 회의가 끝난 후 조 총관만이 화룡전에 남았다.

"걱정되지 않으십니까?"

찻잔을 내려놓은 악정호가 잠시 입을 꾹 다물었다.

회의 내내 내색 한번 하지 않았으나 악운의 생사와 연관된 일이다.

"어찌 안 되겠소. 운이와 부각주 모두 가문에서 떠나보낸 이후로 늘 염려했소. 당장 돌아오라고 서신을 보내고 싶기도 했고. 하지만······."

악정호가 쓰게 웃었다.

"그것마저 견디는 것이 가주란 짐을 얹은 내 몫일 것이오. 돌아오란 말을 곧이곧대로 들을 아들도 아니지 않소."

"허허. 옳은 말씀이십니다."

"그보다 사마 각주와는 처음으로 의견이 갈렸는데, 조 총관께서는 어찌 생각하시오?"

악정호의 말대로 사마 각주는 등랑회를 당장 받아들여선 안 된다고 주장하여 악정호의 뜻과 반대되는 의견을 보였다.

"절명검마란 불안 요소를 끌어안고 등랑회를 가감 없이 받아들이는 건 분명 큰 위험을 감수하는 일이지요. 솔직히 말씀드리면 저는 등랑회를 제외하고 기존 계획대로 가자는 사마 각주의 뜻에 가깝습니다."

"흐음, 그렇구려."

"아직 우리는 동진검가나 황보세가에 비할 바가 못 됩니다. 소가주도 그 부분을 고려하고 노여워하지 마시라고 서찰에 적었겠지요."

잠시 악정호의 표정이 굳어졌다.

솔직히 속에서 불이 났다.

정황과 이를 밝혀 줄 증인이 있는데도 동진검가에 어떤 항변도 할 수 없다니…….

하지만 어쩌겠나.

이 일에 잘못 처신하면 동진검가와 문파대전을 벌여야 하는 파국을 맞는다.

이를 대비해서라도 당장에는 '때'를 기다려야 했다.

"그런데 어째서 반대하지 않고 아무 의견도 말씀하지 않으셨소?"

"신 각주와 삼당주가 가주님께 동의했으니 표결로 부쳐도 따랐어야 할 일입니다. 게다가 소가주에 대한 신뢰도가 저를 침묵게 했지요."

"운이를 믿으신 것이오?"

"예, 제가 봐 온 소가주는 필요한 순간에 무모해져 왔습니다. 습격을 침묵하자는 언급도 그렇지요. 그런데도 등랑회의 일을 밀어붙인다는 건 뭔가 이유가 있으리라 생각합니다. 가주님께서도 그런 의중이셨으리라 봅니다만?"

악정호가 머쓱한 표정으로 볼을 긁적였다.

"나는 사실 다른 생각을 했소."

"의외로군요. 혹시 연유를 여쭤봐도 되겠습니까?"

"단순한 얘기지만 역량이 된다면 도와주고 싶었소. 누가 봐도 억울한 일을 당한 이들이지 않소?"

그 단순한 반문에 조 총관은 잠시 둔기를 맞은 것같이 할 말을 잃었다.

"하지만 가문의 명운이 달린 일일 텐데요."

"알고 있소. 그러기 위해 여러분들께 의견을 구하고 결정하고자 한 것이고."

"알겠습니다. 가주님의 결정을 존중합니다. 그럼 이만 쉬시지요."

이윽고 조 총관이 자리를 뜨려 하던 그때.

악정호의 음성이 그의 걸음을 붙잡았다.

"……조 총관."

"말씀하시지요."

"가문을 다시 일으킨 건 아비로서도, 가주로서도 떳떳하고자 시작한 일이오. 하지만 만약 이번 등랑회의 건으로 인하여 일이 잘못된다면 그땐……."

조 총관이 눈살을 찌푸리며 악정호의 뒷말을 끊었다.

"가주님."

"말씀하시오."

"수장의 자리란 때때로 모두의 뜻을 담을 수 없는 결정을 내려야 할 때가 찾아옵니다. 그럴 땐 잊지 마십시오."

조 총관이 결연한 눈빛으로 대답했다.

"가주의 결정이 우리가 한 최선입니다. 그러니 앞으로는 마음 약한 소리 마십시오."

이 순간 악정호는 새삼 느꼈다.

조 대인과 함께하기로 결정한 건 가문을 위해 참 잘한 일이었다고.

악정호가 잔주름을 보이며 웃었다.

"고맙소."

악로삼당의 막내 노르가 언 대주를 쳐다봤다.

"큰형님, 회의도 끝났는데 술 한잔 안 하실 테요?"

"됐네. 오늘은 자네들끼리 하시게."

언 대주는 황보세가행을 다녀오면서 동행한 악로삼당(岳路三黨)의 세 형제들과 부쩍 친해졌다.

"에이, 큰 형님 없으면 맛없지. 그럼 나도 안 해야겠소."

막내 노르의 투덜거림에 첫째 알하가 껄껄 웃었다.

"잘 생각했다, 이 주귀(酒鬼)야. 큰 형님 그만 괴롭히고 그동안 못 돌본 말들이나 돌보러 가자."

둘째 어울이 서둘러 자리를 떴다.

"형님들, 그럼 나는 마차부터 수리하러 가오."

언 대주가 웃으면서 고개를 끄덕였다.

"모두 수고하시게."

일별을 한 가솔들이 각자 할 일을 위해 하나둘씩 흩어졌
다.

언 대주도 그제야 다시 돌아서서 걸음을 옮겼다.

전해 줘야 할 서찰들이 있었다.

❧

연무장을 찾은 언 대주가 품에 있던 서찰을 건넸다.

"소가주가 보내 온 서찰이라오."

"오라버니가요?"

서찰을 받아 든 의지를 발견한 제후가 서둘러 뛰어왔다.

"나도, 나도!"

"자, 막내 공자 건 여기."

"우와!"

제후와 함께 뒤따라온 예랑이 서찰을 받아 든 제후와 의지
를 조금 부러운 눈빛으로 쳐다봤다.

'녀석, 서운해하긴.'

사실 두 남매 못지않게 악운을 보고 싶어 했던 예랑의 마

음을 아비인 언 대주가 모를 리 없었다.

당연히 속 깊은 소가주 역시 이를 모를 리 없었고.

"아들."

언 대주의 부름에 예랑의 눈이 크게 뜨였다.

"저도요?"

"그래, 네게도 따로 서찰이 왔더구나. 소가주도 너희들이
꽤나 보고 싶은 모양이야."

"어디 봐요!"

서둘러 서찰을 받아 간 예랑이 제자리에 철퍼 주저앉았다.

그 모습이 언 대주는 귀여우면서도 내심 서운한 마음이 들
었다.

'윤석이 이 아비가 황보세가에서 돌아왔을 때는 이렇게까
지 안 반기더니만. 소가주가 그리 좋을까?'

하긴 그럴 법도 했다. 예랑이의 목표는 어느 순간부터 소
가주의 발자취를 쫓는 것이 되었으니까.

그렇게 언 대주가 한참, 질투(?) 반 흐뭇함 반으로 지켜보
던 그때.

신나게 서찰을 가져갔던 제후가 어색하게 웃으며 다가왔다.

"저, 대주님……."

"응?"

"대신 읽어 주시면 안 돼요?"

"왜 그러시오?"

"형아가 너무 어렵게 써 놨어요…….."

가만히 듣고 있던 의지가 서찰을 놓고 소리쳤다.

"오라버니 때문이 아니라 하라는 글공부는 맨날 빼먹으니까 그렇지! 어휴, 저걸 진짜 어떡하면 좋아?"

"아니야! 했어!"

더 혼날까 봐 서둘러 부정하는 제후를 향해 예랑이가 서찰에서 눈도 안 떼고 말했다.

"글공부 대신 수련하겠다고 누나가 내준 숙제도 대신 해 달라고 하던데."

"아, 이러기야! 진짜? 형, 진짜 얌생이구나!"

예랑이 대답 대신 혀를 샐쭉 내밀며 서찰을 읽었다.

"하하!"

언 대주는 아웅다웅하는 세 아이를 보며 너털웃음을 터트렸다.

평화로운 한때였다.

'소가주는 지금쯤 어디에 있으려나…….'

≈≈

악운은 한 마을을 거닐고 있었다.

마을 안은 인적이 드물었고 그나마 활짝 열린 문 사이로 일부 어린아이들의 경계심 가득한 눈빛만이 보였다.

어른은 한 명도 안 보였다.

"인적이 거의 없군요. 몇몇 아이들을 제외하고는……."

"그러게 말이오."

호사량의 눈빛이 의아해졌다. 자주 들르지 못해 이 년 만에 찾아온 발걸음이었지만 창읍현은 본래 이런 흉흉한 분위기의 마을이 아니었다.

성 의원이 창읍현에 정착하며 대가 없는 의술을 펼친 덕분에 다른 마을에서도 환자가 밀려들며 자연스레 마을이 흥했었다. 타 지역 손님들로 인해 포목점, 객잔, 노점 등이 활발해진 덕분이다.

하지만.

'대체 무슨 일이 있었던 것이지?'

수심이 담긴 호사량의 눈빛이 성 의원의 모옥이 있는 방향을 향했다.

"가 봅시다, 소가주."

악운은 호사량의 발걸음이 빨라져 가는 것을 보면서 묘한 위화감을 느꼈다.

❧

추레한 가옥.

한때는 수많은 병자들이 몰려왔던 마당에는 더 이상 한 명의 병자도 보이지 않았다.

끼익.

호사량은 지키는 이 하나 없이 활짝 열린 문을 지나 서둘러 가옥 안으로 들어섰다.

"어르신!"

그 순간.

"옴메! 깜짝이야!"

곤히 잠을 자고 있던 백발성성한 노파가 벌떡 일어났다.

때마침 부엌에서 나오던 소동도 깜짝 놀라 주저앉았다.

"심장 떨어지겠네! 뭐여!"

"어르신?"

황당해하는 호사량을 보면서 노파가 얼굴을 와락 구겼다.

"이놈아! 이 년 만에 찾아와서는 곤히 자는 사람 잠을 깨우고 지랄이여, 지랄은!"

"그, 그것이 아니오라……."

"아가, 놀랐냐?"

소년은 활짝 웃으며 괜찮다며 고개를 저었다.

"응, 그럼 됐다."

지켜보던 노파가 이내, 아이를 향한 악운의 시선을 느끼며 말했다.

"어이, 뭘 그리 뚫어지게 봐. 놈아 처음 보는 거여?"

악운이 정중히 고개를 숙였다.

"실례였다면 용서하십시오."

"싸가지는 있는 놈일세."

피식 웃은 노파가 대청마루에 편하게 앉으며 말했다.

"차라도 한잔할 테냐?"

"대체 마을이 어떻게 된 겁니까?"

"질문에나 대답하지, 뭔 놈이 지 할 말만 해 대고 지랄이래? 어휴, 저런 걸 잠깐 가르쳤으니……."

노파가 고개를 설레설레 저으며 자리에서 일어났다.

"제발 진정하고 여기들 앉아 있어! 약초 차나 한잔 내줄테니."

"어르신!"

"귀 안 먹었어, 이놈아! 마을 망한 거야 보면 몰라?"

호사량은 순간 어안이 벙벙해졌다.

뭐가 망해?

"마을이 왜 망해요?"

"차차 들어 보시죠. 그래도 괜찮으신 걸 확인했으니 된 것 아니겠습니까?"

"흐음, 하긴……."

호사량은 내심 안도하며 악운을 따라 대청마루에 걸터앉았다.

동시에 악운이 갈팡질팡하는 소동에게 웃음 지었다.

"불편하지 않다면 너도 와서 앉아라."

소동은 크게 낯을 가리지는 않는지 밝게 웃으며 고개를 크게 끄덕였다.

～

"……이 년 새 모두 여길 떠났다."

차를 내온 노파, 즉 성 의원은 별일 아니라는 투로 지난 일을 되새겼다.

"이 년 전만 해도 마을 사정은 괜찮았지. 백우상단에서 나왔다는 돈 냄새 맡은 잡것들이 나타나기 전까지는."

백우상단.

이미 등랑회에서 한차례 언급된 바 있던 작자들이었다.

악운은 기이한 악연에 슬며시 웃었다.

"동진검가와의 연이 여기서도 닿을 줄은 몰랐네요."

하긴 생각해 보면 기이할 것도 없다.

동진검가는 산동에 군림하는 세력 중 한 곳이고 그들의 영향력은 제남을 중심으로 곳곳에 닿아 있다.

"그러게 말이오. 나 역시 백우상단의 이름을 어르신으로부터 들을 줄은 몰랐소."

호사량의 대답과 함께 그녀의 시선이 자연히 악운에게 향했다.

"그나저나 너보다 수천 배는 반질반질한 저 아이는 누구

더냐."

"산동악가의 소가주이자 제가 모시는 분입니다. 수천 배
까지는 아닌 것 같고요."

"투덜거리기는……. 아무튼 산동악가?"

"예."

"거긴 망한 줄 알았는데?"

악운은 자칫 기분 나쁠 수 있는 발언에도 옅게 미소 지으
며 대응했다.

"망했었습니다."

"오호."

흥미로워하는 성 의원에게 악운이 덧붙였다.

"단도직입적으로 말씀드려도 되겠습니까?"

"물어보아라."

"어르신을 가솔로 모시고 싶어 왔습니다."

"꼬시러 왔다, 이 말이로구먼."

"예."

"그럼 수지 타산이 맞나 한번 보자. 나도 원하는 바가 있
으니까."

"좋습니다."

거두절미하고 본론부터 꺼내는 두 사람을 보며 호사량이
헛웃음을 흘렸다.

허, 나보다 더 직설적인 양반들일세.

백우상단

성 의원의 조건은 단순했다.

"빚을 탕감해 다오. 내가 아닌 이 마을 사람들의 빚을."

악운이 물었다.

"빚이라면 어떤 것인지요."

"사정 얘기를 하면 길지."

성 의원이 쓰게 웃은 후 말을 이었다.

그건 백우상단이 마을에 벌인 악행이었다.

"내 치료를 받고자 타지인들이 많아질 때쯤 약초 판매나 사냥, 화전이 주 수입원이던 마을이 객잔 등으로 흥했다. 그때 의원 몇 놈이 나타나 날 도왔지. 그 후엔……."

성 의원을 돕던 약초꾼들이 의문의 실종을 당하거나 낙사

했다.

"의원 놈들이 약재상을 데려온 것도 그즈음이지. 놈들은 무상으로 약재들을 대 주었다."

"계속된 호의에 이상한 점은 못 느끼셨습니까?"

악운의 반문에 성 의원이 너털웃음을 터트렸다.

"느꼈지. 느껴도 눈앞에서 병자들이 밀려오는데 별수 있겠느냐? 똥이 묻든 말든 사람부터 살려야지."

문제는 그때부터였다.

의존도가 높아지자 약재상들이 돌연 약재값을 의원이 아닌 마을 사람들에게 받겠다고 했고, 성 의원은 그 제안을 거절했다.

마을 사람들을 희생시키는 건 욕심이니까.

"그리되자 같은 패였던 약재상과 의원 놈들이 내가 아닌 마을 사람들을 흔들었지. 마을을 흥하게 해 준 은혜를 갚아야 하지 않겠냐고. 이대로라면 내가 마을을 두고 떠날 테고, 예전의 약초에만 기대는 가난한 마을이 될 거라고."

호사량이 눈살을 찌푸렸다.

"혹여 염왕채를 쓰게 한 겁니까?"

"그래. 원금 회수가 늦더라도 약재는 계속해서 공급하겠다는 약조를 해 줬다지."

이전의 일들을 떠올린 성 의원의 눈빛이 서늘해졌다.

"그렇게 원하는 걸 얻자 놈들은 없는 얘기를 지어냈어. 내가 매병(치매)에 걸려 침 자리를 잘못 놓았다든지 하는, 해괴한 소문들을 떠들고 다녔지."

악운은 이제야 마을이 휑했던 이유에 대해 이해가 갔다.

'의원의 명성이 추락하면 인파도 줄어들고 마을의 수입 역시 이전으로 돌아가게 돼. 이자는 물론 원금조차 갚을 수 없게 되겠지.'

결국 마을 전체가 파산한 것이다.

"그 후에 그들은 떠났습니까?"

"마을 사람들에게 빚 대신 노역으로 갚으라고 전부 끌고 갔다. 남아 있는 건 약초꾼들의 자식들이 전부지."

염왕채를 쓰기 전에 죽거나 실종됐다던 약초꾼들의 자식들.

'그래서……'

하나둘씩 조각이 들어맞는다.

"그럼 오면서 본 그 아이들은 어르신께서 신경 쓰고 계신 것이었군요."

"그래. 그러고 있지만 얼마나 버틸 수 있을지는 모르겠구나. 약초를 팔 수 있는 경로까지 백우상단이 막았으니……."

그 말을 듣는 순간, 호사량은 성 의원의 앉은 자세가 조금 불편해 보이는 걸 느꼈다.

악운이 그 시선을 눈치채고 말했다.

"사냥하다 다치신 것일 테지요."

호사량은 조용히 고개를 숙였다.

한가롭게 낮잠을 주무신다고 생각했는데…….

그런 게 아니었다.

노구를 이끌고 산을 타며 사냥을 하느라 몸이 아파 누워 있었던 것이다. 그러지 않으면 데리고 있는 아이들을 굶겨야 할 테니.

"어르신…… 왜 진작…… 말씀하지 않으셨습니까!"

"네 녀석이 이럴까 봐 그랬다. 나이 사십 다 되어 가는 놈이 왜 질질 짜고 있어? 호들갑 떨 거면 안 보이는 데서 떨어."

호사량은 애써 눈물을 삼키며 화제를 돌렸다.

"그런데 이미 얻을 것은 얻은 자들인데, 왜 어르신의 생계까지 위협한 겁니까?"

"의술이 쓸 만하다고 나를 포섭하려 들더구나. 그럼 마을 사람들의 빚을 일부라도 탕감해 주겠다며 칠주야에 한 번씩 찾아오더군."

"놈들이 모릅니까?"

"그게 무슨 말씀이십니까?"

악운의 반문에 호사량이 성 의원을 쳐다봤다.

"말해도 됩니까?"

"네 주둥아리를 가지고 왜 내게 물어? 하고 싶은 대로 해라."

"전에는 정체 밝히지 말라고 길길이 날뛰셔 놓고."

"귀찮아지니까 그렇지! 이놈은 사람 귀찮게 할 관상으로는 안 보여서 허락한 게다."

호사량이 성 의원에게 눈을 흘겨 뜬 후 다시 악운을 쳐다봤다.

"어르신은 평범한 의원이 아니시오. 신수활의(信手活醫)라는 명성을 지닌 분이시오. 수많은 연단 제조법이 어르신의 머릿속에 있지."

악운은 눈을 동그랗게 떴다.

들어 본 적 있다.

정체가 밝혀지지 않은 신수활의.

이십 년 전 절정의 '연단술'을 통해 혈교가 곡부에 퍼트렸다는 역병을 막아 냈다던 신비인.

당시 그는 절정의 '연단' 제조를 통해 확산될 뻔했던 역병을 단숨에 막아 냈다.

이들뿐 아니라 절정의 인술로 희망을 일으켰던 이들을 산동 내에서는.

"산동삼종인(山東三宗仁)!"

그래, 그 이름으로 불렀다. 그중 두 명은 천수가 다 되어 죽었으니, 남은 건 단 한 사람.

"활의를 뵙습니다."

악운이 공손하게 다시 인사를 건넸다.

"됐다! 거창한 것도 아니고 지나가다 할 수 있는 일을 했을 뿐이니⋯⋯."

"존안을 몰라뵌 것을 용서하십시오."

"허명일 뿐이야."

호사량이 펄쩍 뛰었다.

"허명이라니요! 만약 어르신께서 백우상단에 대적할 다른 상단에 정체를 밝히셨다면⋯⋯."

악운은 묵묵히 고개를 끄덕였다.

호사량의 말이 옳다.

서로 도와주려고 난리였으리라.

하지만 성 의원의 생각은 달랐다.

"생각 안 해 본 건 아니지만 기왕 마을 사람들을 위해 어딘가에 몸을 담아야 한다면 네가 있는 곳에 가고 싶었다."

호사량의 눈빛이 흔들렸다.

"왜 굳이 제가 몸담은 곳에⋯⋯?"

"나보다 세상 사리에 밝은 네 녀석이니, 쓰레기들이 머무는 곳에 몸담진 않을 거라 생각했다."

"저를 그리 신뢰하실 줄은 몰랐습니다."

"이쯤 하고 그런 눈으로 보지 마라. 징그럽다."

"예. 저도 그러던 참이었습니다."

호사량이 다시 얼른 정색하며 말했다.

동시에 악운이 말했다.

"갚아 드리겠습니다."

갑작스러운 결정에 호사량이 인상을 썼다.

"가슴은 아프지만 못 지킬 약속이오. 심지어 가문의 자금은 소가주 개인의 것이 아니외다. 다른 대안이 필요하오."

"마을의 모든 이권을 가진 백우상단입니다. 그들이 원하는 금액을 맞추지 않는 이상 다른 대안은 없습니다."

"신중하게 움직여야 하오."

"그럼 백우상단, 동진검가와 전면전이라도 치를까요?"

"소가주! 지금 말장난이나 하자는 게 아니지 않소!"

찰나간.

악운의 분위기가 급변했다.

"결정은 신중하게. 결단했다면."

범접하기 힘든 기품 속에 느껴지는 강렬한 사나움.

분명했다.

제왕지기(帝王之氣).

"부러질지언정 굽히지 마라."

악운이 압도된 호사량의 어깨를 두드렸다.

"일어나시죠."

"어디로?"

"본래라면 미리 고려한 북쪽 부지까지 보고 헤어지려고 했지만 그곳은 저 혼자 보겠습니다."

"그게 무슨 말이오?"

"무슨 말이긴요."

악운이 슬며시 미소 지었다.

"여기서 헤어지자는 뜻입니다, 부각주."

그 순간 이제껏 가만히 있던 소동이 성 의원에게 수화를 했다.

성 의원에 의하면 수화의 내용은…….

'저, 누가 자세히 설명 좀?'

이었다.

　　　　　　　　　　　꽃

"어이, 구 행수! 아직 멀었소이까?"

백우상단의 행수인 구석출은 동행하고 있는 장궤인 지복성이 마음에 안 들었다.

곧 도착 예정인 창읍현은 구석출이 상단 단장에게 좀 더 신임을 받기 위해 오랫동안 궁지에 몰아넣은 곳이었다.

'이제 조금만 더 몰아붙이면 동진검가뿐 아니라 단장님 눈에도 들 수 있었거늘.'

그걸 어떻게 눈치챘는지 단장 외아들의 심복인 지 장궤가 이번 일에 개입한 것이다.

하지만 뻔하다.

지 장궤가 아니라 단장 아들이 자신의 공을 가로채려 하는 것이다.

'여우 같은 놈들!'

솔직히 지 장궤와 그가 데리고 다니는 동생 놈까지, 이 마을의 약초꾼 놈들처럼 사고로 위장해 당장 죽여 버리고 싶었다.

하지만 단장 아들이 놈에게 대동시킨 호위 무사가 거슬렸다.

그런 마음을 아는지 모르는지.

마차에 탄 지복성의 고함이 또 한 번 뒤쪽에서 들려왔다.

"저자가! 어이, 구 행수! 내 말 안 들리오?"

"왜 그러시오?"

이제야 들린 척 구 행수가 말을 몰아 가까이 다가갔다.

그러자 지복성이 마차에 난 창문으로 얼굴을 내밀며 말했다.

"잠깐 쉬다 갑시다. 내 동생이 몸이 좀 불편해서 여독이 좀 쌓였나 보오."

구 행수는 짜증이 났다.

여독 같은 게 아니다.

어제 들렀던 도시에서 저 동생 놈을 데리고 술을 진창 퍼마셨으니 속이 안 좋은 게지.

'미친놈이……'

구 행수는 당장 마차에서 내려서 걸으라고 말하고 싶은 마음이 굴뚝같았으나…….

'젠장, 똥이 무서워서 피하나? 더러워서 피하지.'

세 치 혀로 단장 아들의 신임을 받고 있는 지복성과 척져 봐야 썩 좋을 게 없었다.

"그럽시다. 일다경만 쉬고 간다!"

구 행수는 다시 선두로 말을 몰아가며 이를 갈았다.

슬슬 창읍현이 보이고 있었다.

성 의원의 모옥 근처.

"더럽게 멀군."

마차가 멈춘 뒤 지복성이 투덜거리며 나왔고 그 뒤에서 절 뚝거리는 사내가 같이 걸어 나왔다.

"말생아, 오랜만에 바깥세상 구경하니 어떠하냐. 살 만하 더냐?"

마차에서 같이 걸어 나온 사내가 어눌하게 대답했다.

"조, 좋습니다."

비틀려 있는 턱뿐 아니라 구겨진 안면은 눈, 코, 입이 축 늘어져 있었다. 당연히 발음이 뭉개지는 것뿐 아니라 말할 때마다 침이 질질 새어 나오는 게 다반사.

"뭐 하느냐, 말생이 안 챙기고!"

동행한 시비가 서둘러 지말생의 입을 닦아 준 후 고개를 조아렸다.

지복성은 이를 지켜보며 문득 화가 치솟았다.

'빌어먹을……'

아니, 하루에도 열 두 번씩 잠을 설친다.

동생의 몸은 그야말로 만신창이.

흉측해진 안면뿐 아니라 몸도 그랬다.

왼 다리는 의족이 대신하고 오른손은 제대로 펴지도 못한다.

뿌득!

'평생 금이야 옥이야 챙긴 내 아우를……'

하지만 복수는 꿈도 꿀 수 없었다.

늘 굽실거리며 눈치를 보던 단장 아들에게 얘길 꺼내 봤지만 돌아온 건.

　　─이런, 쯧쯧. 동생 일이 안타깝게 됐군그래. 그런데 일류 고수라면 내 호위대로 두기 적합할 거 같은데. 누군지 뒷조사 좀 제대로 해 보지그래.

　　─예…….

　　─아, 그리고 그 기루 제법 영향력 있는 귀빈들을 꽉 잡았다고 하니까 들쑤시고 다니지 마. 피곤해져. 별일도 아니잖아?

방관뿐.

그래서 단장 아들의 뜻대로 정체라도 알아봐야겠다 싶어
돈으로 뒷조사를 해 본 결과.

그곳은 놀랍게도.

'산동악가.'

당시 동진검가와 혼담 얘기가 오가던 곳이었다.

당연히 복수고 뭐고 포기해야 했다.

동생 치료비만 해도 머리가 아플 지경이었으니…….

짝!

지복성은 문득 치밀어 오른 울화를 괜히 동생의 수발을 드
는 시비에게 전가했다.

"생각할수록 열받네! 이년아, 내 동생 침 제때제때 닦아
주라고 했지? 왜 매번 늦장을 부려?"

"죄, 죄송합니다. 살려 주세요!"

뺨을 맞은 시비가 털썩 주저앉아 고개를 숙였다.

그러자 지말생이 한술 더 떠 시비의 멱살을 잡아당겼다.

"이, 이년이 혀, 혀, 형님 시, 시, 심기를 거, 어언드려?"

지말생은 쓰러져 있는 시비의 멱살을 잡아채더니 땅바닥
에 질질 끌어 다시 넘어트렸다.

"아악!"

시비 홍련은 너무 아팠지만 애써 눈물을 꾹 참았다.

지말생도, 지복성도 눈물을 흘리면 더 세게 때린다.

차라리 참고 비는 것이 최선이었다.

"잘못했습니다. 대인, 잘못했어요."

"닥쳐!"

맞는 것이 너무 아파 몸을 웅크린 채 싹싹 비는 시비 홍련.

하지만 상단의 누구도 나서는 이는 없었다.

"쯧쯧, 또 저러는군. 다들 신경 끄고 성 의원이나 데려와라."

구 행수마저 익숙한 듯 혀를 찬 후 모옥으로 돌아섰다.

지복성과 싸워 봤자 단장 아들의 눈 밖에 날 뿐이었으니까.

그렇게 모두가 외면한 그때.

"눈 감아."

낯설지만 자애로운 음성이 울려 퍼졌다.

그 순간.

홍련의 뺨을 날리던 지말생의 손바닥이 허공을 날았다.

아니, 잘린 손이 날아오른 것이다.

그때까지도 홍련은 무슨 일이 벌어졌는지 몰랐다.

끝도 없이 쏟아지던 구타 세례가 잠시 멈춘 것에 안도하며
희미해진 의식을 다잡을 뿐.

그런 홍련의 솜털이 쭈뼛 곤두선 건 바로 그때였다.

"으아아악!"

공포가 담긴 절규가 지말생에게서 터져 나왔다.

홍련은 벌벌 떨면서도 시키는 대로 눈을 질끈 감았다.

"끄아아악!"

또다시 뼈가 부러지는 소리가 나면서 지말생의 비명이 터져 나왔다.

푸욱, 푸욱, 빠각!

그야말로 '찰나'였다.

모든 게 너무 빨리 일어나 버려서 아무도 말을 잇지 못한 것 같았다.

"……."

의도치 않은 정적이 인 그때.

홍련은 누군가 자기를 안아드는 걸 느꼈다.

맞닿은 감촉이 꼭 나무같이 단단했지만 햇볕 아래 그늘처럼 포근하고 따뜻했다.

겨우 눈을 뜬 그녀가 물었다.

"누구……세요?"

"소가주."

"소……가주?"

"혹시 이 지옥 같은 곳을 떠나면 갈 곳이 있어?"

미미하게 고개를 젓는 그녀.

지옥을 벗어나도 생계가 막막해지는 건 똑같으리라.

"그럼 본 가에 들어와. 그럼 나는 너를 가솔로 생각할게."

가솔. 소가주.

누군지조차 모르는 사람의 제안.

하지만 그동안 참아 왔던 설움과 긴장 때문일까?

그녀는 기적이라는 걸 믿고 싶어졌다.

"할게요. 하고 싶어요."

"알았어. 그럼 이제 나는……."

이어서 악운이 그녀의 수혈을 짚어 재운 후 상단 일행을
노려봤다.

"가솔의 복수를 해야겠다."

그게 소가주가 가솔을 위해 해야 하는 일이니.

"으아아악! 으아아아악!"

계속되는 지말생의 비명에도 불구하고.

꿀꺽!

장내를 휘감는 어마어마한 기세에 상단 일행은 그 누구 하
나 나서지 못하고 마른침만 삼켰다.

특히 구 행수는 당혹스러운 표정을 지었다.

성 의원은 어디 가고 무슨 이런 괴물 같은 놈이 나타난단
말인가.

"이, 이게 무슨……?"

감히 눈도 제대로 마주치기 힘든 어마어마한 살의(殺意).

"귀, 귀하는 누구……."

구 행수가 겨우 입을 떼려 하던 그때.

쐐액!

악운이 들고 있던 창으로 지말생의 그나마 멀쩡했던 나머지 다리와 팔을 그대로 베어 버렸다.

'악연이군.'

악운은 지말생이 일전에 조 대인의 기루에서 의지를 희롱했던 자였던 것을 기억해 냈다.

이렇게 만날 줄은 몰랐지만.

불구가 된 놈은 여전히 쓰레기였다.

"끄아아아악! 제, 제헤에에발!"

형인 지복성이 분노에 찬 눈동자로 악운을 노려봤다.

"그만, 제발 그만! 내 동생을 살려 다오, 제발!"

"내가 부처로 보이나?"

"그게 무슨……."

"자비를 바라지 말란 뜻이다. 너희들이 이 아이의 바람을 쉽게 지르밟았듯이. 그렇게."

약육강식을 실천하면서 자비를 구한다?

모순이며 우스운 일이다.

"커헉!"

결국 지복성은 더 이상 입을 떼지도 못하고, 날아든 창에 목이 꿰뚫렸다.

쿵!

순식간에 지씨 형제가 주검이 되어 버리자.

구 행수가 지복성의 호위를 쳐다봤다.

믿을 고수는 이제 그뿐이었다.

하지만.

"은원은 해결되셨소?"

"뭐?"

악운이 떨떠름한 표정을 지었다.

지복성의 호위 무사는 아랑곳하지 않고 말을 이었다.

어차피 호위 무사가 지복성과 함께 받은 임무는 하나.

구 행수의 일을 파악해 단장 아들의 공으로 만드는 것.

"귀하가 누구신지는 모르겠으나 귀하의 은원이 해결됐다면 본 상단은 상단의 일을 할 수 있게 그만 빠져 주시면 안 되겠소? 부탁드리오."

어이가 없어진 구 행수가 인상을 구겼다.

"미친······!"

단장 아들이 보낸 고수인 임평은 악운의 기세를 느끼자마자 꼬랑지를 내린 것이다.

구 행수는 속으로 혀를 찼지만 우선 추이를 지켜봤다.

'상대가 안 되면 적당히 정리하는 편이 나을지도······.'

그러나 그 바람은 이어지는 대답 속에 짓밟혀 버렸다.

"칼 뽑아라. 서론 끝났고 본론은 너희들이다."

상단 일행의 표정이 딱딱하게 굳은 그때.

"후회하지 마시오."

임평이 결국 서늘한 눈빛으로 검을 뽑았다.

구석출은 계속 거슬렸던 임평이 처음으로 든든하게 느껴
졌다.

"커헙!"

창신에 목젖을 가격당한 임평이 헛구역질을 하며 비틀거
렸다.

쐐액!

악운의 창은 기회를 놓치지 않고 갈고리처럼 임평의 하단
을 휩쓸었다.

이미 봉두난발이 된 임평은 제대로 반항도 못 하고 창에
휩쓸려 붕 떠올라 바닥을 뒹굴었다.

쿠당탕!

"우에엑!"

동시에 피를 게워 내는 임평.

죽는 게 두려운지 사력을 다해 발악했다.

"본 상단과 사돈을 맺은 동진검가가 무섭지도 않으냐!"

서걱!

악운의 창이 대답 대신 임평의 목을 지나갔다.

쿵!

눈을 부릅뜬 채 떨어진 임평의 머리.

이쯤 되자 구 행수의 눈이 뒤룩뒤룩 굴렀다.

생존자는 없었다.

악운은 조금의 흔들림도 없이 상단 행렬의 모두를 베었다.

그것도 시비를 안은 채로!

시비는 수혈이 짚였는지 악운의 품에 잠들어 있었다.

두려워서 입도 벙긋 못 하고 있는 구 행수에게 악운이 다가왔다.

"내 이름은 악운이다."

구 행수는 둔기로 머리를 맞은 것 같았다.

놀라운 실력의 창법과 질투가 날 만큼 잘생긴 옥면(玉面).

"분명히 다, 당신은……!"

옥룡불굴이 틀림없었다.

꿀꺽!

마른침을 삼킨 구 행수는 빠르게 머리를 굴렸다.

백우상단은 동진검가와 사돈 관계.

새로운 거래를 동진검가와 하고 있는 산동악가에서 굳이 백우상단을 건드리는 게…….

"대체 왜? 하등 이럴 이유가 없잖소!"

"너희는 그럴 필요가 있어서 마을을 통째로 집어삼켰나?"

"그거야 우린……!"

"상단 단장한테 공을 인정받고 나아가 동진검가 가주의 눈에 들 작정이었겠지."

꿀 먹은 벙어리가 된 구 행수.

마주 선 악운이 구 행수의 정강이를 걷어찼다.

빠각!

"끄아악!"

고통에 몸부림치는 구 행수의 반대쪽 발등을 악운의 창대
가 내리찍었다.

뻐억!

"끄어어아아……!"

벌러덩 넘어진 구 행수의 눈에 죽어 있는 수하들이 보였다.

'이대로 꼼짝 없이 주, 죽겠구나.'

악운이 다시 창을 들어 올리는 것을 보며 구 행수는 질끈,
눈을 감았다.

그 순간.

"살고 싶나?"

악운의 목소리가 구 행수의 눈을 번쩍 뜨게 했다.

"사, 살려 주시오, 대인!"

서둘러 절뚝거리는 다리를 움직여서 무릎을 꿇는 구 행수.

악운이 그제야 창을 거두고 말을 이었다.

"그럼 시키는 일 하나만 해."

"무, 무엇을 하면 되겠소?"

"내게 송검문의 외동아들이 낭인을 고용해서 나를 습격한

증좌가 있다. 이와 관련된 어음 전표와 가주 직인이 찍힌 낭인 계약서까지 내 손에 있지."

막대한 배상금과, 사파나 다름없다는 오명을 뒤집어써야 하는 완벽한 증좌였다.

"이걸 네게 주지. 단, 상단을 설득해서 마을 빚을 처분해. 그리하면 본 가에는 따로 배상할 필요 없게 침묵하겠다."

"하지만 송검문은 동진검가와 돈독한 관계인데……."

"송검문이 동진검가의 눈치를 보며 같은 편에 선 것일 뿐, 동진검가에 속한 세력은 아닐 텐데?"

구 행수가 눈을 부릅떴다.

'그러고 보니!'

이리되면 동진검가는 송검문의 악행을 벌하겠다는 명분하에 그들의 이권을 모조리 삼켜 버릴 수 있다.

상생 관계가 아니라 종속이 되는 것이다.

'온정에 끌려 이런 쓸데없는 마을과 송검문의 명줄을 교환하려 하다니. 이런 행운이 다 있나!'

구 행수는 비집고 나오려는 웃음을 참으며 말했다.

"시, 시키시는 대로 하겠소! 죽은 자들도 걱정 마시오. 핑 곗거리야 만들면 그만이오!"

구 행수는 죽어 있는 지복성과 단장 아들이 보낸 호위 무사를 보며 쾌재를 불렀다.

'이 일을 방해할 저 쓰레기 같은 것들이 전부 죽었으니 충

분히 해 볼 만하다.'

"그럼 절차는 본 가의 부각주와 상의해서 결정해."

"그러리다."

"그리고 아이들이 돌아오면 잘못했다고 용서부터 빌어. 아니면…….'

악운이 스산한 눈빛으로 말을 이었다.

"지금 죽든가."

악운이 보였던 섬뜩한 살의를 떠올린 구 행수가 몸을 잘게 떨었다.

"하, 하겠소."

"좋아."

그제야 악운이 구 행수를 뒤에 두고 걸음을 옮겼다.

이윽고 싸움을 피하기 위해 아이들을 데리고 갔던 호사량과 성 의원이 함께 걸어오는 게 보였다.

지씨 형제들을 태우고 왔던 마차가 아이들 태우기엔 적당해 보였다.

장내의 상황은 빠르게 정리되었다.

갈 곳 없는 약초꾼의 아이들은 성 의원과 함께 악가의 가솔이 되는 쪽으로 가주의 허락을 받기로 했다.

구 행수는 용서를 빌었다.

"요, 용서하십시오. 입이 열 개라도 드릴 말씀이 없습니다. 약초꾼들은 저와 제 수하들이…… 제거했습니다."

"쓰레기 같은 놈! 어차피 용서를 비는 것도 뻔뻔스러운 거짓말이란 걸 잘 안다! 그저 네가 살고자 택한 결정일 테지. 하지만……."

성 의원은 구 행수를 노려보는 아이들을 내려다보았다.

"오늘 일은 이쯤에서 끝났다고 생각하는 건 오산이다. 미래의 산동악가 가솔이 될 이 아이들이 널 기억할 테니."

"……."

그러자 구 행수는 마주 보고 있는 약초꾼의 아이들을 쉽게 쳐다보기가 힘들었다.

문득 두려운 마음이 일었으니까.

꿈

호사량이 구 행수를 지켜보며 말했다.

"평생 겁 좀 먹고 살겠군."

"저 아이들 중 누군가가 가문의 중추가 될지도 모르니까요. 가문의 보호 아래 아이들은 금방 자라날 테고, 그리되면 구 행수는 늘 앞날을 걱정할 겁니다."

"듣고 보니 괜찮은 복수인 것 같소."

호사량은 만족스럽게 고개를 끄덕인 후 조금 고심 섞인 표정으로 운을 뗐다.

"그나저나 우리 뜻대로 될지 의문이긴 하오."

"될 겁니다. 동진검가 가주가 욕망 하나로 그 자리까지 오른 사람이라는 것, 우리가 제일 잘 알지 않습니까?"

"하긴."

"게다가 상단으로 시집간 딸도 동진검가 내에서 자기 입지를 다지고 싶을 겁니다. 송검문을 손에 틀어쥔다는 건 분명 좋은 기회로 볼 수 있죠."

"어느 쪽이든 우리로서는 최선의 수가 될 것이오."

"예, 송검문 일도 정리하고 마을 사람들도 본래의 자리로 돌아올 수 있게 될 겁니다. 그리고……."

악운은 아이들을 챙기고 있는 성 의원을 바라보았다.

"가장 큰 기연이 우리 곁에 온 셈이죠."

이제 산동악가가 연단술에 능한 가의(家醫)이면서 마의(馬醫)를 얻게 되었으니.

'그에게 배움을 청하는 것으로 내가 가진 공부를 사용할 수 있는 완벽한 명분을 얻었다.'

이와 더불어 새로운 미래까지 안게 되었다.

"저 아이들은 가문의 가르침과 어르신의 가르침을 함께 배우며 자라나겠죠."

결국 산동악가로서는 동진검가가 가진 야망에 기대 어떤

가치와도 비교할 수 없는 것들을 얻은 거래였다.

물론 구 행수를 살려 둔 것이 흠결처럼 보일 수 있으나.

그건 가까운 미래를 봤을 때 큰 흠결이 아니었다.

구 행수 같은 자들이 동진검가에 많아질수록…….

'동진검가의 미래는 천휘성이 겪었던 현실과 크게 달라지지 않을 테니까.'

피로 물드는 동진검가와 차곡차곡 깊은 인연을 쌓아 가는 산동악가는 결국 완벽히 다른 모습의 미래를 맞이할 것이다.

"이제 부각주가 호위 역할을 맡으실 차례군요."

"도적 떼가 나타나면 갈고닦은 수련의 결과를 보일 참이오. 우리는 걱정 마시오. 오히려 나는……."

호사량이 악운을 걱정스럽게 바라보았다.

"소가주가 걱정되오. 혼자서도 괜찮으시겠소?"

쉽게 발길이 떨어지지 않는 눈치.

악운이 피식 웃었다.

"절정 고수를 누가 그리 걱정한답니까?"

"소가주를 걱정하는 건 가솔 된 당연한 도리인 것이오."

"너무 염려 마십시오. 부지만 살펴보고 돌아갈 겁니다. 자유롭게 돌아다닐 터이니 오래 걸려도 그럴 이유가 있으리라, 설득해 주십시오."

"같이 가도 될 텐데……."

"처음 나온 무림 출도인데 감시 없이 말썽도 좀 부려 봐야지요."

"퍽이나……!"

호사량이 본 악운은 마치 어떤 전쟁에 대비하듯이 스스로를 혹독하게 몰아붙였다.

그런 사람이 시간을 허투루 보내진 않을 것이다.

'뭔가 다른 생각이 있을지도…….'

하지만 호사량은 굳이 묻지 않았다.

그에게는 그의 일이, 자신에게는 자신의 일이 있는 것이니까.

"바라건대 수련 게을리하지 마십시오. 돌아가면 확인할겁니다."

악운의 협박 아닌 협박에 호사량이 별것 아닌 것처럼 당당하게 대답했다.

"마음대로 하시오. 깜짝 놀라지나 말고."

하지만 말만 그랬을 뿐.

성 의원에게 향하는 호사량은 속이 까맣게 타는 기분이었다.

'하아, 입이 방정이지…….'

얼마나 수련을 해야 하려나.

그렇게 악운은 먼저 마을을 떠나가는 호사량과 그 일행을 멀찍이 지켜봤다.

다시 혼자였다.

그리고 다시…….

"시작해야겠지."

새로운 계획이 저 멀리 북쪽 섬에서 악운을 기다리고 있었
다.

　　　　　　　　　　　※

사파 고수들과의 난투 속에 살아남은 옥룡불굴의 활약상
이 퍼져 나간 지 얼마 되지 않아…….

제남에 일대 파란이 불었다.

송검문의 자금처였던 '도남상회(圖南商會)'가 갑자기 백우상
단에 인수된 것이다. 그렇게 재산 대부분을 빼앗긴 송검문은
더 이상 검대(劍隊)를 유지하지 못해 해체했고 동진검가는 이
를 전부 흡수했다.

그 후 송검문의 후계자는 갑자기 밤중에 사라졌고, 송검문
문주는 병상에 누웠다.

사실상 봉문 수순에 들어선 셈이었다.

　　　　　　　　　　　※

나백이 기분 좋게 웃었다.

"껄껄! 이 일로 가문의 곳간이 배는 늘었겠군. 집의전주는 어떻게 생각하오?"

"각주님 말씀이 맞습니다. 이번 일을 계기로 제남에서의 영향력은 더욱 확대될 겁니다."

"굳이 진실을 공식화할 필요 없이 송검문만 압박하자는 제안이 유효했다고 보네. 덕분에 산동악가에는 우리가 취한 것을 나눌 필요가 없었지."

장설평이 고개를 저었다.

"제 공이 아닙니다. 첫째 공녀의 의견에 따라 계획을 수립했을 뿐입니다."

"으하하. 다 가주를 닮아 영리한 것이지."

"예, 맞습니다."

화기애애한 자리.

하지만 진엽의 표정은 썩 만족스럽지 못했다.

그 모든 이유는 단 한 사람.

'악운.'

사실 이리저리 뜯어보면 멍청한 소가주가 온정에 이끌려 한 선택처럼 보인다.

더 신경 쓸 필요도 없다.

그런데 계속 신경이 거슬린다.

사파 무리의 자중지란 때문에 가까스로 살아남은 건 어느 정도 운이 작용했다고 치자.

하지만 평범한 놈이라면 그만 가문으로 돌아갔어야 했다.

'그럼에도 놈은 무림 출도를 멈추지 않았다. 그 후엔 아무 일도 없었다는 듯이 잘 알지도 못하는 마을을 구해 냈지. 취할 이익을 버리면서까지…….'

쨍강.

'덕망을 쌓고 있는 것인가? 아님 다른 게 있는 건가.'

진엽이 말없이 쥐고 있던 술잔을 깨트리자 잔치 같던 장내의 술자리가 순식간에 싸늘해졌다.

"……집의전주."

"예."

"산동악가 소가주의 그릇을 어찌 보는가?"

이윽고 가주의 속내를 읽은 장설평의 눈빛이 가라앉았다.

낭중지추.

제아무리 숨으려고 해도 악운은 진엽의 눈에 띄고 있는 모양이다.

산동악가는 어쩌면 조금 더 빨리 전력을 갖춰야 할지도…….

❧

악운은 넘실거리는 해류를 느끼며 노를 저었다.

호사량과 헤어지고 연태에 도착한 지 나흘째.

첫날은 연태에 도착해서 호사량이 언급했던 섬에 가기 위해 작은 배를 구입했다.

작은 항구 마을이고 달랑 하나 있는 객잔에는 외지인 하나 없이 이곳에 사는 뱃사람이 전부였다.

그래서 소개를 받아 소선(小船)을 돈 주고 사는 건 크게 어렵지 않았다.

그렇게 도착하여 둘러보게 된 섬.

양마도(養馬島).

분명 풍수적으로 말을 키우기 좋은 섬이었다.

아니, 최고였다.

드넓은 목초, 순환하는 물.

게다가 다른 문파는 마방에 관심이 없다.

제남이나 태산 등 대규모 인파가 모여 있는 곳에 전력을 둔 동진검가, 황보세가 등은 문파대전을 대비해 전력을 응집하고만 있을 뿐.

세력을 분산시켜 마방을 확장할 계획은 없어 보인다.

말을 키울 만한 부지도 그들 문파의 영역에서 언제든 구할 수 있으니 당연한 얘기였다.

하지만 산동악가는 다르다.

'앞마당이나 다름없는 부지를 두 세력에 팔아넘긴 후 대안이 필요해졌지.'

그래서일까?

양마도를 보고 난 후 호사량의 계획이 새삼 머릿속에 이해됐다.

호사량은 양마도를 새로운 거점으로 둘 생각인 것이다.

아니, 어쩌면.

'이곳에 표국을 세울 생각까지 하는 건지도.'

가능한 일이다.

성 의원의 조건을 받아들이며 구해 낸 창읍현.

장 노야의 연을 토대로 손을 잡게 된 등랑회가 머무는 청주현.

이 두 곳을 중간 거점으로 두게 된다면……?

"설마 거기까지 생각한 건가?"

노를 저으며 중얼거린 악운은 문득, 호사량의 계획대로 모든 게 이뤄진다면 한 가지는 확실하다는 생각이 들었다.

"산동성의 명마를 산동악가가 대표하게 된다라……."

천하에는 늘 말이 필요하고 그 명마들을 적게는 대여섯필, 많게는 수십 필, 아니 수백 필까지 공급할 수 있다면 산동악가의 세가 확장되는 건 순식간이다.

악운은 흐뭇하게 웃었다.

'잘하리라 믿고 맡겨 봐야겠어.'

어차피 가문의 큰 그림은 충분히 그려졌고 변수에 대응하는 건 아버지와 가문의 중추들이었다.

당장 악운이 할 일은 크게 없었다.

그리고 그 말은······.

"다 와 가는군."

악운이 고대하던 일을 시작해도 된단 뜻이었다.

'양마도'에서 사흘 정도 떨어져 있는 해류.

인근 어부들은 잘 안 간다는 해역이 악운을 향해 서서히 그 모습을 보이기 시작했다.

❦

─희한하게 그 해류로 진입하면 해무(海霧)가 자주 끼어 시야를 잡기 힘든 기이한 일이 있소. 혹여나 멀리까지 나간 다고 수신(水神) 천오(天吳)의 심기를 거스르다가 비명횡사하 지 마오.

천오(天吳). 여덟 개의 머리와 꼬리를 가졌다고 하는 물의 신으로, 많은 뱃사람들이 신봉하고 있다.

악운에게 소선을 판 한 선장은 굳이 천오까지 언급해 가며 신신당부를 했다.

과연 그의 말대로였다.

스멀스멀 조금씩 배 주변으로 스며들기 시작한 해무.

분명 진입할 때는 대낮이었으나 조금씩 빛이 사라져 갔다.

마치 새하얀 밤이라도 된 것처럼 햇빛을 머금은 해무가 사방을 가득 메웠다.

삐걱.

노를 놓은 악운은 뒤를 돌아보았다. 지금이라도 돌아간다면 어쩌면 해무를 빠져나갈 수 있을 터.

쏴아아.

하지만 악운은 다시 앞을 보고 노를 저었다.

물살을 부딪치며 얼마쯤 저었을까?

망망대해 속에 갇혀 버린 악운이 노를 놓았다.

그러고는 마치 자포자기라도 한 것처럼 반개한 눈으로 하염없이 해무를 바라보았다.

얼마쯤 흘렀을까?

배에서 눈을 반개하고 있던 악운에게 문득 사부와의 오래전 기억이 스쳐 지나갔다.

어릴 적 가장 놀랍고 경이로웠던 기억을 떠올리라면 단연코 거침없이 해무를 가로지르던 사부의 모습이다.

그 모습을 보며 얼마나 멋있었던지.

달빛 아래 작은 돛단배 한 척으로 바닷길을 열던 그 모습은…….

-왜, 월궁에서 내려온 선녀 같냐?

　건들거리는 파락호 같은 말투만 아니었으면 딱 좋았을 기억이다.

　피식.

　오랜만에 사부의 기억을 떠올리던 그때.

　악운이 기다리고 있던 것이 등장했다.

　"시작인가."

　동시에 귓가를 서늘하게 하는 해류 소리.

　사아아아.

　산속의 서늘한 바람 소리 같기도 한 그 소리와 함께 바닷물이 흘러가는 흐름이 바뀌었다.

　얼마나 시간이 지났는지는 모른다.

　하지만 해류가 바뀌어 길이 열리는 시간은 단 한 번.

　'새벽녘, 동트기 직전.'

　-대대로 문에서는 이 섬을 '조양섬'이라고 불렀지.

　-조양섬…….

　-이 섬에 생긴 해무는 조양섬의 중심에 있는 태양정(太陽晶)을 지키고자 초대 태양성인께서 세운 결계라고 하더라.

　-태양정이 대체 무엇이기에 이만한 규모의 해무를 일으킬 수 있다는 겁니까?

-몰라, 나도. 네 태사부가 그렇다고 하더라. 알면 내가
신선이게?

-…….

아침 해가 뜨는 섬.

조양섬.

사실 처음에는 믿기 힘들었다.

이곳에 있다는 결계 같은 것이 존재한다는 게.

하지만.

-결계의 흐름이 바뀌는 건 동이 트기 직전의 새벽녘이
야. 그때 태양진경의 태양신공을 운용해야 해.

사부의 말이 진짜 이루어진다는 것을 알게 됐다.

지금처럼.

'보인다.'

한 치 앞도 보이지 않던 해로(海路).

그러나 태양신공이 깃든 혼세양천공을 운용하는 악운의
눈앞에는 선명한 빛줄기가 뻗혀 있었다.

'여전히 장관이야.'

지금이야 크게 놀라지 않지만 처음 사부의 가르침에 따라
이 일을 겪었을 때 얼마나 놀랐던지.

사부가 깔깔대며 놀리던 게 선명하다.

쏴아아.

악운은 머릿속을 수놓은 과거의 기억을 되새기면서 선명하게 뻗힌 빛을 향해 노를 저었다.

꿍

드드득!

당장 부서져도 이상할 게 없는 낡은 배가 조양섬의 해안가에 닿았다.

아주 오랜 세월을 지나 다시 당도하게 된 섬.

악운은 배에서 내린 후 섬의 정경을 둘러봤다.

해무를 헤치고 나와 바라본 섬의 정경은 그야말로…….

'태양.'

이제 막 떠오른 태양 빛이 스며든 섬은 마치 태양의 시작처럼 보일 만큼 모든 곳이 번쩍였다.

쏴아아.

악운은 폭포 소리를 따라 천천히 섬을 통과했다.

뽕나무가 가득한 섬을 따라 악운이 향하는 건 단 한 곳.

―때가 되면 도전해 봐라. 삼대 태양성인(太陽聖人) 이후로 태양귀문은 한 번도 열린 적이 없어.

-왜요?

-몰라, 나도. 알면 내가 열었겠지.

-저라고 다를까요?

-틀에 묶이지 말고 가능성만 생각해. 혹시 아냐, 네 대 까지 이어지기 전에 내가 확 열어 버릴지.

초대 태양성인이 남긴 문.

태양귀문(太陽貴門).

이 문을 찾는 건 그렇게 어렵지 않았다.

원래 와 봤던 건 둘째치고.

뽕나무 나무로 가득한 이 섬 안에서 큰 호수 옆에 있는 복 숭아나무 숲을 찾으면 된다.

와그작.

악운은 복숭아나무에서 딴 복숭아를 한입 크게 베어 물며 폭포를 바라보았다.

쏴아아아.

이곳은 여전했다. 뽕나무도, 복숭아도, 그리고 호수와 이 어진 폭포도.

아무도 이 외진 곳의 폭포 뒤에 태양무신 천휘성조차 열지 못한 문이 있을 줄은 생각도 못 하리라.

그 생각을 하니 묘하게 고소했다.

집착으로 빚어진 미완성된 태양진경의 길을 서로 갖겠다

고 싸우던 자들이 외딴섬에 이런 기연이 있다는 걸 알면 표정이 어떠할까 싶어서.

꿀꺽.

이윽고 악운은 달콤한 복숭아 과육을 마저 삼킨 후에 입고 있던 옷을 근처에 벗었다.

툭.

아이처럼 새하얗지만 수련으로 쌓아 올린 탄탄한 근육이 견고한 근육을 통해 느껴졌다.

풍덩!

본격적으로 헤엄치기 시작한 악운이 차츰 떨어지는 폭포 뒤편으로 다가갔다.

그 순간.

좌악!

암갈색의 꼬리 같은 것이 갑자기 튀어나왔다.

펑!

악운은 당황하지 않고 황급히 쌍장을 뻗었다.

그 주변으로 물줄기가 펑, 솟아오르며 악운이 뒤쪽으로 쓸려 나갔다.

'물 밑의 기척을 못 느꼈을 만큼 빠르면서도 은밀해!'

최절정을 향해 접어들기 시작한 기감인데도 쉽게 움직임을 예측하기 힘들었다.

사람의 움직임이 아닌 영물의 움직임인지라 더욱 그랬다.

츠츠츠!

꼬리가 순식간에 수면 밑으로 사라지더니 악운 주변 물살이 일렁였다.

사부와 찾아왔을 때는 이 폭포 근방에서 한 번도 영물을 발견하지 못했다.

하지만 꽤 오랜 세월이 지난 지금은…….

'달라졌을 수도 있겠지.'

찰나간 떠오른 그 생각을 지우기도 전에.

츠츠!

아주 작은 물살 소리가 느껴졌다.

창이 없어도 괜찮다.

악운의 쌍장이 빠른 속도로 대응했다.

일방(一房)에서 흘러나온 강력한 음한지기가 양 손바닥을 타고 움직였다.

해룡포린공(海龍袍鱗功)의 호신지기를 바탕으로 한 극음의 장법.

해룡단금(海龍段錦).

쩌저적!

푸른 비늘과 같이 유형화된 음한지기가 악운의 양 손바닥을 중심으로 팔목에서 가슴까지 뒤덮었다.

쿠앙!

수배는 견고해진 쌍장이 암갈색 꼬리와 또다시 충돌했다.

퍼퍼펑!

아까보다 훨씬 높이 솟아오르는 물기둥.

크아아앙!

반탄력에 자극받은 꼬리의 주인이 물 밖으로 솟아올랐다.

동시에 솜털이 쭈뼛 곤두설 만큼 강렬한 울음소리가 터져
나왔다.

깊은 동혈에서 울린 뿔피리같이 낮고 음습한 괴성.

'악어!'

아니, 그보다 컸다.

여섯 가닥 횡렬로 문신처럼 새겨진 비늘과 거대한 몸체.

일반 악어보다 수배는 컸다.

오래전 수왕이 해 줬던 이야기가 스친다.

  ─젊을 적엔 장강을 타고 다니며 별의별 영수를 다 봤지.
몸체만 수십 척에 달하는 악어를 맨손으로 거꾸러트린 적
도 있다. 암린저파룡이란 놈이지. 들어는 봤느냐?

  ─또 허풍이십니까?

  ─진짜다.

  ─낚시찌 흔들립니다. 잡기나 하십시오.

'암린저파룡(暗鱗猪婆龍)?'

악운의 눈에 이채가 흘렀다.

풍덩! 철썩! 쏴아아!

엄청난 물보라를 뿌리며 다시 수면 아래로 유영하는 암갈색의 암린저파룡.

쩌억!

놈이 입을 벌리며 부딪쳤다.

절정 고수 저리 가라 할 만큼 벼락같은 유영!

피하긴 늦었다.

'피할 생각도 없었고!'

방(房)의 경지에 접어든 후 악운의 무공들은 한층 새로운 경지로 접어들어 있었다.

방, 혼세양천공의 조화로움 아래.

방 안의 간들은 서로의 기운이 연결되어 전환이 빨라진 것이다.

서걱!

호황대력기가 스며든 수도(手刀)가 놈의 턱과 입안을 휩쓸고 지나갔다.

수도가 지나간 자리에 터져 나오는 핏물.

촤하학!

하지만 놈의 맷집은 상상을 초월했다.

멈출 줄 알았던 놈이 계속 돌진한 것이다.

콱!

기어코 악운의 상체를 집어삼키면서 입을 콱 닫아 버리는 암린저파룽.

그 어마어마한 치악력에 짓눌린 악운은 순식간에 암린저
파룽과 함께 물 밑으로 빨려 들어갔다.

꼬르르르!

물을 머금으면서도 악운은 눈을 부릅떴다.

두 손으로 놈의 혓바닥을 잡고 있는 이 순간.

놓치면 그대로 삼켜질 게 분명했다.

게다가 시간이 갈수록 점점 조여 올 숨통까지!

시간이 지나면 유리한 건 놈이었다.

그 찰나.

ㅊㅊㅊㅊㅊ.

악운의 입과 코에서 흘러나오던 물방울이 차츰 사라지기
시작했다.

　-강과 바다를 내 집처럼 누볐다. 육지보다 물 위가 편
한 내가 심해어(深海漁)를 보며 무엇을 깨달았는지 아느냐.
바로……

'호흡.'

　-인간의 구멍은 눈, 코, 입에만 있는 것이 아닐지니.

츠츠츠!

해룡포린공을 펼치며 생긴 푸른 비늘에서 마치 숨을 쉴 때
처럼 물방울이 솟아오르기 시작했다.

  -물속에서 육지처럼 숨을 쉬게 된다면 얼마나 많은 이점
을 가지게 될지 상상이나 해 보았느냐?

배신한 아들들에 대한 복수를 위해 이 기공을 가르쳐 주던
수왕의 얼굴에는 대종사의 자부심이 가득했다.

그리고 이젠 확실히 인정한다.

그가 창안한 무공은…….

'자부심을 가질 만큼 강했다.'

동시에 놈의 턱이 닫히지 않게 떠받치고 있던 악운의 두
손에서 해룡단금의 음한지기가 더욱 강력히 진동했다.

쩌저저적!

그건 점차 놈의 턱을, 이를, 생살을 파고들며 놈의 집이나
다름없던 물속을 전혀 낯선 환경으로 만들기 시작했다.

덜덜덜.

음한지기에 중독된 놈의 떨림이 느껴진다.

그리고 마침내.

크르르!

그토록 강렬했던 울음소리가 줄어듦과 함께 악운은 놈의

턱을 놓고 잠영했다.

축 늘어진 꼬리와 함께 입을 벌리고 죽은 놈은 살얼음이 가죽에 붙어 있을 만큼, 완벽히 음한지기에 중독되어 있었다.

치열했던 싸움이었지만 기어코 해낸 것이다.

'우선 물 밖으로 나가서 놈을 해체해야겠어…….'

수왕의 또 다른 허풍이 진짜인지 아닌지 확인해 볼 차례.

악운은 기쁜 마음으로 놈의 꼬리를 잡아끌고 물 밖으로 솟아올랐다.

"푸아!"

환히 웃으며 물에 젖은 머리를 흔든 그때.

크르르…….

어느새 폭포 주변에는 대여섯 마리의 또 다른 암린저파룡들이 악운을 노려보고 있었다.

"이런……."

슬며시 방금 죽인 놈의 꼬리를 놓아 보는 악운이었다.

쿵. 쿵!

무려 일곱 마리나 되는 암린저파룡이 축 늘어진 채 깊은 연못 밖으로 끌려 나왔다.

"하아, 하아……!"

그 탓에 악운의 몸도 만신창이.

체력, 내공 등 모든 역량을 쏟아부어 상대했다.

처음 상대한 암린저파룡보다 상대적으로 작고 약해서 다행이었지, 동등하거나 그보다 강했다면.

'누워 있는 건 나였겠지.'

어쩌면 무림보다 더 원초적인 약육강식의 세계에 들어온 셈이다.

그런데……

'대체 무엇이 놈들을 여기까지 끌어들인 거지?'

영물이 있어서 의문을 가진 게 아니다.

이 섬은 원래 영물이 많다.

오래전 사부 덕분에 이곳의 영물들과 싸우며 수련을 거친 적이 있어서 잘 안다.

하지만 예전에 왔을 때만 해도 이곳에는 암린저파룡이 서식하고 있지 않았다.

서식지를 바꾼 것이다.

둘 중 하나다.

놈들의 원래 서식지를 위협하는 영물이 나타났거나 아님.

'이 연못 밑에 뭔가가 있다는 얘기겠지.'

악운은 구미가 당겼다.

영물은 보통의 짐승과 다르다.

영묘한 기운을 느끼고 탐색할 줄 안다.

그렇다면 연못 밑에 있는 게 영약일 가능성이 높다는 거다.

'저파룡을 해체한 뒤에 연못을 살펴봐야겠어.'

악운은 지체 없이 가부좌를 틀었다.

생각을 하는 동안 태의심로경이 금세 몸 안에 활력을 불어넣어 준 것이다.

"시작해 보자고."

악운은 간단한 환영진법을 펼칠 장소부터 찾기로 했다.

갑작스러운 변수나 방해 없이 소모된 내공부터 운기로 회복해야 했다.

자칫 다른 영수라도 나타나 습격해 오면 곤란할 테니.

얼마쯤 흘렀을까?

폭포 앞에서 살을 가르는 소리가 들렸다.

운기를 마친 악운이 본격적으로 암린저파룡을 해체하고 있었던 것이다.

서걱. 서걱!

창기(槍氣)와 중첩된 호황대력기가 창의 예리함을 수십 배 증폭시켜 준 덕분에 가죽과 뼈를 발라내는 건 크게 어렵지 않았다.

하지만 몸집이 큰 놈이 일곱 마리나 있어서 원하는 걸 찾는 건 꽤 오랜 시간이 걸렸다.

시작한 게 아침인데 벌써 노을이 진 게 보였다.

때마침.

'찾았다.'

더듬거리던 손이 마지막 일곱 마리째 저파룡의 몸통 안에서 쑤욱 빠져나왔다.

얼핏 불가의 사리 같은 형태의 노란 알들.

'황옥정(黃玉精).'

수왕은 이 알들을 복용한 후 도검불침에 근접하는 데에 큰 도움이 되었다고 했다.

'허풍인지 아닌지 한번 확인해 봅시다.'

총 일곱 마리 암린저파룡에게서 찾아낸 열댓 개의 황옥정이 악운을 끌어당기듯 묘한 빛을 발하며 반짝였다.

악운은 지체할 것 없이 황옥정을 쥔 후 환영진법 안으로 돌아섰다.

❧

조양섬에 어둠이 내려앉은 시각.

츠츠츠.

환영진법 안에서 운기를 하고 있던 악운의 온몸에서 새하얀 아지랑이가 피어올랐다.

번쩍!

이어서 반개하고 있던 악운이 눈을 떴다.

희미하게 새겨지는 미소.

'수왕의 말이 옳았다.'

복용한 황옥정은 혼세양천공에 스며들어 사지백체를 휘돌았다.

내공이 아니었다.

암린저파룡들이 삼킨 영묘한 선천진기가 혼세양천공의 기운에 실려 온몸에 스며든 것이다.

신체는 단 한 톨의 새어 나감 없이 갈증이 나 있던 것처럼 영기를 흡수했다.

또 한 번 신체의 '해금(解禁)'이 이루어진 셈.

목(木)의 성질을 가진 무공들을 통해 눈이 '십리안(十里眼)'에 이른 이후 또 한 번의 커다란 성장이었다.

저벅저벅.

악운은 환영진법을 나선 후 제일 먼저 보이는 바위를 그대로 내리쳤다.

쾅!

내력 없이 순수한 육체 힘만으로 내려친 결과는 굉장했다.

형태를 잃고 산산조각 난 것이다.

이 정도라면…….

'도검불침에 닿았어.'

수왕이 언급했던 것보다 상상 이상으로 놀라운 변화.

단순히 암린저파룡의 황옥정을 삼켜서가 아니다.

달마역근경, 양혼지무 등의 수련이 기반을 이뤘기에 가능할 수 있었던 것이다.

그러나 기연은 기회일 뿐.

기회를 잡으려면 그만한 역량이 있어야 가능하다.

'이번 일처럼.'

악운은 만족스러운 눈빛으로 연못을 향해 몸을 던졌다.

두 번째 기연을 만날 차례였다.

풍덩!

잠시 후 악운이 부순 바위가 달빛에 반사되어 반짝였다.

놀랍게도 '현무암'이었다.

꼬르륵!

십리안에 이른 악운의 눈은 어두운 수심 아래에서도 선명한 빛을 발했다.

'더 깊숙이.'

악운은 부드럽게 유영해 아래쪽으로 방향을 전환했다.

수심 속에서 악운의 목부터 코까지 번져 있는 푸른 비늘이 번쩍였다.

해룡포린공이 잠영을 오래 할 수 있게 돕고 있었던 것이다.

한참을 내려가던 찰나.

'저건?'

악운의 눈에 빠르게 스쳐 가는 비늘이 띄었다.

한두 마리가 아니었다.

열댓 마리가 빠른 속도로 흩어지며 유영했다.

악운 역시 가만히 있지는 않았다.

펑!

육지가 아닌 물에서 사용할 수 있는 수왕의 비기.

'해경신보(海徑迅步).'

대부분의 세월을 물에서 산 그에게 있어 육지가 아닌 바다에서의 싸움은 일상이었다.

당연히 해룡포린공을 토대로 만든 신법 역시 빠른 유영이 가능토록 창안되었다.

쩌엉!

발과 양손, 어깨…… 그의 사지가 물의 저항을 줄이기 위한 최적의 자세가 되었다.

쏴아아아!

큰 파동 없이 빠르게 헤엄치는 물고기에 가까워진 악운이 벼락처럼 손을 뻗었다.

콰악!

마침내 손에 잡힌 물고기와 함께 악운이 물 밖으로 헤엄쳐 나왔다.

"파아!"

호흡을 가다듬은 악운이 손에 쥔 은어를 보며 이채를 흘렸다.

'흐음.'

아쉽지만 영물이 아니라 평범한 은어로 보였기 때문이다.

하지만.

'엄청난 몸집의 녀석들이 고작 은어 냄새만 맡고 서식지를 이곳으로 옮겼다고?'

믿기 힘든 일이지만 물고기를 쥐고 있다고 해서 해결될 일도 아니었다.

툭.

악운이 별수 없이 퍼덕이는 은어를 다시 풀어 주려는 순간.

'음?'

미약하지만 손안에 한기가 감돌았다.

단순한 은어가 아니란 건가?

악운은 좀 더 살펴보기 위해 다시 물속으로 몸을 넣었다.

◈

그 후 악운은 낚아챈 은어들을 살펴보게 됐고, 이것들을 빙련어(氷聯魚)로 부르기로 했다.

생긴 건 은어와 흡사했으나 미미한 한기를 담고 있어서……

'해룡포린공 수련에 도움이 되긴 되겠어.'

음한지기의 장력을 지닌 수왕의 비기를 단련하는 데 최적의 먹을거리였다. 물론 그 암린저파룡이 이 작은 빙련어만 먹었다고 납득하기는 힘들지만 연못 안엔 더 이상 특별한 게 보이지 않았다.

'그저 다른 영물에게 서식지를 빼앗긴 것이겠지.'

살펴볼 만큼 살펴보고 내린 결론이었다.

꿀꺽!

악운은 불에 구워진 은어들을 양손으로 뜯으며 아직 살펴보지 못한 폭포로 눈길을 돌렸다.

의도치 않은 기연(?)을 얻느라 돌아보지 못한 최종 목적을 두드려 볼 참이었다.

깊은 수심의 연못을 가로질러 진입한 동혈(洞穴).

동굴 특유의 음습한 기운보다 따뜻한 햇살 같은 아늑함이 강했다.

올 때마다 느끼는 신비한 경험이다.

혹시 사부가 말했던 태양정(太陽晶) 때문인가?

문득 그런 생각이 스쳐 지나간 사이.

악운은 여전한 모습으로 자리 잡은 태양귀문 앞에 도착할 수 있었다.

스릭!

악운은 비석처럼 선 두터운 귀문을 정성스럽게 손으로 쓸어내렸다.

초대 태양성인이 세웠다는 이 문은 대를 이어 태양성인에게 전해져 왔다.

사부에서 사부로, 그리고 마침내 천휘성에게로.

그리고 그러는 동안 이 문은······.

−난공불락이었지.

−놀랍네요. 경천동지할 고수들이셨다면서요.

−별호를 얻으며 드러난 분들도 있고 남몰래 조용히 활약한 분들도 있고, 걸출한 분들이 많았지. 그래도 이 문은 못 열었어. 봐 봐.

그래서 천휘성의 삶을 살면서도 누구에게도 이 섬의 존재에 대해서는 굳이 언급하지 않았다.

아니, 못 했다.

태양진경의 유산만으로도 후인들은 버거워 보였으니까.

악운은 그 당시 사부가 보여 줬던 흔적들을 오랜만에 다시 따라갔다.

　－오대 태양성인이셨던 분의 주술의 여파가 문 동쪽 자리에 새겨져 있지. 그 옆에는 칠대 조사님의 검법이.
　－왼쪽 거미줄 옆에는요?
　－구대 조사님의 창법일걸. 연단술이 뛰어나셨었다지, 아마? 직접 제작한 영단(靈丹)을 먹고 창법을 펼쳤는데도 문을 못 뚫으셨대.

사부에 의하면 태양진경은 애초부터 병기를 다루는 무공이 아니었다고 했다.

이 문을 열기 위해 태양진경을 공부한 조사들의 경험과 기록이 후대에 전해져 다양한 형태로 발전된 것뿐이다.

'나는 더 나아갔지.'

아니, 집착이라고 표현해야 할까?

혈마에게 계속되는 패배를 겪으면서 악운은 함께 싸운 형제들과 선배, 그리고 많은 명문 정파의 노사들에게 배움을 받았다.

하지만.

"모래성이었을 뿐."

악운은 오랜 세월의 흔적을 지니고 있는 태양귀문을 응시했다.

처음 이 문을 세웠던 태양성인도 어쩌면 후대가 그렇게 생각하길 바랐던 거 아닐까?

집착을 벗어나 더 나은 것을 찾기를 바라며.

"문도, 틀도 벗어난 깨달음이라⋯⋯."

혈마와 무공에 대한 집착의 끝에 이르러서야 비로소 자신의 삶을 돌아보기 시작한 천휘성.

그 회한이 악운의 눈에 서렸다.

악운은 마치 강한 인력에 이끌리듯이 문 앞에 다가갔다.

하지만 이제껏 이 문을 대한 다른 조사들과는 달랐다.

조사들은 그저 문을 무너트리는 데에만 사력을 다했다.

더 높은 경지와 고귀한 깨달음을 위해서.

그게 쓸모없다는 얘기는 아니다.

악운 역시 이전의 삶보다 더 높은 경지를 원했으니까.

하지만 때때로 더 넓고 많은 것들을 한눈에 담으려면.

'한 발짝 뒤로 물러나야 하는 것을.'

부딪쳐서 꺾는 것이 아니라 한 발 물러나 문을 그저 문으로 보는 것이다.

문득 사부가 했던 얘기가 떠오르는 건 왜인지.

–틀에 묶이지 말고 가능성만 생각해.

가능성이라…….

  -조양섬 주변의 해무는 태양정(太陽晶)을 지키고자 초대
태양성인께서 세운 결계라고 하더라.

  초대 태양성인은 결계를 통해 후대에게만 이 모든 것이 전
해지도록 힘을 썼다.
  태양신공을 통해.
  그럼 어쩌면 이 문은…….

  '꼭 열어야만 하나? 그 자체로 태양성인이 남긴 유산인 것
은 아닌가?'
  악운은 어느새 문 위에 손을 얹은 뒤 혼세양천공을 운용하
고 있었다.
  두근!
  심장이 빠르게 뛰기 시작하며 혼세양천공이 몸을 빠르게
휘돌아 문으로 향했다.
  쿠쿠쿵.
  몸에서 진동이 왔다.
  아니, 정확히 말하면 디디고 있는 동혈이 울리고 있는 거
였다.

-후인이여.

　자애로운 음성.
　악운은 흘러드는 기운에 모든 감각이 집중되어 있었기에
제대로 된 대답을 할 수 없었다.
　하지만 그런 것은 상관없다는 듯이 자애로운 목소리는 계
속 말을 이어 나갔다.

　　-이 음성을 접했다는 것은 인고의 수련을 통해 내 뜻을
　이해했다는 것이겠지.

　악운에게 닿은 태양귀문의 빛이 점점 강렬해져 갔다.
　그럴수록 악운은 온몸이 빨려들어 가는 것 같은 착각이 일
었다.

　　-태양이 만물의 시작을 연 이후, 천지는 그 형태도, 기
　질도, 존재 이유도 제각각 다른 것으로 이어졌다. 그럼 태
　양에서 난 것이니 그들은 같은 것인가, 아님 다른 것인가.
　　-'태양정(太陽晶)'은 그 길을 위해 내가 전하는 대답이다.

　희미해져 가는 의식 속에 그 말이 끝났을 때.
　빨려 들어갔던 기운이 다시 악운의 몸을 타고 거대한 해일

같이 접해졌다.

그 순간.

악운은 거대한 대양(大洋)을, 창천의 자유감을, 목초의 파릇함을, 사막의 광활함을 동시에 느꼈다.

몰아치는 바람이 열풍이 되어 활활 타오르는 지저의 용암으로 흐르는 것마저 내려다보였다.

문 안에는 만물이 있었다.

'대체, 이건……'

악운이 목소리에게 무슨 일이 벌어지고 있는 것이냐고 묻고 싶었던 그때.

　　-태양 아래 시작된 만물(萬物). 그 안의 존재들을 이해하는 것. 그것이야말로 태양의 정수, 태양정의 길이니.

　　-만물을 관통할 우주(宇宙)가 네 안에서…….

보고 있던 모든 기이한 광경들이 씻은 듯 사라지는 찰나.

　　-약동하리라.

온몸에 전율이 일었다.

츠츠츠!

동시에 기문에 자리 잡은 혼세양천공이 문안에서 흘러들

어 오는 어마어마한 양의 기운을 받아들이기 시작했다.

내공이 아니었다.

이건 혼세양천공을 창안한 천휘성과 같은 심의이니.

'초대 태양성인의 의지.'

그 순간 이미 궁극에 이르렀다고 생각했던 신체가 변화하기 시작했다.

콰드득!

혼세양천공이 자리 잡은 기문이 마치 나무의 뿌리가 자라나듯 그 너비가 늘어난 것이다.

─다가올 '우(宇)'의 영역을 향하라.

악운은 선지자가 아니었다.

그보다 먼저 이 길을 걸어간 선지자가 있었던 것이다.

결국 태양귀문은 만류의 길을 걸어갈 후대를 위한 초대 태양성인의 안배.

쏴아아.

문에서 피어오른 강렬한 빛이 동혈 바깥까지 퍼져 나갔다.

번쩍!

새벽녘의 고요함 속에서 악운이 눈을 떴다.

'경이로웠어.'

그 말밖에는 무엇으로도 표현할 길이 없다.

'태양정은 존재했던 거야.'

형태를 띠고 있는 게 아니었을 뿐이다.

이해한 자만이 열고 얻을 수 있는 '깨달음'이며 태양조사가 남긴 영기(靈氣)였던 셈.

놀랍게도 그 힘은 대맥을 한층 성장시킨 것뿐 아니라, 어렴풋이 느끼던 것을 알게 해 줬다.

'무공의 오행화를 통해 방을 이뤘다고 해서 끝난 게 아니었어.'

단순히 오행을 이루는 무공이 모였다고 해서 방(房)이 채워진 게 아니었던 것이다.

방은 또 다른 시작에 불과했다.

'이제야 알겠어.'

화(火)와 목(木)이 모여 더 강력한 기운을 일으킨 것도, 목(木)의 무공이 모여 안력을 강화시킨 것도, 그리고 그것들이 모여 오행의 방(房)을 이룬 '증폭'이란 것의 정체를!

그건.

'만물(萬物).'

만물 안에는 많은 것들이 살아간다.

나비는 꽃을 통해, 꽃은 씨앗을 통해, 씨앗은 대지를 통해, 대지는 태양을 통해 그렇게.

무공은 그 모든 것에서 착안한 것.

악운은 이제 닿지 못한 우(宇)의 경지로 나아가기 전에 무엇을 해야 할지 확실히 깨달았다.

'상생뿐 아니라 상극까지 이해해야 했던 거야. 그것이 오행의 확장이며 만물을 이해하는 시작점이 될 테니.'

그럼 만류의 무공을 이해하는 면이 더 깊고 다양해지리라.

방의 경계를 넘어서서 우주로의 경지를 향한 확장.

'일계(一界)로써.'

악운은 앞으로 나아갈 길이 조금 더 명료해진 것을 느끼며 자리를 털고 일어났다.

동혈 밖으로 나서는 악운의 앞으로 여명(黎明)이 떠오르고 있었다.

⌇

"역시 그랬나."

여명의 빛이 심연(深淵)에 드리워진 지금.

빙련어 사이로 물 위를 지나치는 한 마리의 붉고 화려한 비늘의 물고기가 보였다.

크기는 이 척(二尺)에 이르는 커다란 잉어.

'십년화리.'

이것들 중에는 때때로 만년까지 살아남는 영물이 되는 것이 있다.

하지만 십년화리는 그 자체만으로도 강력한 양기를 가진

잉어.

양강지공(陽剛之功)을 수련해야 하는 무림인에게는 최고의 보물이다.

포식자인 암린저파룡이 어째서 서식지를 옮겼는지 충분히 납득이 갔다.

'놈들은 십년화리가 동이 틀 때 활동하는 것을 알고 있었던 거야.'

암린저파룡은 십년화리와 빙련어를 같이 먹으며 음양을 조화롭게 유지하고 있었던 것이다.

악운은 폭포수 앞에 서서 조용히 웃음 지었다.

태양진경은 극한의 양기를 조화롭게 사용할 수 있는 최선의 길.

그런 면에서 지금 이 기연은……

'태의심로경의 다음 장으로 넘어가야겠어.'

태양신공, 양혼지무, 태신보, 태의심로경에 이은 새로운 태양진경의 무공을 익히기 좋은 천혜의 환경이었다.

❧

악운은 한동안 이곳에 머물기로 했다.

앞으로 수련을 할 여유가 있을지 없을지 한 치 앞도 모르는 지금.

태양정을 통해 강력해진 혼세양천공의 중재력을 토대로 새로운 무공을 익히기로 한 것이다.

　방(房)에서 계(界)로의 길을 깨닫게 된 악운에게 있어.

　이제까지 발목을 잡아 온 내공 가속도는 당분간 크게 걱정할 문제가 아니었다.

　여러 무공을 추가로 익혀도 괜찮을 정도였던 것이다.

　그 후 매일이 눈코 뜰 새 없이 지나갔다.

　빙련어와 십년화리를 번갈아 잡아먹으며 지닌 무학들을 익히고 되짚어 보았다.

　그러면서 본의가 겹치는 무학을 접어 뒀다.

　만류의 길은 만 가지 길을 이해한다는 뜻이지, 본의가 같은 길도 모두 가 보라는 뜻은 아니었으니까.

⟪⟫

　만월이 뜬 밤.

　키이익!

　지저에서 흘러나온 울림이 울려 퍼졌다.

　뱀의 위협보다 적의가 짙고 강렬하다.

　아니, 단순히 위협 정도가 아니라…….

　'살의가 담긴 고수의 기세(氣勢) 수준.'

　하지만 악운은 봉두난발이 된 머리칼 사이로 히죽 웃었다.

'네가 이곳의 왕이로구나.'

펑!

악운은 쥐고 있던 뱀의 목을 가르고는 걸음을 옮겼다.

이곳은 조양섬의 심곡(深谷).

악운은 여기까지 오면서 많은 영수를 보았다.

발톱에 극독을 품은 검은 쥐[黑鼠]와 만지는 즉시 독무를 뿌리는 두꺼비[蟾蜍].

그리고 무리를 지어 먼저 공격해 온 유달리 큰 흰여우[白狐] 떼까지.

모두 흔히 볼 수 없는 공격성 짙은 영수들이었다.

하지만 이미 천휘성의 삶을 살며 만나 본 적 있는 것들인지라 차분히 대응해 나갔다.

그렇게 마침내 섬의 마지막 행로.

'북쪽 늪지대의 끝.'

그곳에 도착해 팔 척에 달하는 청훼(靑虺) 떼를 만났다.

길이만 오 척에, 지닌 독은 일반 살모사의 수십 배에 달하는 영물.

잡아 감싸는 속도 또한 벼락같아서 웬만한 신법으로는 쉽게 뿌리치기도 힘들다.

그러나 이를 이겨 내면……

'오래 묵은 청훼가 나타나겠지.'

청훼들의 왕, 놈의 내단인 청후단(淸蝮丹)은 한때 천휘성의 삶을 살면서도 복용했던 것이다.

그 효험은 단순히 내공 증진에만 있는 게 아니다.

천독(千毒)의 독성보다 짙은 극독을 지녔다.

그걸 얻어 낼 수 있다면……

'독에 내성이 생길 뿐 아니라 일계(一界) 안에 새로 채운 무공들을 더욱 빠르게 진일보시킬 수 있다.'

모든 만물이 서로 영향을 주듯.

무공 또한 한 가지가 성하면 다른 것이 성하는 것이다.

악운이 쥔 창 주변으로 검은빛의 기운이 스멀스멀 새어 나오기 시작했다.

"자, 이제 집에 좀 가자."

거목을 감싸듯 똬리를 틀고 있던 거대 청훼가 악운의 목소리와 함께 쇄도했다.

캬아악!

❧

깊은 밤, 연태.

두 달 전에 소선을 팔아넘긴 양 선장은 친한 뱃사람과 함께 잔뜩 술에 취해 있었다.

"아, 내 말이 맞대도!"

"그럼 그 젊은 친구가 자네 말을 귓전으로 흘려버리고 기어코 그 해무로 진입했다는 게야?"

"그게 아니고서는 말이 안 되지. 양마도가 무슨 수백 리 거리에 있는 곳도 아니고, 진작 돌아왔어야지."

"쯧쯧, 패기가 앞섰나 보구면."

"얼굴에서 광이 나는 걸로 보아 귀한 집안에서 나온 공자 같았는데 말이야."

그때였다.

안타까워하던 양 선장의 뒤로 검은 그림자가 드리워졌다.

"다시 한번 말씀해 보시겠소?"

형형한 눈빛의 한 검객이 양 선장을 내려다보고 있었다.

᠃

"흐음!"

도평검객 백훈은 연태의 노을 지는 바다를 보며 눈을 가늘게 떴다.

동진검가를 위해 일하기 시작한 후부터 백훈은 악운의 행적을 쫓기 시작했다.

백훈은 문득 서늘하게 웃던 동진검가의 사자(獅子), 나백이 떠올랐다.

―살려 달라고?

-그렇소.

-글쎄. 송검문에서는 네놈을 찾자마자 단칼에 죽여 달라 하던데?

-동진검가에 종속된 송검문 문주의 뜻을 그대로 따라 줄 필요가 어디 있소? 무시하시오. 어차피 문주는 화병으로 병상에 누웠고, 그 아들은 부친이 두려워 야반도주했다 들었소.

-그래서 본 가가 얻을 것은?

-나요. 절정 고수 하나 키우는 게 얼마나 어려운지 잘 알지 않소?

-호오.

'마두보다 악독한 것 같으니라고.'

결국 제안을 받아들인 나백이 행한 건 바로 독 중에 악독하기로는 둘째가라면 서럽다는 '고독(蠱毒)'을 삼키게 하는 것이었다.

충심을 증명하라면서!

그래서 삼킨 고는 다름 아닌 '현명고(懸命蠱)'.

평소에는 잠잠하나 폐후향(閉朽香)이란 것에 노출되면 삼킨 사람의 단전을 갉아먹기 시작한다.

그뿐인가?

한 달에 한 번 후접독, 혹은 그에 상응하는 독을 삼키지 않으면 단전을 갉아먹는다.

물론 해약이 없진 않다.

하지만 해약을 구입하려면 금원보 두 개는 족히 필요하다.

금자로 백 냥은 있어야 살 수 있는 귀한 극독을 구해야 이 독제독의 효과를 통해 현명고를 제압할 수 있는 것이다.

후접독도 그에 못지않게 비싼 건 마찬가지.

나백에게 재산까지 탈탈 털린 마당에 그럴 돈이 어디 있겠나.

'이게 다…….'

그 망할 놈의 산동악가 소가주 때문이다.

재산을 털린 것도, 의뢰가 망한 것도, 동진검가에 덜미가 잡혀 인생 밑바닥으로 추락한 것도 전부 다!

그래서 나백의 지시를 어느 정도 순응하며 받아들였다.

　-산동악가 소가주를 추적해서 그 행적을 조사해라. 죽일 수 있다면 죽여도 좋다. 그럼 한배를 탄 걸 인정하고 고독을 정리해 주지.

물론 정면으로 승부하여 놈을 죽이기는 불가능하겠지만 놈이 방심할 때를 기다린다면 아예 불가능한 것도 아니었다.

동진검가로부터 받은 극독도 있었으니까.

그런데.

놈은 이 바다를 떠난 지 두 달째 아무 소식도 없다고 한다.

행색이나 특징이 분명 놈이 틀림없거늘!

"왜 없어. 왜!"

백훈은 분통을 터트렸다.

이대로 포기하긴 아까웠다.

'이 인근 숲이라도 좀 더 뒤져 봐야겠어.'

백훈은 내일 날이 밝아지길 기다리면서 노을 지는 해안가
에서 돌아섰다.

저 멀리 소선 한 척이 다가오는 것을 보지 못한 채.

<hr />

'드디어 돌아왔군. 두 달이나 됐을 줄은 몰랐는데…….'

무사히 연태에 도착한 악운은 객잔 주인에게 빌린 작은 동
경을 통해 오랜만에 직접 얼굴을 볼 수 있었다.

씻으면서 수염과 머리털을 정리한지라 얼굴은 충분히 말
끔했다.

갈아입을 옷도 객잔 주인에게 웃돈을 주고 부탁한 덕분에
전에 엉망이 된 옷을 벗을 수 있었다.

이제 무사히 운공도 마쳤으니.

'새벽에 떠나는 일만 남았어. 그 전에…….'

악운은 자리에서 일어났다.

오랜만에 객잔의 음식을 맛보며 가문에 돌아가 해야 할 일을 되새겨볼 작정이었다.

철컥!

그렇게 악운이 떠난 방 안에는 섬에서 직접 제작하고 실어 온 나무 상자만 덩그러니 남았다.

❦

꿀꺽, 꿀꺽, 꿀꺽!

"크아!"

팔뚝만 한 술독을 통째로 집어 든 백훈은 눈이 풀린 채, 또한 번 술을 들이켰다.

산은 뒤질 만큼 뒤져 봤다.

놈의 흔적 따윈 보이지도 않았다.

놈은 정말 죽은 걸까?

"어이, 더 가져와! 더!"

늘 누군가의 뒤통수를 두드려 봤지, 이렇게 여러 번 뒤통수를 맞은 적은 처음이다.

그 짜증과 분노가 좀처럼 가라앉지를 않는다.

그래서일까?

이미 이성을 잃을 만큼 술이 취해 버렸다.

누가 다가와 칼로 찔러도 모를 만큼.

알 게 뭔가.

평생 고독을 담고 동진검가의 노예처럼 살 텐데.

"여기 있습니다요."

객잔 주인이 눈치를 보며 슬며시 술독을 내려놓으려 하던
그때.

또 다른 손이 그 술독을 대신 받으면서 말했다.

"주인장, 이 친구, 셈은 치렀소?"

"아, 아직……."

"내가 대신 치르겠소."

그 말을 들은 백훈이 씨익 웃었다.

"내 술을 산다고? 왜?"

잔뜩 취한 백훈의 눈에 주인장에게 계산을 하느라 등지고
있는 사내가 흐릿하게 보였다.

하지만 궁금하지 않았다.

궁금할 필요도 없었고.

"큭큭! 그래, 내주면 고맙지."

이미 거나하게 취한 백훈에게 뵈는 게 있을 리가 없었다.

백훈은 사내가 새로 산 술독에 다시 코를 박고는 술을 벌
컥벌컥 들이켜기 시작했다.

의식마저 가물거리면서 술이 백훈을 잡아먹었을 무렵.

끔뻑이는 백훈의 앞에 술을 사 준 사내가 앉았다.

"연태까지는 무슨 일이오?"

백훈은 관심도 없는지 천장만 보며 술을 마셨다.

"알아 뭐 하게? 딸꾹!"

"한잔 더 사지."

그제야 백훈이 눈을 번쩍 떴다.

"좋아! 그럼 말해 주지!"

"주인장, 이자에게 원하는 만큼 갖다주시오."

백훈이 신이 나서 소리쳤다.

"산동악가 소가주를 죽이러 왔다!"

"왜?"

"동진검가가 시켜서 그랬다, 왜! 딸꾹!"

"흐음, 송검문과의 일로 동진검가에 잡힌 모양이군. 맞소?"

"호오, 눈치가 아주 빨라, 눈치가."

이미 술에 취해 이성을 잃은 백훈은 사내가 어떻게 이 모든 사실을 알고 있는지 파악할 생각도 못 하고 히죽거리기만 했다.

"칭찬 고맙소. 동진검가가 그대에게 뭘 주고 산동악가 소가주를 죽이라고 시키더이까?"

"시키긴 뭘 시켜! 젠장! 중독됐으니까 어쩔 수 없이 왔지!"

"고독이겠군. 뻔하지."

"이 새끼, 눈치 한번 겁나게 빠르네. 딸꾹! 그럼 뭐 해! 실종됐다는데."

"실종?"

"이 근처 야산까지 싹 다 뒤졌는데 그 새끼 그림자도 안 보였어! 그 참담하고 막막한 심정을 네가 알긴 아냐? 딸꾹!"

한차례 고래고래 떠들어 댄 백훈은 다시 한번 술독을 집어 들려다 말고 툭 목이 꺾였다.

드르렁!

그러고는 코까지 골기 시작했다.

"가지가지 하네."

악운은 이제야 완전히 곯아떨어져 버린 백훈을 보며 헛웃음을 흘렸다.

이런 허술한 자객을 보았나?

"술이 다 깨고 나면 기억이나 하려나?"

당혹스러움에 이불이나 안 차면 다행일 것이다.

악운은 인연인지 악연인지, 아직은 확신하지 못할 만남에 꽤나 기분이 묘했다.

"자, 자러 갑시다, 자객 양반."

악운이 술에 취한 백훈을 가볍게 들쳐 업고 그의 방으로 향했다.

백훈을 보낸 동진검가도 전혀 예상 못 했을 황당한 조우였다.

시작된 겨울

백훈은 악몽을 꿨다.

술에 취해 고주망태가 된 자신의 앞에서 소가주가 비웃고 있는 그런 악몽!

"어헉!"

식은땀을 흘리며 침상에서 벌떡 일어난 백훈.

햇볕이 드는 창밖을 보니 이미 날이 환하게 밝은 대낮이었다.

"대체……?"

백훈은 타는 듯한 갈증을 느끼며 심호흡을 했다.

방에 언제 왔는지, 술은 언제 취했는지 기억나는 게 아무것도 없었다.

그제야 눈에 들어오기 시작한 방 안 풍경.

백훈의 눈가가 파르르 떨렸다.

'객잔 방의 셈을 따로 치르지 않았건만. 누가 나를 이 방에 데려다 놓은 게지?'

의문이 생기며 반사적으로 검을 찾으려던 그때.

벌컥.

정면에 보이는 문이 열렸다.

동시에 눈앞에 서 있는 자는…….

"하!"

놀랍게도 그토록 찾던 산동악가 소가주였다.

백훈은 본능적으로 권장술을 펼치려 했지만.

'안 돼.'

이성이 발목을 잡았다.

애초에 여기 온 건 놈을 정면으로 상대하기 위해서 아니다.

은밀히 추적하며 때를 기다릴 심산이었지.

'빌어먹을! 망해도 단단히 망했군.'

술에 취해 무슨 소리를 떠들었는지도 기억이 안 나는 판국.

어쩌면 동진검가와의 모든 이야기를 주저리주저리 떠들었을지도 모를 일이다.

"안 덤비나? 기다리고 있는데."

악운의 말에 백훈이 이를 갈았다.

"칼이나 주고 말하지?"

"아."

악운이 탁자 옆에 있던 검을 검집째로 던진 후 허리에 차고 있던 비수 한 자루까지 꺼내 돌려줬다.

모두 백훈의 것이었다.

탁!

백훈은 순순히 검과 비수를 받아 든 후 머리를 쥐어뜯었다.

기억도 뒤죽박죽인 판국에 악운이 어디까지 아는지도 가늠하기가 힘들다.

놈을 떠보려던 찰나.

"동진검가부터 고독까지, 최근 겪은 일들은 잘 들었어."

"썩을……!"

백훈은 더욱 세게 머리를 쥐어뜯었다.

술이 원수였다.

모든 얘기를 다 꺼냈나 보다.

"네놈 때문이야."

"엄밀히 따지면 송검문 문주의 아들 탓이지."

악운이 의자를 가져와 침상에 앉은 백훈과 마주 앉았다.

조금도 걱정거리 없다는 듯 여유 있는 표정.

백훈은 눈살을 찌푸렸다.

'놈의 손에는 창이 없다. 내겐 칼이 들려 있고.'

제아무리 놈이 강하다고는 하나 지금 거리에서 창도 없는 놈에게는 가능할지도…….

하지만.

'놈이 모를 리 없다. 설마…….'

지금 거리에서 언제 습격을 받아도 괜찮을 만큼 무공이 상승하기라도 한 건가?

몇 달도 채 되지 않는 동안?

'그럴 리가!'

속으로 부정해 봤지만 백훈은 단숨에 검을 뽑을 수가 없었다.

알 수 없는 놈의 여유가 속을 답답하게 만든다.

"왜 날 살려 둔 거냐. 난 동진검가의 정식 가솔이 아닌 터라 날 죽여도 동진검가가 네놈 탓을 할 수는 없을 텐데?"

"바로 그거야."

"뭐?"

"동진검가도 언제든 버릴 수 있는 패를 내가 뭐 하러 죽이겠어?"

"네놈에게는 충분한 위협일 텐데?"

"애석하게도 아니야."

섬을 다녀오기 전이라면 몰라도 지금 악운의 수준은 감히 백훈이 넘볼 수 있는 무위가 아니었다.

그걸 모르는 백훈이 이죽댔다.

"하! 기연이라도 얻은 줄 알겠군!"

"기연은 네가 얻었지."

"그게 무슨……?"

"내게 네놈 안의 고독을 제거할 수 있는 독이 있다면 어쩌겠어?"

백훈이 눈을 동그랗게 떴다.

"뭐?"

"말 그대로야. 내가 네 고독을 처리해 줄 수 있다고."

엄청난 제안.

하지만 백훈은 크게 동요하지 않았다.

이런 종류의 일은 늘 비슷하게 흘러간다.

큰 제안 뒤엔 또 다른 족쇄가 있을 뿐.

"네놈이나 동진검가나…… 그놈이 그놈이지. 그래도 네놈이 내게 뭘 얻고 싶어서 개소리를 떠드는 건지 들어나 볼까?"

"원하는 건……."

악운이 팔짱을 끼면서 말을 이었다.

"없다."

"응?"

백훈은 진심으로 당황했다.

예상대로라면 동진검가 내부의 이중 첩자 노릇이라도 한다든가.

아니면 그에 상응하는 물건이라도 훔쳐 오라고 할 줄 알았는데…….

'이건 또 무슨 종류의 개소리지?'

악운은 할 말을 잃은 백훈을 보면서 피식 웃었다.

"진짜 없어, 원하는 거."

"듣자 하니 해무 속으로 들어갔다던데……."

"그런데?"

"그곳에서 미치기라도 한 건가?"

"너무 멀쩡해. 그러니까 받아."

악운이 주머니에 담긴 독단을 건넸다.

어린 청훼의 독단이었다.

워낙 극독인지라 큰 고통을 수반하긴 하겠지만 백훈이 삼킨 고독 정도는 제거하고도 남는다.

백훈이 자리에서 벌떡 일어났다.

이놈이 진심인지 아닌지도 모르겠고, 도통 의중도 모르겠고, 농간을 당하는 기분이기도 하고…….

아무튼 복잡했다.

"그러니까 왜 주냐고! 대체, 왜!"

이쯤 되자 오히려 악운의 어안이 벙벙해졌다.

"왜 도와주는데도 난리야?"

"말이 되냐? 난 너를 두 번이나 죽이려고 들었어. 두 번이나!"

"그래, 그랬지. 그래서 의도치는 않았지만 네가 동진검가에 잡혀서 인생이 꼬였지. 아, 물론 의도치 않게 네가 날 도운 것도 포함해서 셈을 치른 거야."

"보통 사람이면 계산을 그따위로 안 해. 죽이려고 들면 똑같이 죽이려 들지."

"내 목적은 본 가를 부흥시키는 거지, 네 삶을 짓밟는 게 아니야. 필요하다면……."

악운의 눈빛이 잠시 차갑게 식었다.

"그랬겠지만."

찰나간이었지만 악운과 마주하고 있던 백훈은 온몸의 솜털이 곤두서는 기분이었다.

아주 잠깐이라 확연히 알 수는 없지만…….

'전보다 위협적이다. 심지어 완벽히 갈무리하고 있어.'

가늠하기 힘든 심연을 마주한 기분이었다.

꿀꺽.

한차례 마른침을 삼킨 백훈이 다시 자리에 앉았다.

"정말 원하는 게 없다고?"

"그래. 심지어 동진검가가 날 죽이러 널 보낸 걸 증명하라고 시킬 생각도 없어."

"동진검가가 강해서?"

"아니."

"그럼?"

"겨우 그따위 진실 하나로 동진검가가 무너지리라고는 생각 하지 않으니까. 더 많은 게 필요해."

"누가 들으면 동진검가와 싸울 준비라도 하는 사람인 줄 알겠군."

"네 경우와 비슷해. 필요하면 기꺼이 한다."

듣기에 따라 광오하다고 말할 수 있는 일.

하지만 백훈은 가능할지도 모른다는 생각이 순간적으로 들었다.

알 수 없는 일이었다.

그런 복잡한 감정의 여운 속에 악운이 일어났다.

"복용하고, 자유롭게 살아. 쓸데없는 분란에 휘말릴 의뢰는 그만 받고."

백훈은 대답 대신 돌아서는 악운의 뒷모습을 빤히 응시했다.

뭘까, 빚도 아닌데 강하게 빚을 진 것 같은 이 찝찝한 기분은.

백훈은 괜히 짜증 나는 기분이 들어서 악운이 군이 묻지도 않은 걸 주저리주저리 떠들었다.

"동평 삼파 회합은 별 탈 없이 끝났다더라. 동평에서 동쪽 부지는 이제 황보세가와 동진검가가 반씩 떼어 갔어. 산동악가는 상단을 창설했고. 궁금할까 봐."

악운이 문을 열면서 대답했다.

"안 물어봤어."

동시에 지체 없이 닫히는 문.

쿵!

백훈은 악운의 차가운 반응에 괜히 짜증이 일었다.

"……단호한 새끼."

계속 진 것 같은 기분만 드는 백훈이었다.

꽃

백훈의 방을 빠져나온 악운은 자신의 방에 들렀다가 객잔 밖으로 나왔다.

워낙 상자가 커서 그런지 봇짐이 악운의 정수리 위로 이 척은 솟아 있는 것 같았다.

하지만 악운은 전혀 무거워하는 기색 없이 걸음을 옮겼다.

저벅저벅.

연태에 도착해 섬에서 지낸 지 대략 두 달여.

가문을 떠난 시간까지 계산하면 꽤 오랜 시간 밖을 떠돈 셈이다.

물론 그만큼 가치가 있었다.

백훈과의 조우는 예상치 못한 일이었지만 나쁘지 않게 잘 마무리 지은 것 같았다.

더구나.

'잘 끝났다 이거지.'

아버지와 가솔들을 믿는 것과는 별개로 두 세력과 함께 모여 하는 거래를 완수하는 건 분명 쉽지 않은 일이었으리라 생각했다.

그럼에도 아버지와 가솔들은 믿었던 만큼 두 세력과의 거래를 큰 잡음 없이 잘 마친 모양이다.

예상 못 한 상단까지 세웠다라…….

가문이 얼마나 달라져 있을지 기대가 되었다.

'가 볼까.'

악운은 기쁜 마음으로 단숨에 땅을 박찼다.

펑!

순식간에 몇 장을 격하며 뻗어 나가는 악운의 신형.

뒤늦게 쫓아 나온 백훈이 점이 되어 사라지는 악운을 보며 혀를 내둘렀다.

"뭐, 뭐가 저렇게 빨라?"

예상이 맞았다.

달리는 속도만 봐도 전보다 강해진 게 느껴졌다.

'매번 볼 때마다 성장한다고?'

알면 알수록 괴물 같은 놈이었다.

얼마 후 위맹각(威猛閣)의 집무실로 위맹각의 부각주가 들어섰다.

평소와 다를 바 없는 외부 사안에 대한 보고였다.

하지만 뜻밖의 소식이 있었다.

"소가주가 동평에 들어섰다고 합니다. 무사히 돌아온 모양입니다."

나백의 눈썹이 역팔자로 치솟았다.

"놈이 실패했나 보군."

"그런 것 같습니다. 그런데……."

"놈이 돌아오지 않은 게냐?"

"예. 자결 혹은 소가주에게 제거당한 것으로 추정하고 있습니다. 만약 후자라면 곤란해질 수도 있는 일입니다."

"하긴 눈앞의 칼을 두려워하는 놈이니 죽기 전에 모든 걸 털어놨겠지. 내 사주를 받았다고."

"어찌할까요?"

"크게 걱정할 거 없다. 애초에 소가주 놈이 송검문의 일을 직접 처리하지 않고 우리에게 넘긴 건 동정 같은 측은지심이라고는 생각하지 않는다."

"하면……."

"백우상단의 배후에 있는 우리의 위세가 두려웠던 것이겠지. 게다가 최근에 동평 동쪽 부지의 절반을 내놓은 것만 봐도 홀로서기 쉽지 않다는 걸 증명하는 것 아니겠느냐? 진실을 알아도 놈은 아무것도 할 수 없다."

강한 힘은 진실마저 눌러 버릴 수 있다.

과거의 일들이 그랬듯이…….

나백은 부각주의 우려에 고개를 내저은 후 다음 사안을 접했다.

"어디 한번 안아 보자."

악정호는 귀환 인사를 하러 온 악운을 꽉 끌어안았다.

얼마 만에 보는 아들인지…….

악정호는 울컥하는 마음을 애써 다스리며 악운과 떨어졌다.

"욘석아, 대체 뭐 하다 이제 돌아온 게야?"

"길을 좀 헤맸습니다."

"그걸 말이라고! 나는 네게 무슨 일이라도 생긴 줄 알았다."

"수색대라도 보내려고 하셨습니까?"

"안 그랬을까 봐?"

"부각주가 말렸겠지요?"

"그래. 시간이 걸리면 그만한 이유가 있을 거라고, 네가 무사하지 않으면 목을 내놓을 테니 믿어 달라고 강경하게 굴더구나. 대체 왜 그런 게야?"

"자유롭게 돌아다니고 싶으니 아버님 좀 설득해 달라 했습니다."

"쯧쯧, 이 사고뭉치를 어찌할꼬? 동진검가의 일도 있었거늘, 두렵지도 않더냐!"

"용서하세요. 첫 무림 출도를 충분히 즐겨 보고 싶었습니다. 그들도 이쯤 되면 저를 괴롭히는 것을 멈추리라 보았고요."

악정호는 결국 깊게 한숨을 쉬었다.

윤석을 누가 말릴까.

"그래, 알았다. 동생들은 봤고?"

"아뇨, 아버님부터 먼저 뵈러 왔습니다."

빤히 악운을 응시하던 악정호가 무겁게 말문을 열었다.

"아비가 못나서 미안하다."

"갑자기 무슨 말씀이세요?"

악정호의 눈빛이 스산해졌다.

"동진검가가 너를 노리는 걸 알면서도 아무것도 할 수 없었지 않으냐?"

전서구를 통해 이 소식을 접했을 때 얼마나 화가 났는지 모른다.

총관에게는 애써 견디겠다고 말을 하기는 했지만 마음속에서는 당장 문파대전이라도 일으키고 싶은 살의가 일었다.

"아버지."

"그래……."

"잘 참으셨어요."

"욘석아, 아비가 네 칭찬이나 받으려고 참은 줄 알아?"

"책임."

악운이 내뱉은 짧은 한 단어에 악정호의 눈빛이 흔들렸다.

"그것 때문이었겠지요? 아버지의 어깨에는 더 이상 우리 가족만 있는 게 아니니까요."

악정호는 잠시 입을 닫았다.

악운의 말은 틀리지 않았다.

언젠가부터 악정호의 고심은 깊어지고 있었다.

가솔들에 대한 책임, 혈육에 대한 걱정.

그 모든 걸 만족시키는 정답이 매번 나오진 않았으니까.

"그래, 그래서 때때로 두렵더구나."

악운은 천휘성의 삶을 살았기에 악정호의 마음을 충분히 이해했다.

'정답' 같은 건 없다.

"처음엔 우리 가족을 지키고 가문을 일으키는 것뿐이었는데, 이젠……."

"많은 이들의 신념이 함께하고 있죠. 책임져야 할 것들이 늘어났고요."

"꼭 경험해 본 것처럼 말하는구나."

"모르긴 몰라도 아버지가 견디기 힘드실 거라는 건 잘 알아요. 더 힘들어지실 수도 있겠죠. 하지만 아버지."

한 번 모든 게 무너졌다가 다시 쌓았기에 이젠 안다.

가주는 가장 큰 책임의 무게를 지는 자리이나…….

"아버지만 저희를, 가문을 지탱해야 하는 건 아니에요. 저와 가솔들에게도 여길 지킬 책임과 의무가 있어요."

그 무게는 혼자 짊어지는 게 아니라는 거.

그러니.

"틀리고 실패하셔도 괜찮아요."

모든 삶에는 저마다의 각오가 있는 거다.

악운은 이런 마음을 아버지가 온전히 이해해 주길 바랐다.

그 진심이 닿은 것일까?

악정호는 장성한 악운의 머리를 쓰다듬으며 많은 생각들이 정리되는 기분을 느꼈다.

'언제 이렇게 컸는지…….'

그는 든든한 아들의 조언에 새삼 격세지감을 느끼면서 미소 지었다.

"오냐. 내 늘 유념하마. 자, 이제 아비 푸념은 이걸로 됐으니…….'"

악운을 기특하게 바라보던 악정호의 눈빛에 이내 흥미로움이 반짝였다.

"이제 네가 들고 왔다던 봇짐 안에 뭐가 들었는지나 들어볼까? 모두들 궁금해하더구나."

악운의 입가에 짙은 미소가 감돌았다.

그동안 계획해 왔던 '연단술'의 장이 열리는 순간이었다.

악운은 아버지를 뵌 후 '보정각(寶正閣)'이라는 현판이 걸린
장원을 찾았다.

보정각.

아버지가 직접 지은 건물명.

한때 이곳은 휘경문에서 귀한 손님이나 큰 행사를 열기 위
해 세운 가문 내에 갖춰진 장원이었다.

손님이 머물 객방(客房)부터 행사를 열 수 있는 넓은 부지
와 연못, 정자가 있는 장소.

'잘하신 일이야.'

악운은 가문 내에 가장 넓은 부지를 차지하고 있는 곳을
가문의 양성 기관으로 쓰겠다고 결정한 아버지의 뜻이 충분
히 이해가 됐다.

아버지는 가문을 이루는 가솔이 가장 중요하다고 여기고
계신 것이다.

그렇게 내심 만족스러워한 후 장원 안으로 발을 들일 때였
다.

"이리 바로 오실 줄 알고 있었소."

들려온 목소리에 악운이 고개를 돌렸다.

무척 오랜만에 보는 언 대주였다.

"언 대주님."

"이게 얼마 만이오."

언 대주는 악운을 기쁘게 맞이했다.

"평안하셨습니까?"

"마냥 순탄치는 않았지만 그래도 잘 넘긴 듯하오."

악운은 조용히 고개를 끄덕였다.

황보세가행과 곧장 이어진 동평 삼파 회합의 호위까지.

공식적으로 산동악가의 유일한 타격대를 지휘하는 언 대주로서는 정말 바빴던 나날이었을 것이다.

"아버님께 들어 보니 황보세가에서는 의외로 순순히 나왔다던데요."

"불필요한 갈등을 원하는 건 같아 보이지는 않았소. 마침 소가주의 제남행이 신경 쓰이는 것 같기도 했고."

"혼담이 성사되지 않았다는 소식 후에는 더욱 호의적이었다면서요?"

"무척 좋아하더이다. 동진검가 또한 황보세가와 우리가 가까워지는 게 신경 쓰였는지 회합 일정은 무난하게 진행됐소."

언 대주의 말대로 산동악가는 이번 회합에서 진행된 거래를 통해 원하던 것들을 정확히 얻어 냈다.

먼저 소유하고 있던 부지를 높은 가격에 팔아 기반 자금을 세 배는 넘게 받았으며, 두 문파의 경쟁심(?) 덕분에 특별한 선물까지 취했다.

　동진검가는 태안에 있는 중소 규모 포목점 한 곳을 인계했고 황보세가는 여러 마방 중 하나인 장구의 마방을 넘겨주었단다.

　"두 곳 모두 언젠가 우리를 삼킬 것이라 생각하는 모양새였소."

　"예, 아마 금방 회수할 자금이라 생각할 테지요."

　두 세력 모두 악가에 들렀을 테니.

　가솔이 적다는 것에 내심 비웃었을 것이다.

　하지만.

　'이제는 달라.'

　이미 자신이 도착하기 전부터 산동악가에 큰 변화가 일기 시작했다.

　이를테면.

　"소가주를 뵙습니다."

　장원을 순찰하던 두 명의 가솔이 예의를 갖춰 인사했다.

　병장기를 쥐고 순찰하는 가솔들이라니.

　가솔이 부족한 예전 같으면 있을 수 없는 일이었다.

　악운은 그들과 마주 인사한 뒤에 언 대주를 쳐다봤다.

　뿌듯한 언 대주의 표정.

　"최근 두 개 대대가 생겼다오."

　"예, 아버님께 들었습니다. 대대 훈련도 바쁘실 텐데 보정각의 무공 교두까지 겸하신다고요."

"별거 아니오. 지금껏 쌓은 경험을 토대로 내 방식대로 해석한 가문의 무리를 가르쳐 줄 뿐이지. 중요한 가르침이나 부족한 점은 가주님께서 직접 가르치고 계시니 나는 크게 하는 것이 없소."

정련된 무인의 경험은 무척 귀하다.

언 대주의 경험을 통해 전수될 기초 외공이 기반으로 닦이면, 악가의 창법을 배울 가솔들은 훨씬 더 강맹한 위력의 창법을 구사할 수 있게 될 거다.

악운은 문득 이곳에 오기 전 악정호와 나눴던 이야기가 스쳤다.

―장 노야의 죽음에 크게 화가 난 과거 하오문 출신 사람들이 우가를 은밀히 찾아왔다. 그들을 통해 새로 영입한 가솔들 중 황보세가나 동진검가의 첩자를 확실하게 판별할 수 있었지.

―그럼, 그들은 어찌하셨습니까?

―황보세가나 동진검가를 굳이 자극할 필요가 없다고 생각해서 우선은 파악만 해 두고 놔두었다. 후일 솎아 내도 늦지 않아. 의심을 사지 않기 위해 전부 다 무공을 익히지 않은 범부들이었으니 암습을 걱정할 필요도 없었다.

―그렇군요…….

-그 덕분에 보현각의 인력이 크게 늘었고, 이들 중 무공을 갖춘 이들은 두 개 대대로 나눠 언 대주에게 일임하였다. 참, 보정각의 수장은 네가 초빙한 성 의원이 맡아 주기로 했다. 보정각은 양성 기관뿐 아니라, 의방(醫房)과 연단실의 역할을 함께하게 될 게다.

-여러모로 잘된 일입니다.

-그래. 한편으론 뿌듯하기도 했다. 모두들 더는 이용당하지 않고 머물 따뜻한 터전을 찾고자 이곳을 찾은 것이니까.

그것이 방금 전 조우한, 가문을 지키게 될 삼대무군 중 하나.

'악가상천대(岳家常踐隊).'

구색만 갖췄지만 벌써 두 번째 내원 대대가 완성된 것이다.

"아직 악가상천대의 대주는 정해지지 않았다고 들었습니다."

"그렇소. 하지만 머지않아 적임자가 나타나리라 믿고 있소."

직접적으로 내뱉지 않았지만 언 대주도 아버지를 통해 미리 언질을 받은 게 분명했다.

'등랑회의 회주, 유 소저.'

머지않아 절명검마의 사문이 밝혀진다면 등랑회는 산동악가에 합류하며 당당하게 양지로 나설 수 있을 것이다.

곤륜의 실전 무학을 이어받은 이로서.

그리고 새로운 산동악가의 가솔로서 그렇게.

'기다려지는구나.'

악운은 다가올 미래를 고대하며 빙긋, 미소 지었다.

"이제 들어가시지요. 임시 교두로 오신 것 아닙니까?"

"맞소. 소가주도 아이들을 보러 오신 것 아니오?"

"예, 아이들도 보고……."

악운은 이곳에 머물기 시작한 한 사람을 떠올렸다.

보정각의 각주, 성 의원.

그와 할 얘기가 많았다.

"가시죠."

악운이 언 대주와 함께 보정각 안으로 들어섰다.

❦

장원 안에 새로 생긴 넓은 연무장.

그곳에는 수십 명에 달하는 사람들이 있었다.

그들은 나이, 성별, 그 어떤 구분도 없이 가칙에 따라 총 사단(四段)으로 나뉜다.

최초 사단에 속한 가솔들은 기초 토납법을 시작으로 글공부와 가문의 예절, 가칙 등을 배우게 된다.

동시에 악련정호식과 악가진경 기초 보법, 권각술 등을 같이 익힌다.

그 후 교두들의 결정 아래, 다음 단계인 삼단으로 향할 수 있다.

상승 무공을 익힐 자격이 생기는 삼단(三段)부터는 보현각과 보정각 그리고 타격대 대주의 합의된 판단에 따라 입단 여부가 결정된다.

가문의 중추 역할을 하려면.

인내하며 이 과정의 상위 안에 들어야 한다.

그건 가문의 공녀와 공자인 의지와 제후에게도 해당되는 일이었다.

'많이 컸구나.'

악운은 대열 가장 앞에 있는 의지와 예랑을 보았다.

두 아이는 그간 게으르지 않게 수련하여 삼단 가솔에 속해 있었다.

제후는 아직 사단에 속한 가솔들과 함께 수련을 한다고 들었다.

'얼마나 성장했으려나?'

악운의 기대감 속에 언 대주가 정돈된 대열 한가운데 섰다.

"오후 수련에 앞서 소가주께서 일일 교두를 자처하셨다. 수련은 일대일 대련으로 이뤄질 것이며 호명된 순서대로 나와 소가주께 사력을 다해 선공을 펼치면 된다. 알았느냐."

대열을 맞춰 서 있는 가솔들이 설레고 긴장되는 표정으로 일제히 소리쳤다.

"예!"

잔뜩 기합이 들어가 있는 목소리.

언 대주는 그제야 옆으로 비켜서며 악운을 초빙했다.

반짝이는 시선들 속에 걸음을 옮긴 악운.

악운은 언 대주에게 미리 전달받은 명부를 기억하며 입을
열었다.

"반갑소. 나를 본 적 있는 이도 있을 것이고, 그렇지 않은
이도 있을 것으로 아오. 앞으로 시간이 많으니 친분은 차차
쌓도록 합시다. 그러니⋯⋯."

악운이 뒷짐을 진 채 걸음을 옮겼다.

"호명하는 순서대로 나와 각자의 전력을 쏟도록 하시오."

이어서 언 대주가 지체 없이 이름을 호명했다.

"공녀는 앞으로 오시오."

"예!"

몇 달 만에 보는 의지가 홍조로 붉어진 얼굴을 보이며 걸
어 나왔다.

의지는 신체 전반적인 골격이 전보다 훨씬 발달되어 있
었다.

"오라버니, 언제 오신 거예요?"

"얼마 안 됐어. 막 아버지를 뵙고 오는 길이야."

의지의 눈에 눈물이 글썽였다.

예상 못 한 악운의 등장이 무척 기뻤던 것이다.

'녀석……'

악운은 미소 지은 후 옆에 놓인 병장기들을 보았다.

"아무리 기뻐도 수련은 계속해야지?"

"네, 그럴게요."

의지는 기쁜 나머지 흘린 눈물을 씩씩하게 닦은 후 창을 집어 들었다.

그 찰나의 순간.

악운의 눈에 이채가 흘렀다.

창을 파지(把持)하고 기수식을 취하는 것만 봐도…….

'많이 늘었어.'

악운은 심호흡과 함께 기수식을 취하는 의지를 응시했다.

"시작해도 될까요?"

"얼마든지."

기다렸다는 듯 이를 악다문 의지가 땅을 박찼다.

타닥!

의지가 창을 강맹하게 내뻗었다.

균형 잡힌 일격.

악운은 제자리에 선 채 손바닥으로 창날을 밀어 쳤다.

가볍게 밀기만 했는데도 강하게 휘는 창.

"윽!"

의지가 애써 균형을 유지하며 발을 바꿨다.

    창을 억지로 회수하려 하지 않고 함께 선회(旋回)하며 후퇴하는 모습이었다.

    이뿐이 아니었다.

    '끝이 아니다?'

    의지는 회전하는 속도를 활용해 땅을 찼다.

    자연히 이어지는 방어를 근간으로 하는 두 번째 공격.

    '호오.'

    악운의 눈에 흥미가 인 그 순간.

    의지의 창이 두 배는 빠른 속도로 쇄도해 왔다.

    악운은 이번에도 제자리에 선 채 옆으로 몸을 젖혔다.

    쐐액!

    악운을 베지 못하고 맥없이 스쳐 나가는 창.

    악운은 일부러 간격을 좁히지 않았다.

    대신 손등으로 가볍게 창을 때렸다.

    차앙!

    다시 휘청이면서 옆으로 밀려나는 창날.

    의지가 몸에 밴 움직임을 보였다.

    똑같이 선회하며 연계 속도를 높인 것이다.

    이건 분명……

    '탄첩.'

    어느새 의지가 악련정호식의 극성에 달해야 이해할 수 있는 요체를 익힌 것이다.

일부러 간격을 좁히지 않은 시험은 이걸로 됐다.

이제는 가르침이다.

움직임 없던 악운이 처음으로 의지에게 걸음을 옮겼다.

퍼퍼퍼퍼펑!

의지가 대항할 수 있는 최소한의 권격을 펼쳐 준 악운.

타타타탁!

의지는 잔걸음을 치며 계속 밀려났다.

최악이다.

'어디로 뻗어야 할지 모르겠어!'

처음 창을 휘두를 때만 해도 아무 기수식도 없이 가만히 서 있는 오라버니에게는 허점이 많아 보였다.

하지만 지금은…….

'안 보여.'

초식이 쌓일수록 오라버니는 마치 태산과도 같았다.

그런데 이젠 전진까지 하며 공세를 펼쳐 오니 눈앞이 깜깜해졌다.

막아 내며 창을 놓치지 않는 게 최선일 뿐.

"너무 겁먹은 것 같구나."

사정없이 밀어붙이던 악운이 다시 걸음을 멈춰 세우며 의지와 간격을 뒀다.

타타탁.

의지는 겨우 창을 회수하며 거친 숨을 몰아쉬었다.

대답할 기운도 없다.

창을 쥔 손아귀에서는 피가 줄줄 새어 나오고 있었고, 손은 한계치에 임박해서 덜덜 떨렸다.

'어떻게 해야 하지?'

눈을 치켜뜬 의지에게 악운이 한 걸음 더욱 다가갔다.

"그게 네 최선이라면 포기해도 좋아."

그 한마디에 의지는 예랑, 그리고 다른 가솔들과 함께하던 수련들을 떠올렸다.

한순간이라도 최선을 다하지 않은 적은 없다.

언 대주님을 통해 배웠던 균형과 아버지에게 배운 일점(一點)에 힘을 집약시키는 가르침까지!

의지는 정말, 보여 주고 싶었다.

매 순간 오라버니를 쫓아왔다는 걸.

"다시……."

등을 돌리려던 악운이 다시 멈춰 서서 의지를 돌아봤다.

"다시?"

의지는 대답 대신 이를 꽉, 다물고 땅을 박찼다.

변화를 보일 여유도, 힘도 없었다.

노력해 온 것들을 그저 쏟아 내는 것이 최선.

찌르고, 또 선회하고, 다시 찌르고.

오라버니의 그림자에라도 닿을 때까지, 그렇게!

하지만.

펑! 펑! 펑!

악운은 너무 쉽게 의지의 공세를 쳐 내 버렸다.

일격, 이격, 삼격…… 계속되는 연격에도 점점 더 거리를 좁혀 가면서.

결국엔.

"그만."

창을 마저 휘두르기 직전.

악운이 창을 쥔 의지의 손등을 감싸 쥐어 버렸다.

그대로 쳐 냈다면 손이 찢겨 나가면서 창이 날아갔으리라.

"허억, 허억!"

이미 의지는 땀에 젖은 것도 모자라 눈빛이 흐릿해져 있었다.

조금 더 밀어붙였다면 혼절했을 만큼 사력을 다한 것이다.

"천천히 놔. 기운도 거두고."

악운은 흥분한 의지를 진정시키면서 의지의 창을 거두었다.

의지는 왈칵 눈물이 날 것 같았다.

잠도 자지 않고 노력했는데…….

겨우 이런 모습밖에 못 보여 준 것이다.

그 순간.

악운이 의지의 머리를 쓰다듬었다.

"말이 심했다면 미안해. 네가 사정 봐주지 않고 전력을 쏟길 기대해서 그랬던 거야. 마음에 담지 마."

의지의 눈빛이 크게 흔들렸다.

"그래도 겨우 이것밖에……."

"겨우라니, 솔직히 정말 놀랐어. 네가 벌써 탄첩을 활용할 줄은 몰랐거든. 가주님과 언 대주께서 너를 잘 가르쳐 주신 것 같더라."

"오라버니, 난 괜찮아요. 굳이 위로하지 않아도……."

"정말이야."

악운은 전력을 다한 의지의 모습을 떠올리며 덧붙였다.

"누구든 극한에 처하면 부족함이 드러나는 건 당연해. 그래서 수련을 하는 것이고. 그런 면에서 내가 널 몰아붙인 두 번째 이유는 이거야."

악운이 그녀가 창법을 펼치며 일으킨 발자국과 그 창법을 통해 파생시킨 자신의 발자국을 가리켰다.

"발자국."

"오라버니, 이건……."

"그래, 충돌 반탄력을 활용해 증속하는 것까지는 아주 좋았어. 균형감도 최고였고. 하지만 '탄첩'이 중첩될수록 창은 빨라지고 그걸 쥔 너 역시 피로감이 쌓여. 그럴 땐 어떻게 해야 할까?"

"반탄력을 활용하되 치환되는 과정을 더 짧고 간결하게 가져가야 해요. 그래야 몸의 부담이 적어져요."

"그런데 네 보법은?"

의지는 눈을 번쩍 떴다.

이제야 알겠다.

오라버니가 어째서 그렇게 몰아붙였는지.

의지가 창을 쥐기 위해 손을 뻗었다.

"다시 할게요. 할 수 있어요."

악운은 할 수 있겠냐고 묻지 않고 회수했던 창을 다시 돌려주었다.

지쳐 있는 게 뻔했고, 한계치에 임박한 것도 안다.

무공을 펼치다 혼절할지도 모른다.

하지만 말릴 수 없었고, 그러고 싶지도 않았다.

이건 의지의 선택이고 의지(意志)니까.

그러니까.

"뭐든 해 봐."

의지의 어깨 너머로 열의를 띠는 가솔들이 보였다.

천휘성이 혈마의 어깨 너머로 바라보던 그때와는 다른…….

일대일 가르침을 마친 직후.

악운과 상대한 가솔들은 제대로 서 있을 엄두도 내지 못하고 전부 쓰러져 있었다.

대부분 일어날 생각도 못 하고 혼절한 상태였다.

반면 악운은 땀 한 방울 흘리지 않은 채 언 대주를 쳐다봤다.

"자, 다음으로 넘어가야겠군요."

악운의 말대로 이미 연무장 주변에는 소문을 들은 사단 가솔들이 웅성거리며 모여 있는 중이었다.

그중엔 아는 얼굴도 있었고 모르는 얼굴도 있었다.

"형아!"

"이리 와."

때마침 손을 흔들며 반갑게 인사한 제후가 후다닥 뛰어왔다.

"언제 왔어!"

"방금 왔지."

오랜만에 만난 제후의 머리를 쓰다듬어 준 악운은 제후 옆에 있던 소녀를 힐끗 쳐다봤다.

홍련이라 했던가?

백우상단의 폭압에서 빼낸 소녀.

그때와는 사뭇 다른 활기찬 분위기다.

다들 잘 어울려서 다행이다.

"언 대주님, 이어서 가시죠."

"좋소. 마침 사단 소속 가솔들의 수련을 시작할 시간대였으니."

그 얘기를 들은 제후가 눈을 끔뻑이며 순진무구한 표정으로 물었다.

"수련? 형아가 오늘 교두님이야?"

"응, 우리 제후도 얼마나 잘하고 있나 한번 확인해 보자."

잔뜩 지친 의지가 주저앉은 채 악운을 향해 입을 벙긋거렸다.

-제후 어리다고 사정 봐주지 마, 오라버니.

악운은 혀를 내둘렀다.

하여튼 동생 교육은 엄하다.

모든 가르침이 끝난 뒤.

혼절하거나 그 직전까지 사력을 다한 삼, 사단의 가솔들은 대대에서 지원 나온 가솔들에 의해 숙소로 돌아갔다.

고무적인 건 가장 어린 나이인 제후의 활약이었다.

거품까지 물며 덤벼드는 제후의 모습에 모두가 더욱 고무된 것이다.

"다들 열의가 마음에 드네요."

악운이 만족스럽게 웃었다.

상대한 가솔들 모두, 무척 만족스러웠다.

그중에서도 의지, 홍련, 예랑은 아주 흡족했다.

열의와 골격.

가르침을 이해하는 감각과 판단력까지.

점점 가문의 미래가 기대가 된다.

"다들 금세 비화심창의 형(形)을 익힐 만큼 성장하겠어요."

"소가주의 말씀이 맞소."

하지만 이건 어디까지나 완벽한 환경과 미래를 제공해 줬을 때의 이야기다.

'우리에겐 시간이 많지 않아.'

가문 내에 잠시 머문 평화로움.

그건 정말 '잠시'일 뿐이다.

머지않아 다가올 혈교도 그렇지만, 그 전에 해야 할 일도 숱하게 많다.

그래서 악운의 질문은 동량들이 아닌 당장 실전에 투입할 대대에게로 향했다.

"이쯤 되니 대대의 실력이 궁금하군요."

"사실 대대에 속한 이들도 대부분 삼단에 속해 있다 차출된 터라 그리 큰 차이는 없소. 다만 그동안 모아 온 내공량과 경험이 이제 막 삼단에 속한 가솔들과는 차이가 크다오."

악운은 조용히 고개를 끄덕였다.

기존에 쌓아 둔 내공이 있다면 기존의 무공을 버리고 새로운 무공을 익히더라도 훨씬 빠른 성장을 보일 수 있다.

다행인 일이다.

"실력이 뛰어난 만큼 수련 과정이 훨씬 혹독해야 할 텐데요."

언 대주가 고개를 끄덕였다.

언 대주 역시 이 평화가 마냥 지속되지 않으리란 걸 알고 있었다.

"기존의 무공을 버리고 가문의 무공을 새로 익히게 하는 중이오. 이를 기반으로 대인전을 대비하기 위한 합격진까지 익히고 있고……."

"그중에 가문의 무공을 배우지 않고 기존의 무공을 그대로 유지하길 원하는 가솔들은 없었습니까?"

악운이 이 질문을 던진 건 앞으로의 일을 대비하기 위해서였다.

이미 함께하고 있는 진주언가와 제갈세가의 무공을 익히고 있는 호사량, 그리고 조만간 합류할 등랑회까지.

악가는 이미…….

'하나의 연맹이야.'

악가의 무공을 익히지 않는 가솔들을 위한 체계 역시 충분히 필요한 부분이었다.

"그런 자들도 있지만 가주님께서는 이미 이런 사항을 대비해 다양한 무공으로 펼칠 수 있는 합격진을 고안하고 계시더이다."

악운은 아버지가 어떤 진법을 떠올렸을지 대략 짐작이

갔다.

'악가혼평진(岳家混平陣)인가.'

그 생각이 끝나기 무섭게.

"악가혼평진에 대해 들은 바가 있으시오?"

"아뇨, 아직."

대답은 그렇게 했지만 내심은 달랐다.

'들어 보다마다.'

악가혼평진.

소림파의 백팔나한진, 무당파의 칠성검진 그리고 화산파의 매화검진과 더불어 '사대명진(四大名陣)'이라고 불렸던 합격진이다.

'같은 계파의 무공을 익힌 이에 맞춰 설계된 보통의 합격진과 달리 산동악가의 절진의 강점은 다양성을 결속시키는 데 있다.'

쉽게 말해 각자 다른 무공을 익혀도 진법에 합류할 수 있단 얘기다.

언 대주가 일전의 기억을 떠올리는 듯 말했다.

"굉장한 합격진이었소. 조만간 소가주도 대대 훈련에 함께하면 배워 보도록 하시오."

악운은 내심 감탄했다.

'벌써 합격진까지 훈련할 정도면 아버지의 노고가 상당하셨겠어.'

합격진은 이제껏 산동악가 온갖 전투를 통해 남긴 거대한 기록이나 다름없다.

이를 기억해 내고 다시 기록하는 건 결코 쉽지 않은 일.

그런데.

'해내신 거야.'

이로써 산동악가는 한층 더 다양한 진법을 구사할 수 있고 각 대대를 짧은 시간 내에 실전에 투입할 수 있게 되리라.

악운은 이내 기쁜 마음으로 고개를 끄덕였다.

"당장 내일 합류하지요."

"각오 단단히 하셔야 할 게요."

"기대하겠습니다. 이제는 대대 연무장에 가십니까?"

"대대 훈련을 위해 그래야 할 것 같소. 소가주는?"

"성 각주를 뵙고 갈까 합니다."

"아, 그럼 다른 용건이라는 게 성 각주님을 찾아뵙는 것이구려. 환약 제작을 위해 두문불출하신다고 들었는데…….."

"예, 저도 그래서 찾아뵈려 왔습니다. 도움을 드릴 만한 게 조금 있어서요."

"그렇구려. 알겠소. 그럼 내일 묘시 정각, 오전 훈련 때 뵙겠소."

언 대주는 그 말을 끝으로 자리를 떠났다.

악운에게는 그 뒷모습이 무척 든든해 보였다.

"한바탕 난리도 아니었다며?"

악운은 성 각주의 말에 대답 대신 짐짓, 웃음 지었다.

"두문불출하신다더니 소식은 빠르십니다."

"아이들에게 들었다."

"아……."

악운은 자연히 약초꾼 부모를 잃은 아이들을 떠올렸다.

이제 그 아이들 역시 악가의 가솔이었다.

"그 아이들은 오래전부터 내 문하의 의생(醫生) 역할을 해온 터라 쇠잔해진 기력 보강이나 간단한 침술 정도는 충분하다. 오늘은 네가 혹독하게 수련을 시킨 덕분에 할 일이 많아졌다고 그러더구나."

"하하……!"

"그만 웃어, 이놈아. 정들어."

성 각주의 말투는 여전히 거칠었지만 전보다 훨씬 생기가 돌아 보였다.

데리고 있던 아이들의 교육 환경이 나아진 건 둘째 치더라도 마을 사람들이 본래의 생활을 되찾았다는 소식 때문일 것이다.

"말년에 아주 고맙다."

"별말씀을요."

"비꼰 게야! 소가주란 놈이 눈치도 없나."

피식 웃은 성 각주가 작은 목갑에 들어 있는 단약을 내놓았다.

"먹어라."

"이게 뭡니까?"

"네가 오기 전에 준비해 놓은 시험환이다. 연단술을 통한 제조를 오랜만에 해서 그런지 부작용이 어떨지 모르겠다. 먹어 봐."

"이미 준비하신 걸 보니 거절해도 소용없겠네요."

"당연하지. 소가주면 솔선수범 모르나?"

할 말이 없어진 악운은 잠시 갈색빛 단약을 내려다봤다.

무슨 효능을 가지고 있으려나.

꿀꺽.

악운은 지체 없이 단약을 씹어 삼켰다.

"어때?"

"씁니다. 부작용입니까?"

"약이 쓰지, 그럼 달겠냐!"

악운은 뭔가 할 말이 있긴 했지만 나중으로 미뤄 두고 호흡 속에 담긴 환약의 기운을 느꼈다.

온몸을 타고 흐르는 미세한 기운.

"기력 보신 효과가 좋군요. 완방(緩方)되도록 하신 것입니까?"

완방.

약의 작용이 완화되듯이 스며드는 걸 의미했다.

이런 경우는 여러 개의 약을 쓰는 게 보통이다.

약들이 상호작용하여 강한 약효를 내지 않기 때문이다.

"제법이구나. 어째서 완방이 되도록 했는지도 알겠느냐?"

"기력이나 체력이 약하면 약을 받아들이는 한계치도 낮고 흡수도 힘겨워하지요. 약이 천천히 스며들어 자체적인 신체 저항력을 높이고자 하신 게지요?"

성 각주는 잠시 아무 말도 하지 않고 악운을 빤히 바라봤다.

'이놈이?'

대부분은 약효가 무엇일까 궁금해할 뿐, 그 목적 및 과정을 이해하는 이는 흔치 않다.

"의술을 배운 적이 있느냐?"

"이름 없는 의객(醫客)들이 남긴 저서를 본 적은 있습니다."

"마냥 돌팔이는 아니었나 보구나."

악운은 만면에 미소를 머금었다.

당연한 일이다.

천휘성이 공부하고 봐 온 저서는 다양했다.

구대 태양성인이 남긴 '태양연목(太陽然目)'이란 의학 저서부터 사천당가의 일부 저서까지 탐독했다.

하지만 가장 기억에 남는 책은……

사천당가의 슬픈 천재.

천애독후(天愛毒后) 당양희.

죽어 가는 그녀를 지켜보며 공동 저자로서 함께 지은 책이
다.

"그래도 많이 부족합니다."

"당연하지. 의술이 어디 쉬운 일이더냐? 매 순간 배워야
하는 길이거늘."

"맞는 말씀이십니다. 그래서 가문에 머물며 각주님께 가
르침을 좀 여쭙고 싶습니다. 연단술과 의술 모든 면에서요."

"글쎄. 무공 수련에 힘을 쏟아야 하는 시기 아니더냐?"

"병행할 생각입니다."

"그럴 생각이라면 진심으로 하는 말이건대, 접어 두거라.
네 생각보다 훨씬 녹록지 않은 공부야."

"알고 있습니다."

"그런데도 왜 덤벼드는 게야?"

악운은 담담한 눈으로 성 의원을 바라봤다.

이런 질문, 과거에도 참 많이 들었다.

의원이랍시고 으스대는 자들.

독초와 약초를 같이 다루는 위치에 있다고 가진 바 권위를
강요하던 자들까지.

─무인이 무슨 의술을 배우겠다는 거야?

-사람 죽이는 칼잡이 주제에 무슨 침을 잡겠다는 겐가?

　-약초, 독초의 쓰임새나 제대로 알려나?

　그럴 때마다 늘 했던 얘기는 단 하나다.

　"지키려고 싸우는 거지, 탐하기 위해 싸우는 것이 아닙니다. 제 모든 공부는 단지 그 이유 하나뿐입니다, 각주님."

　그러기 위해 필요한 건 뭐든지 하리라.

　성 각주의 눈빛이 깊어졌다.

　그도 악운에 대해서는 충분히는 아니더라도 어느 정도 겪어서 잘 알았다.

　'결단을 내리고 나면 조금의 후퇴도 없는 아이.'

　괜히 '옥룡불굴'이란 별호가 붙었겠나.

　고집을 꺾을 아이가 아니다.

　"오냐, 네 진심은 알겠으니 받아들이마. 단."

　성 각주의 눈빛이 진지해졌다.

　"조금이라도 소홀함이 있어서는 아니 될 것이야. 무공을 수련할 때는 온전히 네 무공에만, 내게 의술과 연단술을 사사할 땐 온전히 이것에만 전력을 다해야 해."

　"맡겨만 주십시오."

　"그래, 지켜보마. 그런데……."

　성 의원의 눈빛에 이채가 흘렀다.

　"네가 단순히 이런 부탁을 하기 위해 나를 찾은 건 아니리라 보이는구나."

"어찌 아셨습니까?"

"네게서 내가 아는 몇 가지 풀 냄새가 난다. 삼백초(三百草)의 알싸한 향이 나. 향이 은은하고 단 것을 보아하니 백방울 꽃 냄새도 배어 있는 것 같구나. 두 독초 모두 귀한 것이거늘."

악운은 내심 놀라웠다.

목갑 밖으로 새어 나온 향까지 맞힐 줄이야.

과연 연단술에 능한 의원다웠다.

"예, 제가 본 의서에서도 귀한 독초라 하여 직접 캐 왔습니다."

"어디서?"

"다시 못 갈 섬입니다. 어부들이 가지 말라던 해무에 휩싸여 해로를 헤매다 도착한 섬이었으니까요."

"그래도 헤쳐 나오지 않았더냐?"

"제가 돌아오는 데 괜히 오래 걸렸겠습니까? 돌아오는 것 역시 헤매느라 시간이 오래 걸린 겁니다."

"흐음, 아쉽구나. 아쉬워! 이 정도 독초를 많이 캐 왔다면……."

"훨씬 더 다양한 연단술 제조가 가능할 테지요."

순간 성 각주의 눈이 번쩍 뜨였다.

"오호라, 그 말인즉슨? 그냥 오지는 않았다는 말이렷다?"

"눈치도 빠르십니다."

"예끼! 이 노파를 쥐락펴락하니 그리 좋으냐!"

슬며시 미소 지은 악운이 품속에서 꺼낸 목갑을 열어 독초를 보여 주면서 말을 이었다.

"제가 간 섬은 단순히 독초만 있던 곳이 아니었습니다. 제가 의서에서 보지 못했던 희귀한 풀과 약초가 될 만한 것들이 있었지요. 그것들을 서른두 종 정도 챙겨 왔습니다. 그리고……."

"그리고?"

"그 밖에 청훼의 독단과 흑서(黑鼠) 떼의 독 묻은 발톱, 건드리면 독을 뿜어내는 섬여(蟾□)의 가죽 등 여덟 종의 독물들도 채취해 왔지요."

성 각주는 쉽게 입을 다물 수가 없었다.

이건 기연이었다.

그것도 천혜의 기연!

각종 진귀한 독물과 독초, 약초 등 연단술로 쓰기엔 최고의 보물을 짊어지고 온 것이다.

그런데.

"대체 왜 그리 담담한 표정을 짓고 있는 게야? 지금 네가 무슨 말을 하고 있는지는 알고 있는 게냐?"

"예."

악운이 그리 변화 없는 표정으로 담담하게 덧붙였다.

"제가 기연을 만난 것 같습니다."

"근데 어째서 나만 이렇게 흥분한 건데!"

악운이 머쓱하게 콧잔등을 긁었다.

"글쎄요?"

"하!"

성 각주는 악운이 그걸 모르는 게 더 답답했다.

악운은 보정각을 떠나기 직전 뒤를 돌아보았다.

'저 정도 재료라면 내공을 상승시킬 영약 수준의 환단이 꽤나 많이 완성될 수 있을 테지.'

두 개 대대(大隊)의 내공량을 급격히 상승시키는 데 충분히 일조를 하고도 남는 양이다.

그럼에도 부족하다.

영약을 추가적으로 공급하고 악가의 무공을 전보다 더 개량시켜야 했다.

'나와 같이 만류의 길을 걸을 수는 없어도 지금보다 나은 길을 걸을 수 있게 돕는 보조적인 것이 필요하다.'

본격적인 무공 창안에 착수해야 할 것 같다.

'그리되면 더 높은 경지로 오를 가솔들이 늘어나겠지. 아버지의 경지 상승에도 큰 도움이 돼.'

고수를 양성시키려면 충분한 환경과 뛰어난 무공이 뒷받

침되어야 한다.

특히 산동악가의 공식적인 최고수인 아버지의 경지 역시 지금보다 더 높아져야 한다.

그러려면 산동악가의 무공의 강점을 더 강화시킨 새로운 길이 필요했으니.

무공 창안이야말로 최적의 해결법이었다.

문제는.

'다짜고짜 무공 창안을 하겠다고 말한들, 덜컥 받아들일 수 있으실까?'

악운은 걸으면서 눈살을 찌푸렸다.

무공은 전통이기도 하다.

아버지조차 쉽게 받아들이기는 힘들 것이다.

효율적으로 전달할 만한 방법이 필요했다.

"아, 그럼 되겠군."

악운은 고개를 주억거렸다.

쉬운 일이었다. 무공 창안을 할 만큼의 대종사가 되었다는 것을 증명하면 된다.

증명할 만한 상대를 넘어서는 것.

이를테면…….

"아버지가 제일 좋겠어."

악운의 입가에 흡족한 미소가 스쳤다.

"크흡, 콜록!"

함께 차를 마시던 호사량이 사레가 들렸는지 기침을 했다.

바쁜 일이 많아 뒤늦게 악운을 찾아온 그는 오랜만에 본 소가주가 한 소리에 잠시 헛웃음을 흘렸다.

무사히 돌아온 것을 기뻐하던 것도 잠시.

"방금, 뭘 한다고 하셨소? 내가 제대로 들은 게 맞소?"

"무공 창안요. 창안이라기보다 개량이 더 맞겠군요."

"지금 무슨 말씀을 하고 계신지 아시오?"

"누구보다 잘 압니다."

"아무리 소가주가 말도 안 되는 수준까지 성장했고 내가 그걸 목격했다지만, 무공 창안은 손꼽히는 고수들조차 고개를 젓는 일이오. 아니, 일대종사가 뉘 집 개 이름이오?"

"불가능해 보입니까?"

"가능성은 있겠지만, 시간이 얼마나 걸릴지도 모르는 일보다는 다른 일에 시간을 투자함이 더 효율적이지 않을까 싶소."

"흐음, 그럼 제가 할 일이 뭡니까?"

"대대의 교두로서 참여하시면 될 일이지 않소."

"이미 하려고 생각 중입니다. 다른 건?"

"성 의원님께 의술도 사사한다고 하지 않았소? 개인 연무에도 힘써야 할 테고. 하루하루가 어떻게 가는지도 모를 터인데 시간이 나시겠소?"

"그게 부각주께서 나를 말리는 이유입니까?"

"그렇소."

"하나라도 모자람이 있으면 무공 창안을 관두지요. 그리고……."

악운이 입가에 미소를 지었다.

"이 사안은 굳이 부각주께 동의를 구할 필요가 없는 일인데요? 가주님께서 허락을 하셔야 할 일이지."

"가주님께서 아셔도 크게 동의하지는 않으실 것이오. 차라리 개인 연무에 힘쓰라고 하실 테지."

"내기하시렵니까."

"훙, 좋소. 이기는 쪽에게 원하는 걸 하나 해 주기로 합시다."

"원하는 것이라……."

호사량의 제안에 악운의 미소가 짙어졌다.

"그럼 제가 처음 만들게 될 환약을 가장 먼저 복용해 주시지요. 득이 되면 됐지, 실은 아닐 겁니다."

"의술을 책으로 배웠다면서?"

"예."

"그런데도 그렇게 확신하시는 것이오? 무공 창안에다 대대 훈련에, 개인 연무까지 하면서 만드는 환약을? 부작용은 어떡하고?"

"그러니까 내기이지요."

호사량은 잠시 아무 말 없이 표정을 굳혔다.

악운이 피식 웃으며 남은 차를 마저 홀짝였다.

갈수록 놀리는 맛이 있는 사람이다.

⁂

호사량이 방을 떠난 후.

악운은 조용히 눈을 반개했다.

호사량의 말처럼 최근 급성장을 이뤘다고 해도 그 어떤 것도 게을리할 수 없었다.

일단 성 의원의 사사야…….

'내가 아는 것들을 기반으로 성 의원이 지닌 공부를 습득하는 것일 테니 크게 시간 들이지는 않아도 돼.'

어차피 성 의원을 통해 얻으려는 것은 '근거'였다.

그리되면.

천휘성이 지닌 연단술의 지식을 쏟아부어도 다들 알아서 이해할 수 있으리라.

다음으로 개인 연공은…….

'추가된 무공들을 숙달하는 것에 집중하면 된다.'

악운은 본격적으로 기문에 자리 잡은 혼세양천공을 운용하기 시작했다.

전과는 비교할 수 없이 견고해진 중재력이 사지백체로 퍼져 나갔다.

하지만 감당해야 할 내공 가속도는 이전에 비해 무려 서른다섯 배 수준!

그럼에도 악운은 거침이 없었다.

'어차피 이젠 충분히 감당하고도 남는다.'

그게 가능해진 건 태양정의 영기 흡수와 조사의 심득, 나아가 천혜의 영물이 가득했던 조양섬 덕분이었다.

악운은 새로 얻은 깨달음을 기반으로 무공들을 되새겼다.

웅, 웅, 웅!

일계(一界)의 경지는 무공이 만물과 밀접한 관련이 있다는 것을 이해하는 첫 시작이다.

간에서는 상생(相生)의 묘리를.

방(房)에서는 상동(相同)의 묘리를.

그리고 계(界)로 확장된 지금…….

'일계에서는 상극(相剋), 상생, 상동을 모두 포괄한다.'

먼저 혼세양천공이 관장하는 육감(六感)을 제외한 '오감(五感)'.

그건 상동(相同)에 의해 강화된다.

복마심법과 칠현풍원심법이 안력을 강화시켰듯이.

'화, 수, 목, 금, 토에 속한 무공들이 추가됨으로 인해 감각이 극대화되었다.'

수(水)는 청각.

안력보다 구체적이지는 않지만 보다 먼 곳을 먼저 느끼고 듣는다.

악운은 '파장력(波長力)'이라고 부르기로 했다.

강화될수록 안력이 사물을 더 구체화될 수 있게 돕는다.

또한 금(金)과 토(土)는 각각 후각과 미각을 강화시킨다.

후각과 미각은 상호 보완되며.

독 등의 위험 요소를 몸 안의 기운이 느끼기 전에 미리 구분할 수 있다.

'감별력(鑑別力)'이라 부른다.

그 외 화(火)는 촉각이다.

닿는 것의 신경을 관장하여 '반속(反速)'이라 부르게 됐고, 회피력이 성장했다.

천휘성의 삶을 살 땐 상단전을 개방한 신화경에 이른 후에야 이룰 수 있었던 감각의 강화.

놀라운 건 이 모든 게 성취의 일부일 뿐이라는 것.

조양섬에서의 수련은 무공 또한 더 깊이 있게 명료하게 도왔다.

머릿속에만 있던 수만 종의 무공들 중 본의가 겹치는 무공을 제외한 총 스물여덟 종의 무공을 정리하고 익히기 시작한 것이다.

덕분에 기존의 무공을 포함해 아홉 종의 무공을 익혔고,

혼세십오문에 이르렀다.

중재력이 비약적으로 상승한 것이다.

나아가 선사의 깨달음을 통해 제대로 이해하기 시작한 '상생'의 단점을 '상극'의 묘리를 통해 상쇄했다.

무공의 상생 속에 일으키는 '증폭'이란 묘리에는 한 기운이 성했을 때 균형이 깨지는 단점이 있었기에.

'상극의 억제력을 통해 균형을 맞춘다.'

덕분에 이제 심법의 각 기운은 각자의 자리에서 상극, 상생, 상동의 이치에 따라 성했다가 위축되기를 반복할 수 있다.

'지금처럼.'

츠츠츠!

보다 완벽해진 순환의 고리.

하나의 세계(世界)가 악운이란 소우주 아래 자리 잡기 시작한 것이다.

이 순간.

츠츠츠!

정수리에서 솟은 청염이 모란 형태로 바뀌더니.

점점 짙은 색을 발하며 청황적흑백의 고리가 되어 회전했다.

화아아악!

그 회전은 갈수록 빨라져 점점 더 강렬한 청염을 낳았고, 그 청염 안에서 현상화 당시 모습을 보였던 푸른 용이 모습을 드러냈다.

구구구!

서서히 떠오르기 시작한 악운의 몸.

완벽한 부공삼매(浮空三昧)!

그것이 증명하는 건 단 하나였다.

신화경.

현세대의 일천이성팔우(一天二聖八宇)를 포함한 절대 고수들
이 넘어선 경지다.

독자적 영역 안에 닿는 모든 것들을 제압한다.

화르륵!

청염룡의 강렬한 불꽃은 식지 않고 계속됐다.

그 불꽃은 정수리부터 시작해 백회, 심장, 명문, 좌우 어
깨 그리고 하체까지 옮겨붙다가 종래에는…….

화아아악!

떠오른 악운의 온몸에서 푸른 광채가 방 안을 뚫고 퍼져
나갔다.

이십이대 가주를 이어받을 소가주가 고작 열여섯의 나이
로 이십대 가주였던 악진명의 경지를 따라잡은 것이다.

꺄

'맙소사.'

악정호는 흘러나오고 있는 기파(氣波)를 응시하며 조금도 악운의 처소로 발을 들이지 못하고 있었다.

그저 아들이 보고 싶어 찾아온 길이었다.

그런데 대체 이 기운은 뭐란 말인가.

이 가공할 만한 기파를 느껴 본 적은 단 한 번밖에 없다.

감히 다가설 수조차 없는 기파.

이건 분명히 새로운 경지로 나아가는 징조였다.

'아버님.'

백발의 노장이자 늙둥이였던 자신에게 있어서는 그림자조차 밟지 못했던 그분.

 −아버님처럼 되려면 어찌해야 합니까?

 −껄껄! 아비를 목표로 두면 쓰겠느냐?

 −그러면요?

 −당연히 맹주님을 넘어서야지. 맹주님도 우리 가문에서 당신을 넘어설 후인이 나서길 기다리고 계신단다. 전쟁이 끝나고 나면 친히 너를 제자로 들이신다고 약조도 하셨다.

 −정말요?

 −그럼!

과거의 기억이 스쳐 지나가며 온몸의 솜털을 곤두세우는 강렬함에 취한 그때였다.

"어떻게 이런……."

"맙소사!"

"혀, 형님들!"

"안다. 안다고."

"드, 들어가야 되는 거 아닙니까?"

곁에 서는 언 대주와 호사량 그리고 삼당주들.

다섯 모두 강렬한 기의 파동을 느끼고 온 것일 터.

언 대주가 마른침을 삼켰다.

"가주님……!"

"알고 있소."

그들뿐이 아니었다.

강렬한 기파를 느낀 대대의 가솔들이 하나둘, 모습을 드러
내며 악운의 처소 앞에 서기 시작했다.

모두 대대 소속의 가솔들.

자세히는 알 수 없어도 강렬한 기파에 한 가지는 확실히
알 수 있었다.

악운이 높은 경지에 올라서기 위한 큰 기점에 놓여 있다는
것.

그래서 탄성도, 놀라움도 크게 내색하지 못했다.

그저 숨죽인 채 퍼져 나가는 기파가 갈무리되길 기다렸다.

그렇게 얼마쯤 흘렀을까?

새벽녘 푸른 동이 터오기 시작할 때쯤.

"……끝났다."

누군가 중얼거렸다.

뒤를 이어 가솔이 덧붙였다.

"아니야. 아직…… 소가주님이 나오지 않으셨다."

"걱정되는군."

"쓸데없는 소리. 별 탈 없으실 거야."

모두가 긴장한 가운데.

언 대주가 마른침을 삼키면서 악정호를 바라봤다.

"내가 들어가 보겠소."

악정호의 말끝에 미세한 떨림이 묻어났다.

심장이 두근거렸다.

설레면서도 행여나 악운이 잘못되었을지도 모른다는 불안감이 악정호의 발걸음을 무겁게 했다.

그 순간.

덜컹!

악정호가 문고리를 잡기도 전에 악운이 방 안에서 걸어 나왔다.

저벅!

악운의 모습은 처참했다. 뿜어내는 기파를 못 견디고 무복 상의와 하의는 찢갈 대로 찢겨 있었고 머리는 봉두난발이 되어 새벽바람에 흩날렸다.

모두의 우려가 사실이 된 것일까?

하지만.

"제가 여러분의 깊은 잠을 깨웠나 봅니다."

담담히 입을 뗀 악운의 눈빛은 그 어느 때보다 깊고 태청 (太淸)같이 빛나는 중이었다.

그게 의미하는 건 단 하나.

"성공한 거야⋯⋯."

"됐다, 됐어! 와하하!"

동시에 숨죽였던 가솔들이 일제히 환호했다.

"와아아!"

환호 속에서 악정호는 큰 눈을 부릅뜬 채 뚜벅뚜벅 걸어왔다.

"정말이지⋯⋯."

"아버님."

눈가가 촉촉해진 악정호는 두말없이 악운을 콱 끌어안았다.

"네가 자랑스럽구나."

졸지에 악정호의 품에 안기게 된 악운은 대답 대신 만면에 미소를 머금었다.

아무래도 이제 무공 창안을 위한 길은 충분히 닦인 것 같다.

악운은 어깨 너머로 보이는 호사량을 향해 피식 웃었다.

신화경인데, 무공 개량쯤이야.

"……망했군, 하하하하!"

마주친 호사량이 혀를 내둘렀다.

되로 주고 말로 받게 생겼다.

~~~

갑작스러운 경사 직후.

가문 내에서 암약하고 있는 동진검가, 황보세가의 첩자들은 악운이 큰 성취를 이룬 것으로 각 가문에 보고했다.

하지만 이는 악정호가 의도한 것이기도 했다.

"입단속을 시켜 침묵하게 했다면 암약하고 있는 첩자들에게 더 큰 의심을 살 수 있었을 테지요."

오전 일과를 보고하며 조 총관이 말했다.

악정호도 동의했다.

"나 역시 그리 생각하오. 그래서 대대에 속한 가솔들에게 오히려 운이의 성취가 최절정을 바라보게 됐다고 소문내라고 일부러 부추겼소."

교두가 언 대주라서 그런 것일까?

대대에 속한 가솔들은 대부분 입이 무겁고 진중했다.

일부러 그리 얘기하지 않았다면 오전에 본 일에 대해 입도 뻥긋하지 않았으리라.

조 총관이 껄껄 웃었다.

"덕분에 며칠간 첩자들의 이동이 활발했다 하더군요."

"하하, 꽤나 바빴을 것이오."

"예. 그런데 가주님."

"말씀하시오."

"절정 끝자락이라고 소문을 낼 정도면 대체 어느 정도의 경지에 오른 것인지요?"

악정호는 말없이 웃기만 했다.

운이가 뿜어내던 기파의 수준을 온전히 가늠했던 건 오로지 악정호, 그밖에 없었으니까.

다른 가문들 역시 아마 이 부분에 대해 꽤나 왈가왈부하고 있을 것이다.

그리고 말하겠지.

기적에 기적을 더해 높이 평가해 주면 최절정 초입에 이르렀을 거라고.

"무엇을 상상하든 그 이상일 것이오. 운이는 전대 가주님의 길을 걷기 시작했소."

"설마……!"

조 총관이 눈을 부릅떴다.

⁂

소란이 있은 후 금세 몇 달이 지나고 가을을 넘어 초겨울이 되었다.

그동안 가문 내에서는 몇 가지 일이 있었는데.

우선 내기에 진 호사량이 악운이 성 각주를 사사하며 만들기 시작한 환단의 복용자가 됐다는 점이다.

악운은 시도 때도 없이 환단을 제작해 호사량을 통해 확인을 거쳤다.

덕분에 호사량은 매번 두려워하면서 환단들을 복용해야 했다.

하지만.

–뭐 하십니까?

–희한하군. 독을 먹어도 아무렇지가 않다니. 그래서 방금 또 한 번 스스로 실험해 봤소. 아무래도 백독불침이 된 거 같소이다. 굉장한걸.

–대체…… 몇 알을 드신 겁니까?

–그래도. 괜찮던데? 허, 커허억……!

–맙소사! 그러게 적당히 드시라 말씀드렸잖습니까! 이런, 정신 차려 보십시오! 부각주! 부각주!

사고(?)가 있긴 했지만 결론적으로 그는 큰 성취를 이뤘다.

오히려 보상을 받은 것이다.

그로 인해 악운은 호사량뿐 아니라 연단술을 가르친 성 각주의 열렬한 신뢰를 받게 됐다.

처음엔.

─살다 살다 이런 경우는 처음이군.

몇 달 새 작은 감탄에서 시작해 경악에 이른 것이다.

─어떻게 이런 연단 조합을 생각해 낸 게야?

악운은 그런 성 각주의 신뢰와 조언 아래 갈수록 연단술에 큰 성취를 보였고 종래엔 초급, 중급, 상급을 뛰어넘어 성 각주가 지닌 스물두 종의 최상급 연단술식(鍊丹術式)까지 습득하는 기염을 토했다.

본래 초급 연단술식에서는 삼백여 종의 약초, 독초를 구분해 성분을 조합할 줄 알면 중급으로 넘어갈 수 있다.

중급에서는 천여 종.

상급에서는 만여 종에 달하는 식물과 동물, 그리고 영물의 내단 등을 연단술식으로 소화해야 했다.

그런데.

악운은 그걸 달달 외운 것도 모자라 능숙하게 활용까지 할 수 있었고 성 각주의 '기침술(氣針術)'마저 덤으로 익혀 버렸다.

"그게 불과 한 달 전이라······."

악정호는 기가 찬 듯 혀를 내둘렀다.

그 모습에 함께 모여 앉은 가문의 중추들이 미소를 지었
다.

"생전 이런 놈······ 아니, 소가주는 처음 봅니다. 이젠 내
연단술식을 따라 하는 것도 모자라 독자적인 연단술로 환단
을 조제하는 수준이 됐다, 이 말이지요. 허!"

열변을 토해 내는 성 각주.

언 대주 역시 고개를 끄덕였다.

"덕분에 대대(大隊)의 성취가 비교도 할 수 없이 폭발적으
로 성장했습니다. 성 각주님과 소가주의 '연단술'이 빛을 본
덕분입니다."

본래 각각 서른 명씩, 총 예순 명으로 두 개 대대를 꾸렸던
몇 달 전과 달리 현재 두 대대의 숫자는 총원 일백 명으로 늘
어나 있었다.

급성장한 가솔들 중 일부가 언 대주를 도울 교두 수준으로
성장한 덕분에 추가 증편을 할 수 있었던 것이다.

"잘됐군."

고개를 주억인 악정호가 이어서 물었다.

"최근에 개량된 무공들이 적용되고 있는 대대의 훈련 어찌

진행되고 있소?"

악정호의 전폭적인 지지 아래 시작된 악운의 무공 창안 계획.

그 계획으로 인해 창안된 무공은 총 세 종.

보법, 창법, 심법이었다.

사실 악정호는 무공 창안에 관여를 하긴 했지만 크게 조언해 줄 만한 게 없었다.

악정호가 봐도 새로 창안된 무공은…….

"쉽고 빠르게 습득하는 것도 모자라서 각자의 부족한 점들을 이번에 개량된 가전 무공을 통해 메워 나갈 수 있었다고 합니다."

언 대주의 말 그대로였으니까.

"좋은 소식만 들리는구려."

조 총관이 흐뭇하게 미소 지었다.

그러자 사마수가 동의했다.

"최근 내실을 탄탄하게 해 온 우리의 전력은 이미 두 달 전에 휘경문의 전력을 넘어선 지 오랩니다. 아니, 그들이 대부분 외부 인사로 전력을 꾸렸던 반면 우리는 아니지요."

호사량이 덧붙였다.

"맞습니다. 대대 가솔들은 전부 이류에 이르렀고 삼분지 일은 일류를 바라보고 있습니다. 언 대주님과 저 역시 최근 큰 성취가 있었지요."

삼당주도 제각각 웃었다.

"우리 형제도 빼지 마시오."

"맞습니다. 저희도 소가주의 수혜자들이 됐습니다!"

"암요!"

일류의 경지에 있던 일당주는 내공은 절정 초입 수준에 이르러 있었고, 이당주, 삼당주는 완숙한 일류에 이르렀다.

"다들 애쓰셨소."

악정호는 정말 마음이 들떴다.

아무것도 없이 시작한 가문이 이젠 절정의 고수들을 보유하게 됐고, 일류에 이르는 가솔들은 호사량과 당주들을 필두로 지속적으로 늘어날 예정이니까.

화기애애한 가운데 조 총관이 물었다.

"부지 구입은 잘 마쳤소?"

사마수가 대답 대신 호사량을 쳐다봤다.

말을 토대로 한 사업을 구상하고 계획하는 건 호사량이었으니 책임도 그가 짊어져야 했다.

"예, 양마도의 십분지 삼 정도는 계약을 마쳤습니다. 조만간 삼당주님과 함께 마방(馬房)에 있는 말들도 그리 옮길 예정입니다. 더불어 내년에는 청주현과 창읍현에도 역참을 세워 가문의 상단이 다닐 길을 닦고자 합니다."

그때였다.

화목하던 분위기를 깨는 날카로운 음성.

"그 덕분에 파산 직전이오."

신 각주였다.

그 한마디에 장내의 분위기는 급격하게 식었다.

악정호도 이미 아는 부분이었다.

"계속 말씀해 보시오."

"예, 알겠습니다. 모두 이것들을 읽어 주시오."

신 각주가 정리한 서류들을 각 각주와 당주에게 넘겼다.

"보통의 가문이나 상단에서는 매해 장부를 총괄 정리하나 우리는 그리 보면 안 된다고 판단해 보름마다 장부를 정리했소."

그때부터 신 각주의 본격적인 잔소리가 시작됐다.

"한두 조직이 돈을 왕창 가져다 쓴 게 아니오. 상황 봐 가면서 품질을 따져야지!"

부지를 사느라 비용을 차출한 호사량과 품종 좋은 말을 대거 구입한 삼당주들.

건물은 튼튼하게 지어야 한다고 주장한 사마수와 내친김에 소규모 상단까지 창설한 조 총관.

새로 들인 가솔들을 위한 병장기를 만든답시고 돈을 쓴 언대주.

마지막으로 치료용 환단 제조를 위해 많은 약초와 독초 등을 구입해 온 성 각주까지.

모두가 비판의 대상이 됐다.

하지만 아무도 반박하지 못했다.

가문이 별 탈 없이 올 수 있었던 건 보이지 않는 곳에서 신 각주가 애썼기 때문이라는 걸 모두 알기 때문이다.

"어디서 금은보화라도 떨어지지 않는 이상 우리는 반년 후를 걱정해야 하오. 그래서 다시 한번 말씀 드리겠소……."

신 각주가 인상을 와락 구겼다.

"가주님, 소가주는 이제 돈 좀 그만 써야 합니다."

"하하……!"

할 말이 없어진 악정호가 어색한 웃음을 흘렸다.

가주고 뭐고, 오늘도 들이받고 보는구나…….

악정호는 익숙하게 받아들이며 좌중을 둘러봤다.

"이의 있으신 분 있소?"

모두가 세차게 도리질을 쳤다.

❧

"표정이 왜 그러십니까?"

악운이 자신을 찾아온 호사량을 보며 물었다.

호사량의 얼굴에는 피로감이 역력했다.

"지옥을 다녀온 것 같소. 솔직히 말해 내가 나름 숫자라면 자신 있지 않소?"

"그런데요?"

"신 각주님은 나보다 더하오. 아낄 수 있으면 염라대왕의 관모까지 팔아 치울 분이오."

악운은 마시던 차를 뿜을 뻔했다.

오늘 화룡각에서 외부 안건까지 논의하는 큰 회의가 이루어졌다고 들었는데, 그 회의에서 꽤나 잔소리를 들은 모양이다.

그리고 사실…….

"저는 진즉에 혼났습니다."

악운은 이미 씩씩거리며 찾아온 신 각주를 맞이한 적이 있었다.

"독대로? 그래서 회의에 참석 안 한 것이오?"

"어느 정도는요."

"살아 있는 게 신기하군. 아, 혼잣말이오."

"요즘에는 혼잣말도 다 들리게 하십니까. 아무튼…….

악운은 신 각주와 나눴던 담소(?)를 떠올렸다.

사실 대부분은 욕이었지만 마무리는 나쁘지 않았다.

"저는 약조드렸습니다."

"무엇을?"

"앞으로 두 달 내에 제가 쓴 비용이 충당될 거라고 약조드렸지요."

호사량의 눈에 경악이 실렸다.

최근 들어 느낀 것인데.

늘 무표정해서 냉담하게까지 보이던 호사량이 참 많이도 변했다.

"표정이 갈수록 다양해지십니다."

"그만큼 소가주가 기상천외한 사람이란 생각은 안 하시오?"

"하기야."

"각설하고, 대체 무슨 수로 그 비용을 충당한다는 것이오? 동진검가와 황보세가가 충돌할 것을 예상하고 있기는 하나, 그것이 보름 안에 일어난다고 확신하기에는⋯⋯."

"어렵지요."

"내 말이!"

"그럴 만한 사건이 일어나지 않는 이상 불거지진 않겠지요."

순간 호사량의 눈빛이 진지해졌다.

"설마 뭔가 아는 것이 있는 것이오?"

악운은 담담한 눈빛으로 차를 다시 마셨다.

아는 것이라⋯⋯.

"아뇨, 미래를 아는 것도 아닌데 어찌 예상하겠습니까."

"그럼 그리 생각하는 연유가 무엇이오?"

의뭉스럽게 미소 지은 악운이 화제를 돌렸다.

"그보다 최근에 동평 내의 이권 다툼이 심각해지고 있던데요."

호사량은 때가 되면 얘기하겠거니 싶어 대답을 채근하지
않고 고개를 끄덕였다.

악운의 말대로 몇 달 새 황보세가와 동진검가의 이권 다툼
이 심각해져 가고 있었다.

그것도 산동악가가 내놓은 동평의 동쪽 부지 때문에.

"알다시피 양쪽 모두 대장간과 군수창고의 건물을 짓자마
자 가열하게 정예 대대들을 주둔시키고 있잖소. 그 알력 다
툼이 점차 수면으로 떠오른 것이지."

"얼마 전부터 피해 입는 객잔, 기루, 점포 등에서 우리를
찾아오고 있다 들었습니다."

"맞소, 앞으로 우리에게 보호비를 낼 테니 두 세력의 알력
다툼에서 안전히 지켜 달라는 요청이 기하급수적으로 늘었
소. 당연한 일일 테지. 오죽하면 중소 문파들도 우리가 나서
주길 원하겠소. 탄원서만 수십 장이오."

휘경문의 폭압이 사라진 이후.

동평의 중소 규모 상인들은 더는 비싼 보호비를 치르지 않
고도 운영을 할 수 있게 되었다.

그래서 대부분 값을 치르지 않거나 중소 규모 무관, 문파
등에 적은 보호비를 내고 기댔었다.

산동악가는 내실을 다지느라 동평 내에 그 어떤 개입도 할
수 없었던 것이다.

"이 와중에 동평 내의 상인들에게 황보세가와 동진검가 양

쪽에서 저마다 보호비를 내라고 강권한다 하더군요. 우리가 그 어떤 개입도 하지 않아서겠지요."

실제로 가주인 악정호는 신중히 움직이려는 중이었다.

가뜩이나 분란이 늘어난 동평 내에서 악가까지 이권을 쥐기 위해 개입한다면, 갈등이 심화될 테니.

"그렇소. 원인 제공을 한 자들이 뻔뻔도 하지, 쯧! 어쨌든 본회의에서 그 사안을 다룬 것도 더는 묵과하기 힘들어서였다오. 그런데."

"예."

"최근엔 회의도 마다하고 후인 양성과 환약 제조에 심혈을 쏟는 연유가 무엇이오? 설마……."

호사량이 눈을 가늘게 떴다.

문득 그런 생각이 들었다.

만약 악운이 두 세력이 부딪칠 중요한 사건을 예견하고 그것을 위한 준비를 하고 있다면?

"부각주님."

"말씀하시오."

"최근에 동진검가와 황보세가는 동평 내의 상권을 서로 장악하려 하면서 소규모 알력 싸움을 확장해 가고 있지요."

"우리가 예상했듯 싸울 명분이 없어서일 것이오."

"그럴까요? 제가 보기엔 각자 떠안게 될 극심한 손해를 감수하기 싫어서가 클 겁니다."

"손해를 입기 싫다라……?"

"예, 소규모 알력 다툼만 서로 주고받다가 끝낼 수도 있다는 겁니다. 그리되면 그 둘이 우리를 어찌할 것 같으십니까?"

호사량은 잠시 대답하지 못했다.

가장 우려하던 최악의 상황이 될 게 뻔하니까.

"우리의 모든 사업을 장악한 후 서로 뜯어먹으려 들 것이오. 어떤 수단으로든."

"예, 그래서 생각해 봤었습니다. 양쪽 모두 손해를 감수할 만한 '계기'가 무엇이 있을지를요."

꿀꺽.

호사량은 괜히 마른침을 삼키게 됐다.

악운의 의중을 쉬이 가늠할 수 없어서였다.

"대체…… 무엇을 기다리고 계신 것이오?"

나직한 호사량의 반문.

악운은 차를 홀짝인 후 먼 산을 바라봤다.

활짝 열린 창 밖은 초겨울이었다.

"저는 가문으로 돌아올 때 빈손으로 오지 않았습니다. 가문의 전력을 성장시킬 천금보다 귀한 독초, 약초, 영약을 챙겨 왔지요. 그것들이 어째서 한자리에 모여 있었을까요?"

"그거야 기연을……."

"그럼 그 기연을 만들어 준 이가 누구일 것 같으십니까?"

말문이 막힌 호사량이 눈살을 찌푸린 그때.

악가의
무림

열려 있는 창 밖으로 빠르게 달려오고 있는 보현각의 가솔이 보였다.

가솔은 황급히 후원을 지나 처소 밖에서 소리쳤다.

"소가주님, 부각주님! 두 분 모두 화룡각으로 들라는 가주님의 전언이십니다!"

호사량이 벌떡 일어나 문밖으로 먼저 나섰다.

"무슨 일인가!"

보현각의 가솔이 진땀을 흘리며 마저 말했다.

"태양무신이 남긴 유산이…… 발견되었다 합니다!"

"뭐?"

호사량이 눈을 부릅뜬 채 천천히 악운을 돌아봤다.

이거였던가?

"두 달보다 빨라질 것 같군요."

악운이 엷게 미소 지었다.

다음 권으로 이어집니다

꿈의 도약, 로크에서 하십시오
(주)로크미디어에서 신인 작가를 모십니다

즐거운 세상, 로크미디어는 꿈을 사랑하고 도전을 두려워하지 않는 작가 분들의 참신한 작품을 기다리고 있습니다. 21세기 장르 문학계를 이끌어 갈 차세대 선두 주자 (주)로크미디어에서 여러분의 나래를 활짝 펴 보시길 바랍니다.

모집 분야 판타지와 무협을 포함한 장르 문학
모집 대상 아마추어 작가, 인터넷 작가
모집 기한 수시 모집
작품 접수 시 유의 사항
   1. 파일명은 작가명_작품명.hwp형식을 갖춰 주십시오.
   1. 파일에 들어갈 내용은 다음과 같습니다.
        − 성명(필명인 경우 실명을 밝혀 주세요), 연락처, 이메일 주소
        − 제목, 기획 의도
        − A4용지 1장 분량의 등장인물 소개
        − A4용지 2장 분량의 전체 줄거리
        − 본문
   1. 작품이 인터넷에 연재되고 있다면, 게시판명과 사이트의 구체적이고 정확한 주소를 기재해 주십시오.

선택된 작품은 정식 계약 후 출판물로 간행되어 전국 서점에 유통됩니다.
작가 분은 (주)로크미디어의 전폭적인 지원하에 전속 작가로 활동하시게 됩니다.
※ 자세한 내용은 로크미디어 홈페이지(rokmedia.com)를 참조하세요.

(04167)서울시 마포구 마포대로 45 일진빌딩 6층
(주)로크미디어 편집부 신간 기획 담당자 앞
전화 : 02) 3273-5135
www.rokmedia.com   이메일 : rokmedia@empas.com

우리 교황님 좀 말려주세요

판미손 퓨전 판타지 장편소설

비정상 교황님의
듣도 보도 못한 전도(물리) 프로젝트!

이세계의 신에게 강제로 납치(?)당한 김시우
차원 '에덴'에서 10년간 온갖 고생은 다 하고
겨우 교황이 되어 고향으로 귀환했건만……

경고! 90일 이내 목표 신도 숫자를 달성하지 못할 시
당신의 시스템이 초기화됩니다!

퀘스트를 달성하지 못하면 능력치가 도로 0이 된다고?
그 개고생, 두 번은 못 하지!

"좋은 말씀 전하러 왔습니다, 형제님^^"

※주의※ 사이비 아닙니다, 오해하지 마세요!

망한 가문의 검술 천재가 되었다

소구장 퓨전 판타지 장편소설

역사에서도 잊힌 비운의 검술 천재
최강의 꼰대력으로 무장한 채
후손의 몸으로 깨어나다!

만년 2위 검사 루크 슈넬텐
세계를 위협하던 마룡을 물리치며
정점에 이른 순간

이대로 그냥 죽어 다오, 나를 위해서.

라이벌인 멀빈 코넬리오에게 목숨을 잃……
……은 줄 알았는데,
200년 후의 몰락한 슈넬텐가에서 눈뜨다!
가족이라고는 무기력한 가주, 망나니 1공자뿐
망해 버린 가문을 살리기 위해
까마득한 조상님이 팔을 걷었다!

설풍 같은 검술, 그보다 매서운 독설로
슈넬텐가를 정점으로 이끌어라!